金小安

病的表徵

巴金的疾病書寫及其隱喻

商務印書館

責任編輯：毛宇軒
裝幀設計：涂　慧
排　　版：周　榮
責任校對：趙會明
印　　務：龍寶祺

病的表徵——巴金的疾病書寫及其隱喻

作　　者：金小安
出　　版：商務印書館（香港）有限公司
香港筲箕灣耀興道 3 號東滙廣場 8 樓
http://www.commercialpress.com.hk
發　　行：香港聯合書刊物流有限公司
香港新界荃灣德士古道 220–248 號荃灣工業中心 16 樓
印　　刷：嘉昱有限公司
香港九龍新蒲崗大有街 26–28 號天虹大廈 7 字樓
版　　次：2024 年 10 月第 1 版第 1 次印刷

ISBN 978 962 07 3477 9
Printed in Hong Kong

謹以此書
獻給我的文學初戀和兩位人生導師

序一

從疾病中憶巴金

記得有一年，還是在疫情發生之前，我給研究生開了一門細讀《隨想錄》的課程。我們逐篇閱讀，逐篇討論，主要還是想通過閱讀《隨想錄》來了解著作所涉及的那段歷史背景，探究作家晚年創作中還沒有全部打開的心結。金小安是當時聽課的學生之一。她讀了《隨想錄》以後，提出要以《隨想錄》的文本為研究對象，探討作家的疾病書寫。我覺得這是一個值得研究的題目，也是以前研究領域很少涉及的課題，於是就肯定了她的想法，鼓勵她繼續探究下去。

很快三年新冠之災過去，人們回到了正常的生活軌跡，但對於疾病及其引起的災難禍害有了更為痛切的感受和更為深刻的認識。這時候我讀到金小安剛剛完成的這本《病的表徵：巴金的疾病書寫及其隱喻》，自然也有了更加會心的理解。今年是 2024 年，為巴金先生誕辰一百二十週年祭，學術界能推出這樣一本研究的著作，真是適逢其時。

《隨想錄》是巴金晚年的一部重要著作，從 1978 年開始寫作，到 1986 年完成，一共五卷，耗費了老人整整八年的時間。這八年，巴金從 74 歲到 82 歲，生理上漸漸老衰，不但要克服「十年浩劫」帶來的身心創傷，還要不斷抵禦愈來愈嚴重的生理上的疾病。我們在《隨想錄》的文字裏，可以直接感受到一個衰老的生命的痛苦和掙扎。當然，還不僅僅是疾病和抵禦疾病兩重因素制約了《隨想錄》

的寫作文本，作家透過疾病書寫，還將傳遞出更為複雜的思想內涵與現實意義。

我的朋友、日本學者阪井洋史先生在其著作裏曾經討論了《隨想錄》書寫病痛背後的現實環境的隱患：「文本生成的困難就是圍繞文本的諸多現實困難之隱喻：巴金寫自己的手顫抖而不能執筆，那就隱喻着讓巴金不能執筆的現實壓力；寫自己患了感冒，那就隱喻着讓他患感冒的『冷氣』的存在即政治氣溫的降低。……」金小安在書中分析了這種修辭帶來的隱喻效果：「阪井的觀點強調了《隨想錄》中巴金人格的複雜呈現方式，以及其作品對讀者的不同影響。當讀者在《隨想錄》中尋找強化個體記憶的材料時，會發現這部作品展示了巴金現時的痛苦。而當讀者試圖認同巴金的痛苦和憤慨時，作品卻通過隱晦的敍述策略避免了簡單的認同。」在這裏，我們可以把巴金的疾病書寫看作是一種對外界政治氣候及其所感受到的壓力，通過委曲的修辭表達出來，使我們得以了解《隨想錄》的寫作背景。但這種隱喻的表述，大約只有置身於同樣文化氛圍下的讀者才能夠獲得理解。記得當年《隨想錄》在香港《大公報》連載時，很多香港的大學生以及他們的老師，都不理解這樣的表述。但是現在已經過了四十年，生活在香港、求學於上海的青年作家金小安，已經能夠比較深切感受到了這些語詞背後的隱晦意義，並且能夠接受和研究《隨想錄》這部重要著作，我所感受到的，不僅僅是「欣慰」所能夠形容。

不過，金小安這部書稿還有更為獨特的價值。她利用她關於疾病症候的知識，對《隨想錄》的疾病書寫展開了專題研究。也就是說，《隨想錄》的疾病書寫，除了修辭上的隱喻作用外，疾病書寫本身是一種寫實的記錄，真實地記錄了巴金晚年的身體狀況一天天衰老的過程，及其在心理上引發的反應。人的生命狀況是一個整體，巴金青年時期患過肺病，但肺病本身的結果遠沒有它給巴金心理上帶來的陰影嚴重。巴金家族有肺結核的遺傳基因，巴金從小就被這種絕症的陰影所籠罩，他在小說創作裏一遍一遍地書寫肺結核病人的精神與生理的雙重痛苦，把這種絕症及其帶來的絕望心理，都賦予了他小說的主人公。但事實上，我們從巴金身上看到的是一個生龍活虎、滿溢着理想主義精神的安那其戰士和著名作家。巴金一生奔波奮鬥，事業非凡，他沒有不良嗜好和無病呻吟的習慣，也沒有受到家族遺傳中的肺結核和痰病（突發性的神經性失調）的影響。中青年巴金的體質不算很健康，但是也很少被疾病所糾纏，這當然是與他積極向上的精神面貌和心態有關。是「文化大革命」的災難摧殘了巴金身體，也嚴重折磨了他的精神。金小安在書中用大量細節證明了巴金的帕金森氏症的早期症狀可以追溯到上世紀七十年代的「文革」中後期，這是非常有見地的。一場浩劫結束於 1976 年，72 歲的巴金一頭白髮，滿腔悲憤，時代留給他的傷痕，就是全身的老年病。書中用四個章節分別梳理了巴金的疾病書寫：肺結核、痰病、創傷後遺症和帕金森氏症等。這四種疾病的前兩種，來自巴金家族的遺傳，也是巴金疾病書寫的重要內容，但不是巴金本人所困擾的病症；而後兩種：創傷後遺症和帕金森氏症，包括伴隨着衰老而起的種種生命退行症狀，才是長期困擾老年巴金的致命威脅，也是他晚年遭遇的最有殺傷力的敵人。

巴金始終有一顆年輕的心，內心也澎湃着年輕人的青春激情，但日益衰老的體軀卻與他的心漸漸分離，不再聽他的指揮。我清楚地記得，巴老有一次親口告訴我，他寫作時，右手握筆，卻顫抖着，無法把字寫到紙上，心裏着急，他只得用左手去推動右手，幫助右手一筆一劃地寫出字來。巴金當時一邊說，還一邊做着動作，我想這時候他內心一定是很痛苦的。所以我相信，巴金的疾病帶給巴金的痛苦是真實的，這痛苦本身就是一種生命現象，也同樣值得我們去深入地研究。感謝金小安，第一次把巴金的疾病書寫引入了巴金研究的視域，這是一個很好的開端。

記得 42 年前，我與李輝第一次走進巴金居住的武康路 113 號的客廳，巴金從樓下慢慢走下來，步履沉重緩慢，但非常有力。那天巴金在生病，感冒，還發燒，但他還是熱情地接見了我們兩個年輕、冒昧去打擾的大學生。後來熟悉了，我經常去巴金的家，總是在客廳裏見到他，也看着他一天天衰老，他總是坐在客廳靠近陽台的一張小桌邊，慢慢地動作，……再後來，我只能到醫院裏去看望他，他躺着，或者坐着，他說話的聲音越來越低，我有點聽不清他的話，小林在的時候，小林會做翻譯……再後來，他就躺在病牀上了，記得在他彌留之際，我站在他牀邊，用手輕輕撫摸他的體軀，他的胸腹部很硬很硬，好像甚麼東西結成了塊狀。……11 月 17 日，晚上 7 點，一個偉大的生命終於熄滅了。

我希望以後有一天，能夠開放巴金晚年長期住院治療的病歷資料，這樣我們就能夠觸摸到一個有血有肉的生命體軀的完整過程。

陳思和

2024 年 10 月 13 日

序二

在桑塔格「疾病的隱喻」理論護持下，金小安找到了一個樣本：巴金和他的疾病。在有限的資料中，她苦心搜羅，精心分析，不僅展示了這位歷經風雨的老人之遍體鱗傷，更揭示這背後的精神世界之負累。肉身的巴金和精神的巴金，在金小安充滿情感的專業「護理」中得以更為形象、立體、透徹的重生。

周立民

2024 年 10 月 18 日

目錄

第一章

緒論

疾病與苦楚是巴金晚年書寫的代表性主題，也是沿着巴金的生命腳步去考察其思想風格變化的重要切口。巴金曾「身經百炸」，歷經抱着稿子居無定所的戰亂年代，也經歷過建國初期口號高調的「共名」時代，以及人格喪失、道德淪喪的十年浩劫，和推動思想碰撞與文化發展的「百家爭鳴」……。不同時代都有特定的話語限制，恰恰是這些語境限制，使巴金作品中與「病症」有關的書寫具備飽含深意的雙重意蘊。

暮年的巴金，經歷着個體生命的衰竭和對抗疾病的內在體驗，同時他結合自己的情感表達、精神思想與歷史情境和當時的社會狀況，將《隨想錄》轉化為一場屬於自己的獨立而深刻的思辨之旅。在描述和書寫疾病時，巴金不斷探索和辨認着生命的意義，終將病症與自身融為一體，勾勒出「身體、自我、社會練成的象徵之網」。[1] 以「病的表徵」為切入點，釐清疾病如何在巴金的生活和作品中體現，不僅有益於揭示文本背後的文學隱喻、情感流動和生命主題，也有助於還原作家與身體疾病、歷史事件以及社會環境之間的互動關係，從而為當代的巴金思想研究與人類的疾病書寫研究提供新的視角。

第一節 疾病的書寫

人類學家凱博文（Arthur Kleinman）有言：「病人的病史是個人

1 George L. Engel. "The need for a new medical model: A challenge for biomedicine". *Science*, Vol.196, No.4286, pp.129-136.

生命文本」。[2] 誠然，關於疾病的體驗，最能展現個體承受的身體、心理、人際以及社會的壓力。同時，關於疾病的觀念認知，其本身就是一套系統性的連帶知識，呈現個體與其所處的社會、文化環境之間的密切關係。對於巴金而言，他的晚年可以被視為充滿肉身及精神苦難的時期：他曾經歷文化大革命時期的政治鬥爭與身心煎熬，晚年又開始面對多重身體健康的挑戰，如骨折、肺炎、帕金森氏症等。這些疾病與經歷，對他的寫作及日常生活都產生了不容忽視的重大影響，而他也將這些苦難轉化為心靈的力量，昇華為沉甸甸的文字。這不禁使人思考：苦難如何得以書寫？疾病是否可以作為心靈的表徵？巴金晚年的疾病體驗，如何倒影出現代中國的社會圖景與精神面貌？

「疾病」不僅僅是一個生物醫學定義，它更是由社會和文化變遷共同建構而成的。疾病的「社會建構」，旨在於強調疾病並非只是生物醫學上的異常狀態，而是在社會互動、文化意義、經濟關係和政治權力中構成的經驗現象，並構成了社會互動和身份認同的一部分。這一觀點以蘇珊・桑塔格（Susan Sontag）和歐文・戈夫曼（Erving Goffman）為代表。在這一研究視角中，疾病的理解和處理方式受到社會規範、文化信仰、經濟條件和政治環境的影響。例如，不同社會和文化對同一種疾病可能有相當迴異的詮釋、治療方式和公眾反應。與此同時，我們給予疾病的名稱和定義會影響我們如何看待和處理它們。比如「抑鬱症」一詞的出現，不僅定義了一系列的症狀，同時也連帶出社會對這類疾病的看法和應對方式。因此，疾病可以

2　［美］凱博文著，卓惠譯：《談病說痛 —— 在受苦經驗中看見療癒》（心靈工坊，2020 年），第 314 頁。

被視為一個複雜的社會文化現象，其含義和影響超出了純粹的生物醫學範疇，其意義賦予和呈現在很大程度上是由社會現狀決定的。

首先，疾病影響着個體的身份認同與社會互動。根據歐文・戈夫曼的觀點，社會互動可被比喻為一場戲劇，日常生活中的人們就像舞台上的演員，扮演着各種角色。觀眾由其他觀察角色扮演並對表演做出反應的個體組成。在社會互動中，如同在戲劇表演一般：一方面，存在一個「前台」區域，演員在觀眾面前表演，他們對觀眾的意識和觀眾對他們應扮演角色的期望影響了演員的行為；另一方面，也存在一個「後台」區域，也可稱為「幕後」，個體可以放鬆，做自己，或是在他人面前扮演的角色或身份。[3] 基於此，人們在社會場合互動時，不斷地進行「印象管理」，每個人都試圖以一種方式呈現自己的形象和行為，以防止自己或他人尷尬。這種「印象管理」主要是通過每個參與互動的人努力確保所有方都對情境有着相同的「定義」，而這意味着所有人都理解在該情境中應該發生甚麼，期望其他參與者做出如何的行動，從而知道自己應該如何行為。儘管戈夫曼的工作並未直接聚焦於「疾病的社會建構」上，他的理論卻為理解疾病在社會中的角色提供了架構與思路。戈夫曼提出的關於個體如何在社會中呈現自己，以及社會規範如何影響個體身份的理論，可以應用於理解疾病如何影響個人身份和社會互動。

其次，特定時期關於疾病的觀念認知，其本身就是一套系統性的地方性知識，呈現了個體與其所處的社會、文化環境之間的關係，也為我們提供了一個理解特定時期社會文化思想的標本切片。人類學家克利福德・格爾茨（Clifford Geertz）將文化闡釋為「使用

3 Erving Goffman. *The Presentation of Self in Everyday Life*. Penguin, 2022.

各種符號來表達的一套世代相傳的概念，人們憑藉這些符號可以交流、延續並發展他們有關生活的知識和對待生活的態度」。[4] 在格爾茨看來，「地方性知識」（local knowledge）的概念強調的是知識不僅僅是普遍性的或全球性的，而是深深植根於特定社會和文化環境中的。這種知識包括了一系列與特定地區相關的實踐、信仰、傳統、技術和理解方式，這些都是在長期與自然環境和社會環境互動中形成的。

對於巴金所處的現代中國社會而言，人們對於疾病的觀念認知既來自本土中醫傳統知識的世代傳承，也來自於西方現代醫學的革新和傳播。中醫傳統憑藉其深厚的歷史根基和對身體、疾病及治療的整體性視角，與西方醫學的科學方法和疾病治療新技術相互碰撞、融合、互動。這兩種醫學體系在理論、實踐和信仰上的差異，共同塑造了當時民眾對特定疾病的理解和態度，使得疾病的觀念在現代中國社會呈現多元化和複雜化的特徵。

基於此，本研究以巴金晚年的疾病書寫為中心，試圖將病症視為一種身體的苦難、心靈的表徵以及社會文化的建構進行分析。苦難的書寫通常涉及對個體經歷的深刻反思和表達，疾病作為一種苦難，確實可以作為心靈的表徵。在巴金的晚年，他的疾病體驗不僅是個人苦難的反映，也映射出了現代中國社會的圖景和精神風貌。巴金通過對個人疾病體驗的書寫，逐層地揭示出社會變遷、文化衝突、個人身份及社會角色的轉變。這些體驗既是他個人心靈歷程的縮影，也是整個社會在特定歷史時期的心理和文化狀態的呈現。

4　［美］克利福德・格爾茨著，納日碧力戈等譯：《文化的解釋》（上海人民出版社，1999 年），第 103 頁。

第二節 疾病的探索與反思

所謂「病人的病史是個人生命文本」，[5] 意味着關於疾病的體驗，一方面還原再現個體患病時所承受的身體、心理、人際以及社會的壓力，另一方面也是個體生命閱歷的真實記錄與寫照。同時，關於疾病的觀念認知體現了本土的地方性知識與外來的現代醫學知識的互動融合，並在更深層次上呈現出個體與其所處的社會、文化環境之間的密切關聯。

在此背景下，本書通過對巴金疾病書寫的探索，希望能夠更深入地反思巴金作品中的文化內涵。闡釋疾病的社會建構與文化意義。理解疾病不僅在醫學上的意義，還包括其在文化、社會和心理層面的影響和作用。通過巴金作品中的疾病書寫，一方面可以深度探討文學與社會互動的關係，考察文學如何反映和影響社會對疾病的認知和態度；另一方面，能夠通過巴金作品中的疾病隱喻，拓展文學研究的視野和維度，從而探索文學作品在更廣泛社會文化背景下的深層意義。

同時，通過論證疾病的隱喻的多重內涵，分析具體疾病的隱喻，不僅可以揭示它們在文學作品中的多層次含義和象徵作用，還有助於深化當代學者對疾病隱喻和疾病觀念變遷史的理解。以疾病的隱喻為切入點，可以在研究疾病如何反映社會現象、政治動態或文化觀念的同時，深度探討疾病與社會關聯這一全人類共有的議題。更進一步地，通過拓展文學與醫學人文的交叉研究，展現疾病書寫在文學創作中的重要性和影響力。

---

5 ［美］凱博文著，卓惠譯：《談病說痛——在受苦經驗中看見療癒》，第 314 頁。

疾病書寫不僅是對實際疾病狀態的描繪，也承載着豐富的隱喻意義。在巴金的文學創作中，疾病往往被用作象徵社會病態、個體心理狀態或者精神世界的退化。通過對疾病的描寫，巴金探討了個人與社會、理想與現實之間的衝突，同時也反映了他對時代背景和社會變遷的深刻認識。這種疾病隱喻的使用，不僅豐富了文學表達的層次，也增強了作品的思想深度和藝術影響力。

一、病的表徵

「病的表徵」是指在文學、藝術或其他形式的表達中，將疾病作為一種象徵或隱喻來展現特定主題或概念。這種表徵不僅描述了疾病的物理症狀，往往隱含着更深層次的社會、心理、道德或文化意義，例如，特定作品中的疾病可能象徵着社會的腐敗、個人的心理衝突或道德的退化等。

凱博文在《疾痛的故事》一書中提出三個核心概念：疾痛（illness）、疾病（disease）、病態（sickness）。[6] 三者之間既有共通之處，又相互區別。其一，「疾痛」指的是人們在經歷疾病時最直接及切身的感受，包括可怕的症狀、苦楚和困擾。它不僅涵蓋了病人自己對疾病引起的身體異常和不適的感受，還包括他們對這些不適反應的思考和處理，以及如何應對疾病帶來的實際生活問題的態度和看法。疾痛作為一種主觀性的行為，也是治療的起點，因為病人會根據他們的疾痛感受來決定尋求醫療還是其他替代療法。這種

6　[美] 阿瑟・克萊曼著，方筱麗譯：《疾痛的故事 —— 苦難、治癒與人的境況》（上海譯文出版社，2010 年）。

經驗是醫生和病人之間相互理解的基礎，通常是在初次就診時通過病人向醫生描述疾痛而建立的。

其二，「疾病」的概念通常指醫生基於病理理論解釋和重組病人的疾痛經驗提出的診斷。醫生利用其專業知識，從生物醫學的角度出發，將病人和家屬所感受到的疾痛經驗轉化為具體的疾病問題。如此一來，疾痛不僅僅是個體的體驗，同樣有他者的詮釋，它成為了一個可以診斷和治療的醫學問題。

其三，「病態」概念強調了患者羣體與社會大環境（經濟、政治、制度）之間的關係。這一概念揭示了某些特定類型的患者更容易受到疾病的影響，以及疾病經驗可能反映的更深層次的社會問題。基於此，疾痛經驗不僅是個體層面的問題，也是政治壓迫、經濟剝削等社會問題的體現。通過這種方式，病態概念將醫學問題與其社會政治背景緊密聯繫起來，提供了對健康和疾病更為全面的理解。

本書所強調的「病的表徵」，旨在通過「徵候」來訴說「症狀」：首先，關照「疾痛」概念下病人自身主觀層面的生理感知、心理苦楚以及心靈困擾。其次，依據疾病書寫中對於病情的描述，考察對具體「疾病」的診斷以及社會認知變遷。最後，參照「病態」概念，考察病的隱喻背後，病人羣體與社會的經濟發展、文化環境以及社會問題等之間的關係，完成關於疾病的「社會建構」。

二、巴金晚年的疾病體驗和創作實踐

巴金晚年主要病症的匯總表如下，完整版請詳見附錄。

作者	書名	具體篇目	具體病因	因病引致的其他狀況	摘錄	勘誤
巴金	《病中集》	〈病中（四）〉	摔斷腿	感到「腿短了」、精力衰退	五月中旬我回到家裏，已經在醫院住了半年零幾天了。瘸着腿到了家中，我才發覺傷腿短了三公分。 精力不夠，在樓下太陽間裏來回走三四趟，就疲乏不堪。有時讓別人扶着下了台階繞着前後院走了一圈，勉強可以對付，再走一圈就不行了。	推算是 1982 年 11 月入院。
巴金	《病中集》	〈病中（四）〉		腿傷未康復、焦慮不安	只要坐上一個小時，我就會感到跌傷的左腿酸痛，坐上兩三個小時心裏便煩躁不安，彷彿坐在針氈上面。	
陸正偉	《永遠的巴金》	〈巴金身邊的保健醫生〉		腿傷未康復、確診中度帕金森氏症	出院後，這些症狀非但沒有緩解，而且似乎比以往更重了。於是，巴老在小林的陪伴下來到華東醫院神經科就診，……巴老患上了中度帕金森氏症。	
巴金	《病中集》			確診為帕金森氏症	我才第二次去看神經科門診，最後又作為「帕金森氏症」的病人住院治療。	
巴金	《病中集》	〈病中（四）〉	拔牙		我回家的時候剛剛拔光了剩餘的幾顆下牙，只能吃流質，食慾不振，體質差。	

（續表）

作者	書名	具體篇目	具體病因	因病引致的其他狀況	摘錄	勘誤
巴金	《病中集》	〈我的噩夢〉	腿傷未恢復		但是腿傷尚未治好，我又因神經系統的病住進醫院了。	
巴金	《病中集》	〈病中（五）〉			第二次入院治療已經三個月。當初住進醫院，以為不到一個月便可回家。前幾天我女兒在院內遇見上次給我看過病的一位醫生，他聽說我又因「帕金森氏症」住院……	
巴金	《病中集》	〈再憶蕭珊〉	耳鳴		在數九的冬天哪裏來的蟬叫？原來是我的耳鳴。	
巴金	《無題集》	〈幸福〉	耳鳴		從香港回來又是十八天了，我坐在二樓太陽間的書桌前，只聽見一片「知了」聲，就是說我耳鳴相當厲害，可是我的頭腦十分清醒，我拿着筆，一邊在回憶前一個「十八天」的事情。	
巴金	《無題集》	〈「創作自由」〉	失眠	咳嗽、失眠	最近我還在家裏養病。晚上，咳得厲害，在硬板牀上不停地向左右兩面翻身，總覺得不舒服，有時睡了一個多小時，又會在夢中被自己的叫聲驚醒。	

通過分析巴金晚年作品中的疾病書寫，特別關注肺癆、痰病、創傷後應激障礙（Post-Tranmatic Stress Disorder，簡稱 PTSD）[7] 以及帕金森氏症（Parkinson's Disease，簡稱 PD）[8] 這四類疾病，旨在探討這些病症在文學中作為隱喻的使用，並解讀它們背後的深層含義和情感流動。這樣的研究有助於理解巴金如何通過疾病描寫來表達更廣泛的社會現象、心態變化和道德議題，以及這些議題如何體現於他的文學作品中。

總體而言，病症可以被視作「身體、自我、社會練成的象徵網在人身的體現」。[9] 因此，從日常生活秩序、家庭與社會關係、集體文化記憶等維度來建構個人、他者與社會的象徵之網，是一種深入理解巴金作品的有效途徑，這一途徑使我們能夠更清晰地描繪巴金作品中的生命脈絡、精神觀念以及情感脈絡的遷移。

第三節 章節設置

在章節設置上，本書分為七章，除「緒論」與「結語」部分之外，第二章至第五章分別以四個巴金晚年的重要疾病為中心（即肺癆、痰病、創傷後應激障礙以及帕金森氏症），對其背後的疾病隱喻和社會建構進行闡釋和論證。第六章採用比較文學的方法，圍繞托爾斯泰和巴金的人生軌跡與生命書寫進行論述。

---

7 亦可譯為「創傷後壓力症」。

8 亦可譯為「柏金遜症」。

9 George L. Engel. "The need for a new medical model: A challenge for biomedicine", pp.129-136.

第一章「緒論」，在闡發本研究的選題緣起的基礎上，對學界的相關研究動態進行評述，呈現相關領域的學術生長點。同時，指出本書採用的文本細讀法和跨學科研究法，主要研究對象為「病的表徵」，即通過「徵候」來訴說「症狀」，以達成疾病的「社會建構」。

第二章「時代的陰影：肺癆、死亡與命運掙扎」，從肺癆在世界文學中的隱喻角色入手，結合巴金周圍親友患肺癆的實況及巴金自身的患病經歷，在具體的歷史語境中還原肺癆在現代中國的疾病隱喻，尤其是個體在社會的邊緣化、國家與民族的健康狀況以及傳統知識與現代性的話語爭奪。

第三章「心靈的憂思：痰病、家族與情感壓抑」，從巴金家族性憂思的代際流傳為切入點，闡釋痰病為巴金帶來的精神壓力和情感矛盾，以及神經性失調是如何影響並塑造其人格風貌與創造風格，並最終在心理與身體的交互影響完成了疾病的隱喻，從而重申疾病書寫的目標在於回歸「人」的主體性。

第四章「『劫後』餘生：創傷後遺症、抽離與意識超越」，聚焦創傷後遺症後主體意識的抽離與超越，結合巴金在「文革」時期的真實個人經歷，考察其在抽離與超越中左右搖擺過程，論證悲痛「無意識」與覺察「有意識」對於作家創作的真實與虛構的雙重影響。

第五章「生命的退行：帕金森氏症、慢性病與身體失控」，以慢性病的代表帕金森氏症為中心，考察身體退行帶給巴金的身體失控、心理焦慮以及精神絕望，將其作為一種身體與生活走向失控、生命逐漸失去活力的象徵，以剖析巴金晚年疾病書寫中對於生命本質的深沉思考。

第六章「晚年的生命意識：以巴金和托爾斯泰為對照」，對於兩位擁有相似人生經歷但又各具特色的作家開展比較研究，以疾病書寫和生命書寫為中心，挖掘兩位作家晚年的人生軌跡及其對於疾病、衰老、死亡的感知體驗，從更宏大的視野上考察死亡為作家帶來的獨特情感體驗和創作靈感。

第七章「結語」，將疾病的「隱喻」概括為自我、他者與社會的「象徵之網」，從日常生活秩序、家庭與社會關係、集體文化記憶的三個維度總結巴金晚年疾病書寫中的多重隱喻，並進一步強調：疾病書寫雖來自於病人的主觀感覺經驗，但其對於描繪社會變遷過程、勾勒大眾疾病觀念以及構建人類社會的文化意義而言，皆具有重要價值。

第二章

時代的陰影：肺癆、死亡與命運掙扎

在世界文學中，肺癆（Tuberculosis）作為隱喻直觀反映了其作為疾病本身的特質，也折射了人類對於生命、疾病和社會條件的深刻思考。蘇珊・桑塔格在《疾病的隱喻》一書中，對結核病、癌症和梅毒等疾病的文化隱喻進行了深刻的分析和解讀。她指出，「在超過一個半世紀的時間裏，結核病為雅致、敏感、憂傷、柔弱提供了隱喻性的對等物」，它既是「一個曖昧的隱喻」也象徵着「災禍」和「高雅」。[1] 每個時代和不同文化對肺癆的隱喻含義都有其獨特的視角和解讀，其中最為人所熟知的莫過於脆弱不堪、經歷無常、忿忿不平、飽受苦難與更容易產生對人生的哀歎，這些隱喻是特定歷史時期社會風貌和藝術表達方式的一種呈現。

作為巴金所處年代的一抹濃重的陰影，肺癆與死亡、苦難與勞頓總是融為一體，共同勾勒出巴金與同年代文人中不可避之的命運。親人及朋友的接連患病，不僅給這一代人帶來了情緒起伏和思想變化，更使得他們在忍耐病痛、尋求治療和嘗試生存的過程中，形成了深層次的情感共鳴和精神連結。巴金筆下的肺癆不僅規定了一系列的症狀或者說必然的比喻，同時還引進了對疾病自身的診斷，促使我們對疾病既賦予意義又最終消解意義的這一過程進行病理式分析。[2] 通過對「愛與痛苦這樣一個赤裸裸的人類狀況」的全面展示，巴金終於使自己成為一位「卓越的心理現實主義者」。[3]

1　[美]蘇珊・桑塔格著，程巍譯：《疾病的隱喻》（上海譯文出版社，2018年），第55頁。

2　唐小兵：〈最後的肺癆患者：論巴金的寒夜〉，《英雄與凡人的時代：解讀20世紀》（上海文藝出版社，2001年），第17頁。

3　夏志清著，劉紹銘譯：《中國現代小說史》（香港中文大學出版社，2015年），第181—187頁。

想要了解肺癆在巴金創作中的反映與影響，首先要從肺癆的年代語境及其在文學中的隱喻角色入手，立足於早年間巴金周圍親友患肺癆的實況，及巴金身患肺癆的經歷對其一生的影響。通過廓清巴金作品中關於肺癆的疾病隱喻，探究巴金對於死亡和命運的深厚情感與無盡思考，同時兼論巴金筆下的肺癆患者與同時期作家作品中的異同之處。

第一節　肺癆在世界文學中的象徵意義

肺癆，也稱為肺結核，主要是指一種由結核分枝桿菌(Mycobacterium tuberculosis)引起的慢性傳染病。在世界範圍內的諸多文化中，這種病都在歷史上長期與消瘦、久咳、虧弱等症狀相關聯。肺癆的典型症狀包括持續性地咳嗽、咳痰或咳血、胸痛、乏力、體重減輕、發熱和盜汗（尤其是夜間）等。

「結核病是一種時間病。它加速了生命，照亮了生命，使生命超凡脫俗。在英語和法語中，描繪肺癆時，都有『疾跑』(gallop)的說法」。[4]「疾跑」一詞通常指的是一種速度很快的跑步方式，特別是在提到馬匹時。它是馬匹四種基本步態之一，是一種快速、跳躍式的運動，馬在跑步時四蹄交替離地，給人一種飛翔般的感覺。在其他語境中，「疾跑」也可以形容任何快速的或不受控制的運動，或用於描述事物的快速發展或變化。

「疾跑」一詞精確概括了肺癆的顯著特徵。在現代醫學的語境

4　[美]蘇珊・桑塔格著，程巍譯：《疾病的隱喻》，第14頁。

中，肺癆的特點主要體現在傳染性、致命性和長期性三個方面：首先，在傳染性方面，肺癆是通過空氣傳播的，尤其是當患者咳嗽、打噴嚏或說話時，可以將帶有結核菌的微小飛沫傳播給他人；其次，在致命性方面，在抗生素發明之前，肺癆是一種極為致命的疾病，而現代醫學的進步使得肺癆成為一種可治癒的疾病，但其在全球範圍內仍然是一項重要的公共衞生議題；其三，在長期性方面，肺癆的病程通常漫長且艱難，如不及時進行治療，病情可能會持續數月甚至數年之久。由於它的慢性特徵和對體力的極大損耗，肺癆在很多文化中被視為一種具有深遠社會和心理影響的疾病。因此，在 19 世紀和 20 世紀初，肺癆通常被視為一種與貧窮和社會邊緣化相關的疾病。隨着醫學的發展，人們對肺癆的理解和治療有了顯著的進步，但「肺癆」這個術語仍然保留在一些文化和文學作品中，作為對這種歷史性疾病的回憶。

肺癆在世界各國文學作品中被用作多種隱喻，這些隱喻不僅反映了疾病本身的特性，同時折射出不同文化和歷史時期的社會心態和藝術表達。從宏觀的角度來看，主要呈現出三種脈絡：一、脆弱之美與生命無常；二、社會不公與經濟壓迫；三、精神苦難與創作靈感。

一、脆弱之美與生命無常

肺癆在文學作品中，普遍呈現了生命之脆弱不堪，及因不可預測而導致的命運的無常。「浪漫派以一種新的方式通過結核病導致的死亡來賦予死亡以道德色彩，認為這樣的死消解了粗俗的肉身，使人格變得空靈，使人大徹大悟。通過有關結核病的幻象，同樣也可以美化死亡」。[5] 在 19 世紀及之前的歐洲文學中，肺癆常被視為一種帶有浪漫主義色彩的疾病，患者往往被描繪為有着脆弱之美、深情而憂鬱的形象。與此同時，由於肺癆的致命性和不可預測性，它更是生命脆弱和命運無常的象徵，在很多文學作品中，肺癆的出現預示着不幸和死亡的主題。

肺癆在歐洲文學中被賦予濃烈的浪漫主義色彩，主要源於當時社會對疾病及其影響的理解，同時反映了浪漫主義時期人們對於悲劇、情感深度和美學的追求。這種色彩不僅體現在對於肺癆患者的纖細的外貌描寫裏，更體現在人們對於其蘊藏的憂鬱氣質、生命悲劇以及藝術創作的思考中。其一，肺癆患者常被描述為擁有一種脆弱、蒼白而又纖細的美感。這種美是苦澀的、充滿悲劇哀情色彩的，反映了浪漫主義對於非典型性之美的熱忱追求。作為強調情感、個性和自然之美的藝術與文化運動，浪漫主義在 18 世紀末到 19 世紀中葉達到創作的頂峯。在這一浪漫化的歷史語境中，對於肺癆患者的細緻描摹甚至是推崇，恰恰反映出特定時期社會對非傳統美的追求和對悲劇人物的浪漫化想像。不論是蒼白的肌膚、潮紅的面頰，或是深沉憂鬱的眼神，這些症狀都被視為一種獨特的而苦澀的虛弱之美，傳達出一種脆弱、感性及與其外表形成鮮明張力的精神深度。這種美的觀念並非慶祝疾病本身，而是讚美與疾病相關的某種精神和情感狀態。肺癆被視為一種使人精神化、情感深沉的病症。在這個視角下，患者被賦予了一種憂鬱而高貴的氣質，這與浪漫主義對悲劇和苦難的美學讚賞是一致的。

5　[美] 蘇珊・桑塔格著，程巍譯：《疾病的隱喻》，第 19 頁。

例如，在小亞歷山大・仲馬的《茶花女》中，小說的女主角瑪格麗特・高蒂埃就是一位肺癆患者，她被描繪為一個擁有悲劇色彩的美麗女子，其蒼白和纖弱的身體成為了她悲劇命運的象徵；在維克多・雨果的《悲慘世界》中，幼年的芳汀患上了肺癆，她蒼白與消瘦的外貌成為了她不幸生活的寫照；在艾蜜莉・勃朗特的《咆哮山莊》中，凱瑟琳・恩肖雖未直接被指出患有肺癆，但她個人形象中的脆弱及慘白與當時對肺癆患者的典型描繪相似；在司湯達的《紅與黑》中，作為主要女性角色的瑪蒂爾德・德・拉・莫爾是一位蒼白而纖細的女性，其弱不禁風的外貌與她強烈的情感形成了鮮明的對比等。

不僅如此，肺癆患者在文學作品中往往被描繪為具有深沉情感和憂鬱氣質。這種深情與憂鬱被視為一種情感的深度，是浪漫主義對於強烈個人情感的體現。肺癆患者往往被描述為擁有一種悲劇美，他們的病痛和掙扎被看作是對人類經驗深刻的反思。這種觀念在當時的社會和文化背景下具有特殊的文化意義，因為肺癆是一種普遍流行卻極其致命的疾病，大多情況下都無法治癒。在此基礎上，肺癆患者的形象也就成為了情感深度、藝術創造力和浪漫悲劇的象徵。

這種深沉的情感，通常與肺癆患者所們面臨的生命之脆弱相關。他們的苦難被視為靈魂的提純，情感的深化，以及與悲劇性命運的對抗。世界文學中的肺癆角色常常展現出對生命、愛情和藝術的深刻反思，而他們的經歷和感受深化了對當時人類狀況的理解。與此同時，憂鬱氣質在文學作品中常常與肺癆患者緊緊相關。這種憂鬱不僅僅是因為疾病本身的痛苦，還因為它引發的對生命意義和終極問題的沉思。肺癆患者的形象經常被用來象徵生命的脆弱和無常，以及深層的憂鬱、孤獨感和悲觀主義。這種對肺癆的浪漫化再創作，反映了當時對疾病和死亡的態度。其中，疾病被視為一種精神和情感狀態的外在表象，而不僅僅是生理上的不適。當然，隨着醫學的進步和對肺癆實質性危害的逐步認識，這種浪漫化的觀點逐漸被現實主義與科學知識所徹底取代。

種種跡象表明，這些藝術作品中，對肺癆的描寫往往展現出一種對生命之脆弱的深刻理解及對死亡的詩意沉思。然而，這種觀點更多是文學和藝術史的一個特徵，而不是對疾病本身的真實寫照。因為在當代，肺癆已是一種可以通過適當的醫療干預有效治療的疾病。

二、社會不公與經濟壓迫

肺癆在文學中時常被用作象徵，反映社會制度的不公和經濟困難的現實。「結核病通常被想像成一種貧困的、匱乏的病 —— 單薄的衣衫，消瘦的身體，冷颼颼的房間，惡劣的衛生條件，糟糕的食物」。[6]19 世紀工業革命期間，由於工作環境惡劣、生活條件差，肺癆在工人階級中廣泛流行。這種疾病的流行不僅揭示了工人們面臨的健康危機，也暴露了當時社會經濟結構的問題，勾勒出當時社會現實的不公以及勞動階層所遭受的經濟壓迫。肺癆作為一種致命的疾病，對身處弱勢的人物的命運，通常是影響深遠且具毀滅性的，因此其在文學中具有深刻的象徵意義。

面對社會性的貧困問題之時，大多數平凡的普通人尤其是弱

6　[美] 蘇珊・桑塔格著，程巍譯：《疾病的隱喻》，第 15 頁。

勢羣體，往往無力招架，只能被苦難的洪流裹挾前行。一些堅強的靈魂在波濤洶湧的暗流中，咬緊牙關與不公的命運奮力一搏，點燃了革命的星星火種。以馬克西姆・高爾基創作的重要小說《媽媽》為例，它描繪了俄國 1905 年革命前夕的社會狀況。小說的主要情節圍繞着佩拉吉亞和她的兒子帕維爾以及他們在俄國社會變革中的經歷展開。在那個時代，工人階級生活在極端貧困和壓迫之下。惡劣的生活和工作條件導致諸如肺癆這類疾病在工人中廣泛流行。在小說中，肺癆不僅象徵着個人的痛苦和無助，更是對社會制度不公的深刻批判和經濟困難的無奈反抗。肺癆的描繪突顯了工人階級所承受的身體和精神上的雙重負擔。這種疾病的流行同時反映出當下社會結構中深層次問題，包括工作環境的不安全，醫療保健的缺乏和社會安全網的不足。通過如此的描寫，高爾基不僅呈現了個體的悲劇，更揭示了整個社會的悲劇，強調了革命的必要性和迫切性。

與之類似的，維克多・雨果的巨著《悲慘世界》中，通過描繪一系列人物的生活，深刻反映了 19 世紀法國社會的不平等和苦難。在這部小說中，芳汀是一個關鍵人物，她的故事生動地展示出當時社會的殘酷和無情。作為一個單身母親，芳汀的生活充滿了挑戰和困苦。為了養活自己和女兒，她不得不在極其惡劣的條件下工作。隨着情節的發展，她的健康狀況開始惡化。雖然小說中沒有明確指出芳汀患的是肺癆，但她的症狀幾乎與這類疾病相符，而且 19 世紀時肺癆在歐洲是非常普遍的。芳汀的健康問題不僅是她個人悲劇的一部分，也象徵着更廣泛的社會問題。她的病症反映了當時工人階級所面臨的惡劣工作環境和社會對弱勢羣體的忽視。芳汀的悲慘經歷，象徵了無數在社會底層掙扎求存的人的命運。通過她的故事，雨果刻骨地揭示社會不公和經濟困境對個人生活的毀滅性影響。在芳汀的悲慘遭遇裏，雨果不僅展示了弱小個體對於命運的掙扎與絕望，更是對當時不平等的社會制度進行了深刻批判。

在D·H·勞倫斯《查泰萊夫人的情人》中，肺癆作為一種背景元素，同樣反映了工人階級無法改變的艱難生活和社會等級制度的不公正等現實問題。這部小說的主要情節圍繞着查泰萊夫人康斯坦絲與礦工奧利弗・梅爾斯之間錯綜複雜的情感關係展開。那個時代，英國經歷着工業化的巨大變革，這同時造成社會結構的劇烈變動和階級矛盾的加劇。工人階級，尤其是礦工，生活條件極其惡劣。肺癆在這個羣體中非常普遍，是工作環境惡劣和醫療條件不足的直接後果。在小說中，肺癆不僅是疾病本身，更是一個象徵，它是張痛苦的嘴，哽咽地呻吟出在城市工業化飛速變革中，底層人民無法抵抗且不容挽救的苦難。疾病的存在不可避免，當社會不同階層之間疾病的分佈不均，以及對待疾病的處理方式相異時，就凸顯出了上層與底層社會之間的溝壑。工人階級的健康問題一直是社會隱患，如作品中的肺癆，刻骨地揭露出社會和經濟系統中存在的漏洞與非人道的處理方式。勞倫斯通過這部小說探討了人與自然、身體與精神，以及個人與社會之間的關係。

總體而言，通過這些作品，肺癆不僅作為一種疾病客觀存在着，它還被賦予了深刻的象徵意義，反映了社會的不平等、作品人物性格中的脆弱和無助，以及工人階級在貧困與被邊緣化中的掙扎與苦難。這些作品通過描繪肺癆的影響，揭示了當時社會的深層問題。通過肺癆這一元素，不僅描繪出一個特有時代的殘酷社會現實，還表達了對人權平等、自由社會的迫切渴望。

三、精神苦難與創作靈感

心靈的苦難也許源自個人經歷中的創傷與痛苦，但正是這種經歷激發了個體人物的內在力量和洞察力，喚起人們內心深處更刻骨的情感和體驗，摩擦出靈感的火花。一方面，肺癆與精神上的消磨、內心的掙扎相互連接，是身體與心靈二元合一觀念在疾病中的顯現。在某些文學作品中，肺癆患者的長期病痛被用來比喻深層的精神苦楚或道德的淪喪沒落。另一方面，肺癆也描述着藝術家親身經歷的生活苦難與被激發的創作靈感。一切關於病痛、生命與記憶的體悟，都成為作家情感表達時取之不竭的生活源泉。

在陀思妥耶夫斯基的《白痴》中，肺癆是一個重要的象徵元素，它不僅表徵着人物的身體脆弱，也反映出他們的精神掙扎和動盪不穩的社會地位。《白痴》是一部探討愛情、道德及人性的複雜小說，講述了主人公慕斯金王子的故事，他是一位擁有高尚品質但在複雜社會環境中顯得天真的貴族。小說中，肺癆並非直接影響慕斯金王子，而是出現在其他角色身上，例如伊波利特，一個年輕的、患有絕症的人物。伊波利特的肺癆是他個人悲劇的隱患，也象徵着他在社會中無根基的邊緣地位及其所受到的精神折磨。19 世紀俄國社會的錯綜複雜性，在伊波利特的人物角色及他的疾患中充分展現，階級底線和道德觀念尤為突顯。他的肺癆，始終伴隨着頹喪感，恰如其分地反映出他局限於肉身的無力感與無法改變自己處境的絕望。在關於疾病的書寫中，人們因肉體的困頓而緊繃着的敏感神經，往往會將自身的思想搖擺、心靈糾結與道德困境無限放大。這也使得個人心理的複雜活動尤其是道德的陰翳和灰色地帶被暴露於聚光燈下，從而使個體的病症問題上升至社會整體的病態縮影。

再如，加斯東・勒魯創作的哥特小說《歌劇的幽靈》，以巴黎歌劇院為背景，講述了一個隱藏的、畸形的天才——埃里克，也被稱為「幽靈」，與年輕女歌手克里斯汀之間的複雜關係。小說中，肺癆雖不是主要情節，但它卻作為一個元素出現，間接地滲透貫穿於主人公的精神苦旅和掙扎中。小說中的肺癆作為一種背景病症，出現在一些次要角色身上。這些角色的疾病狀態在某種程度上反映了當時社會對於健康和疾病的看法，同時也與主要角色的內心世界產生了隱喻上的聯繫。肺癆作為一種慢性、消耗性的疾病，在文學作品中常被用來象徵心力交瘁的消磨和努力擺脫困境的掙扎。儘管主人公幽靈的身體並未直接受到肺癆的影響，但他的內心世界始終如肺病患者那般，被矛盾和困惑所纏繞，充滿了混亂、雜亂的情緒和思緒，痛苦與抉擇紛爭不休。幽靈的外貌畸形和他在社會中的隱形狀態，與肺癆患者的社會地位和內心掙扎有着某種程度的共鳴。他的形象和經歷在一定程度上就好像患上了肺癆一樣——被社會邊緣化、內心如同被撕裂一般，萬般孤寂。因此，在《歌劇的幽靈》中，肺癆雖然不是核心情節，但作為一個重要元素，它是小說主題的催化劑，即對孤獨、痛苦和社會邊緣化人物的深刻探討。勒魯利用肺癆這個象徵性的背景，來加深對主角內心世界的深度解剖。

亨利・繆爾日創作的小說《波希米亞生活》，生動地描繪了 19 世紀中葉巴黎的波希米亞藝術家生活。這部作品不僅是對那個時期藝術家苦難生活的一個記錄，更是對他們的貧困窘迫生活和絕望困頓如何激發創作靈感的深刻探討。在這部小說中，肺癆被描繪成藝術家生活苦難的典型。那時肺癆在藝術家中非常普遍，部分是由於他們艱辛困苦的生活條件和不穩定的生活方式。這種疾病的流行反映了他們身體上的脆弱無助和社會地位中被忽視、孤立和排斥的邊緣性質。同時，肺癆在小說中也是創作靈感的源泉，藝術家們因此病症，更迫切地表達對生活、愛情和死亡的深刻體驗和反思。小說中的人物在困頓結局的生活條件下，反而更熱衷於追求藝術與愛情。在此，肺癆這種身體疾病的本身，也成為了迫切追求的一種隱喻。它象徵着藝術家內心的痛苦、激情和對生活的渴望，同時也揭示出他們面對社會現實挑戰的火中取栗的心態。在浪漫主義和現實主義的背景下，這種對疾病的書寫反映出作者當時對藝術家角色的理解和期許。肺癆這種文學象徵，書寫着藝術家們的朝不保夕的苦難生活和他們不懈的創造精神，也精準捕捉到了波西米亞風格浪漫自由、不羈灑脫的精神內核。

作為一種「文藝病」，肺癆經常被認為和敏感的靈魂與豐沛的創造力息息相關。許多著名的藝術家，例如許多作家和音樂家都患有或死於肺癆，這似乎進一步證明這種疾病與藝術天賦之間不可規避的紐帶關係。例如，英國浪漫主義時期的著名詩人約翰・濟慈於 25 歲時因肺癆去世，他的詩歌如《夜鶯頌》和《格萊西安湖畔》等作品卻充滿對美和自然的深刻體悟，顯示了他對生命的敏感理解與頓悟。波蘭作曲家和鋼琴家肖邦，長期與肺癆鬥爭，這種肉身上的疾痛加深他音樂中的情緒波動和憂鬱抒情色彩。英國著名小說《咆嘯山莊》的作者，艾蜜莉・勃朗特也是肺癆的受害者，她的作品以其強烈的情感和生動的想像力而著稱。俄羅斯著名劇作家和短篇小說家契訶夫，他的作品如《櫻桃園》和《海鷗》深刻探討了人性的複雜，同時他的創作生涯也是在與肺癆的鬥爭中度過的。

總的來說，這些文學作品通過將肺癆作為一個象徵來表達更深層次的主題。雖然肺癆是一種嚴重的健康問題，但在某些特定語境下，它被視為激發患者深刻創造力及藝術靈感的原始動力。它不僅是一種疾病，而且是一種隱喻，通過它，作者能夠探索人物的內心世界、社會地位和個人價值觀的衝突。肺癆的緩慢和長期特性使得它成為描述人物內心深處的痛苦、絕望和掙扎的有效工具。在這些作品中，肺癆不僅是肉身的體驗與經歷，更是精神崩潰、道德掙扎、抉擇游移的象徵。

第二節　巴金與肺癆的命運之爭

肺癆、死亡與命運掙扎，似乎成為了巴金與同年代文人中不可避之的命運。在 19 世紀末 20 世紀初，肺癆是一種普遍而致命的疾病，尤其在文學藝術界中，它被視為一種象徵性的病症，常常與創作的苦痛和生命的短暫聯繫在一起。對於巴金和他的同代人來說，這種疾病不僅是一種身體上的威脅，更是精神和文化層面的挑戰。家庭成員及友人們的苦痛經歷，對巴金和同時代的知識分子都產生了深遠的影響。通過他們的故事，我們能夠更深度地認知那個時代的社會環境和知識分子羣體的生活現狀。

在這一時期，許多文人通過文學作品中對疾病尤其是肺病的書寫，表達對社會不公、政治壓迫和人性矛盾的關注。艱難困苦的社會環境和個人的勞苦經歷成為他們創作的重要源泉。同時，這些創作也體現了文人對於所處時代的不滿和對命運的掙扎與反抗。文人們的生活和創作，在某種程度上是他們對困境進行深刻反省後做出的深思熟慮的回應。因此，肺癆在巴金及其同代文人的作品中，不僅是現實生活的真實寫照，更是他們對個人經歷、社會環境和文化困境的憂思與焦慮。這些主題成為了他們作品的核心，反映了那個時代文人的對窘迫生活的淡然處之和心無旁騖的藝術追求。

一、家庭往事與友人悲劇

巴金的早年生活中充斥着與肺癆緊密相關的悲劇元素，有不少家庭成員都因肺癆離世。年少時期，他的二姐就患有「女兒癆」（一種俗稱，通常指的是肺癆），而他的表弟和不少友人也因肺癆到喉結核而痛苦死去。這些早期的家庭痛楚往事和因肺病而造成的心靈恐懼，都對巴金個人以及他日後的寫作產生了深遠的影響。

其一，與巴金最為親密的重要家庭成員因肺病離世。巴金的三哥李堯林的去世，最為慘痛地反映出這種疾病對其個人及家庭的深遠影響。1940 年，正值巴金離開上海前往昆明之際，三哥李堯林待業在家，艱難地維繫生計，在困頓中因為營養不良而一病不起，患上了肺癆。學外文的三哥本是比巴金更「沉着」「樂觀」「會生活」「會唱歌」「會玩」的，卻「在上海患病無錢住院治療」。等到巴金 1945 年 11 月趕回上海送他進醫院的時候，三哥已生命垂危。[7] 那時是抗戰結束後沒多久，「他（李堯林）去世時只有四十歲」。[8] 李堯林的生活經歷和不幸去世是巴金家庭的一大悲劇，也是同時代許多中國家庭的寫照。抗戰結束後不久的中國，社會動盪不安、經濟失序，貧困普遍存在。這種環境下，像李堯林這樣的教書匠，即便曾經生活

---

7 巴金：〈談《秋》〉，《巴金論創作》（上海文藝出版社，1983 年），第 247 頁。

8 巴金：〈關於《寒夜》——《創作回憶錄》之十一〉，《巴金論創作》，第 438—439 頁。

得相對樂觀和積極，也因生計的艱難和醫療條件的不足而不幸患病並最終去世。李堯林在上海患病期間無錢住院治療，無疑反映了當時普通百姓在面對疾病時的無助和社會醫療資源的嚴重匱乏。

巴金在他的諸多文章中提到過三哥的病患和離世，這一方面是在訴說家庭的過往，與此同時也是在描繪一個時代的社會現實。他通過對三哥個性的描述和對其病症的敘述，展示了肺癆如何無情地摧毀一個充滿活力和潛能的生命。這是對個人悲劇的記錄，也是對那個時代社會問題的全面審視及多維反思。也正是因為失去至親如此痛徹心扉，巴金的文學作品中充滿對生命之脆弱和人類苦難的深刻洞察，這些元素成為了他早期作品中的重要旋律。李堯林的往事不僅是巴金個人記憶的一部分，同樣是中國現代史上許多家庭共同的悲哀。

其二，巴金志同道合的友人中，若干摯友因肺癆而過世。例如，友人陳範予，當年上海立大學園的農村教育科主任，患肺癆死在武夷山，臨死前還寫出歌頌「生之歡樂」的散文。在給巴金的告別信中，他痛苦地書寫着自己的感受：「咽喉劇痛，聲音全部啞失……最近幾個月來我已經受夠了病的痛苦。」[9] 這種痛苦來自於肺癆引致的身體上的折磨，也源自於面對死亡的無助和對生命的無奈。陳範予是一位資深的教育家，不僅在職業上有所建樹，而且在面對疾病和死亡時展現了非凡的勇氣和精神力量。他的生命經歷和最終的告別信，反映出中國現代知識分子面對嚴峻生活現實時的風骨與態度 —— 在絕望中保持着希望。肺癆這種長期、消耗性的痛疾，明明嚴重影響患者的身體健康，摧殘其精神狀態和生活質量，

9　巴金：〈關於《寒夜》——《創作回憶錄》之十一〉，《巴金論創作》，第 435 頁。

但它卻沒有壓垮一個在病榻上掙扎的靈魂，沒有扼住他沙啞失聲的喉，阻止他唱出生命的最後頌歌。

巴金的同鄉友人施居甫和小說家王魯彥，同樣躲不過那個時代普遍和致命的肺癆命運。這兩位與巴金有深厚交情的人物因為肺癆遭受了極大的痛苦，並最終不幸去世。患有疾病本身已是巨大的挑戰，承受身體痛苦的同時，還要忍受生活拮据和社會排斥帶來的多重難題，這是當時很多知識分子都面臨的困境。王魯彥的情況尤其值得關注，他作為一個才華橫溢的小說家，最終卻在貧病交加中去世。和巴金的三哥一樣，窘迫的經濟狀況是病情火速惡化的罪魁禍首。「在貧病中被死神奪走了生命。在他生前，巴金常為自己無法幫魯彥分憂而感到不安。」巴金最後一次見到王魯彥的時候，「他的聲音已經啞了，但他還拄着手杖一拐一拐地走路」。在他死後，巴金十分悲傷，「甚至從魯彥身上隱約地看到自己的未來」。[10]

對於無法幫助王魯彥，巴金始終心懷愧疚。王魯彥的去世令巴金感到額蹙心痛，這一方面體現出當時知識分子之間深厚而沉重的情誼，對同輩遭遇的痛心疾首，另一方面更有巴金對生命脆弱的感同身受和對命運未知數的恐懼。他從王魯彥的遭遇中隱約看到了自己的未來，這種感覺不僅是失去一個朋友的悲痛，也是對生命無常的深刻恐懼。這些故事揭示出 20 世紀初中國知識分子面臨的困境，他們在追求文化和知識進步的同時，不得不面對疾病、貧困和社會變遷帶來的挑戰。巴金及友朋的經歷，也是那個時代中國社會和文化的縮影。

10 徐開壘：〈巴金和他的同時代人〉，李存光編：《世紀良知 —— 巴金》（人民文學出版社，2000 年），第 121—123 頁。

巴金在作品《寒夜》中創造的人物汪文宣就有部分是基於他的朋友繆崇羣而創造。這個角色的故事深刻地體現了肺癆對一個生命個體毀滅性的摧殘。繆崇羣是一位風格獨特的散文家，那時候在官方書店正中書局工作。巴金在 1932 年 1 月見他的時候，他面色蒼白，咳嗽不止。1945 年，他病死於北碚的江蘇醫院，巴金只在報紙的一角看到幾句有關繆崇羣病勢的報道。「他的性格有幾分像汪文宣」，「從來不肯麻煩別人，也害怕傷害別人」，就像巴金在小說裏寫的那樣，繆崇羣也是一位社會邊緣人物，生命的存續與否並沒有人在意：

> 他沒有家，孤零零的一個人，靜悄悄地活着。
>
> 據說他進醫院前，病在牀上，想喝一口水也喝不到……我得了消息連忙趕到北碚，只看見他的新墳，就象我在小說裏描寫的那樣。[11]

肺癆除了剝奪一個人的生命，連其生存的自尊也會帶走。身邊一個又一個活生生的人因肺癆而離開人世，讓巴金感到痛心疾首，奮筆疾書地在文學作品中書寫下露骨的疾病「現場」。繆崇羣的性格特點——不願麻煩別人，害怕傷害他人——在肺癆的影響下被放大。他的疾病和孤獨的死亡反映出當時許多患病者的無奈和整體社會的漠視。一位在書局賣苦賣命的散文家，在生命的最後時刻卻沒有得到應有的關注和照顧。巴金通過對繆崇羣和其他周圍人因肺癆而去世的記述，以及在《寒夜》中的人物形象塑造，十分生

11　巴金：〈談《寒夜》〉，《巴金論創作》，第 300 頁。

動地呈現出這類疾病對個人和社會的影響。他的文字是對朋友的哀悼，更是對當時社會現狀的深刻批判。從這些描述中不難看出當時社會對疾病和死亡的忽視，知識分子地位的卑微及患者在疾病面前竭力掙扎時的孤獨與絕望。

以《寒夜》的主人公為疾病典型，巴金通過記錄及描寫這些因病而逝的悲劇人物，呈現出肺癆作為疾病本身的殘酷現實，也傳遞了他對人性及社會的深度思考。他筆下的肺癆露骨且真實，懷抱着對社會變革的期許和人性關懷的願景，巴金在記錄了歷史的同時，也渴望通過文字追求一個更公正、平等和包容的社會。

二、巴金生活軌跡的「肺病偏移」

巴金青年時生活中的一次肺病診斷着實成為了他生活軌跡的一個轉折點。這一確診不僅改變了他的生活軌跡，也在一定程度上影響了他當時的心境和對未來人生路的決策。1925 年 5 月，巴金和三哥李堯林都拿到了東南大學附中的畢業文憑。巴金決定北上，報考北京大學。考前，巴金去做身體檢查，醫生對他的肺部產生了懷疑。敏感的巴金，立即警覺起來。父親和家中的幾位親友，都是因肺病離世的。

巴金個人生活中的「肺病偏移」確實具有特別的意義。肺部疾病在他的家族中似乎成為一種重複出現的悲劇。當自己也不幸染病時，其病症對於他心靈的撼動並非僅僅出於對健康的擔憂，也引發了他對家族歷史和生命脆弱的深刻反思。在那個醫療條件有限而肺病肆虐的時代，一次肺病的診斷可能暗藏着長期病痛和生命岌岌可危的風險性。對於天性敏感的巴金而言，「輕度」的肺病診斷不僅意味着個人的健康危機，也喚起了他對於家族宿命的憂慮，這種疾病體驗加深了他對於生命、死亡、疾病和家族命運的思考。

隻身漂泊在北京，遠離了熟悉的家庭環境和親近的三哥，巴金遭遇了前所未有的孤獨。三哥帶他去檢查，果真得了肺癆。[12] 在輕度肺結核的診斷得到確認時，巴金受到了不小的精神衝擊，對於未來的學業道路也失去了信心和熱忱，整日「情緒低落」「擔心不會被錄取」，甚至不想走進北京大學的考場。[13] 這種對於未來的不確定和對生命脆弱的深深憂慮，使他最終決定放棄在北京的學業，回到南方尋醫治療。這次肺病診斷對巴金的影響，遠超過一般人的經歷。這次意外中斷了他的求學之路，使其生活軌跡發生了偏移，更在一定程度上影響了他的心理狀態和人生觀。

對於巴金的人生軌跡來說，這次肺病診斷帶來的「偏移」影響主要體現在以下三個方面。其一，影響他的人生觀。巴金的肺病診斷迫使他直面生命的脆弱和不確定性，在肺病困擾和生活的不易中，他對於世界和人生的價值判斷和情感體悟也隨之發生了變動，尤其是在個人與家庭、疾病與社會現實的關聯層面，形成了更深沉、內斂的理解和感悟。其二，成就他的寫作之路。這次肺病診斷的經歷打破了他在北京求學的文學夢，卻也為他後續的文學創作提供了豐富的現實素材。巴金筆下的文字常常蘊藏着對於生命苦難的深刻描繪以及對社會不平等的批判，這些濃烈的情感書寫與其患病的個人體驗和對社會現實的細緻觀察密不可分。

12　趙蘭英：〈辭典〉，《感覺巴金》（上海人民出版社，2003 年），第 59 頁。

13　巴金：〈我的哥哥李堯林〉，《病中集：隨想錄第四集》（人民文學出版社，2014 年），第 57 頁。

巴金對於輕度肺病所採取的「相對激烈」的應對方式，恰恰源於其內心深處對於親友肺病經歷的恐懼情緒，也呈現了其所處時代肺病的普遍性和嚴重性。這一個人經歷在巴金後來的文學創作中有所呈現，尤其流淌在涉及生命的脆弱、疾病的苦痛以及對生與死的深刻思考的文字當中。基於此，通過對巴金的生活和創作進行考察，我們得以更加清晰地復原出肺病在現代中國歷史和社會背景下的象徵意義。

在巴金的代表作品《家》《春》《秋》等所構成的「激流三部曲」中，其關於疾病與生命的思考進一步深化，相關主題得到了完整而清晰的呈現，集中體現在三個方面：一是生命的脆弱。巴金的作品經常將主人公置於波瀾壯闊的社會變革的背景下，主人公所經歷的種種人生挑戰，比如家庭矛盾或疾病導致的肉體折磨與精神裂變，以及社會變動引發的命運苦海浮沉以及人生道路分歧等，都勾勒出了生命本身具有的不確定和易逝的屬性。二是疾病帶來的身心苦痛。在巴金的作品中，疾病即是身體上的折磨，他者和社會對待疾病的差異化態度，更加對主人公造成更多心靈上的細密挫傷。通過對主人公病中掙扎與心路歷程的描摹刻畫，巴金的作品觸及社會對於疾病的文化建構，以及小人物在逆境中不懈尋求希望和生命尊嚴的重要主題。三是人性心理的複雜特性。巴金的作品深入探討了人性萬花筒般的多重面向，比如愛、恨、悲傷、歡樂、勇氣和軟弱等。通過呈現複雜多變的人物關係及其心理糾葛，巴金筆下的疾病成為人物內心衝突和社會矛盾壓力的象徵符號，將中國社會變遷和中外文化衝突的全景式繪卷鋪陳開來的同時，也揭示了社會分層的基本面貌和人性的複雜面向，從而為其作品賦予了強烈的現實主義色彩。

三、肺病在巴金創作中的線索

肺病在當時的社會充滿各種象徵意義，它是折磨個體生命的疾病根源，又伴隨着諸多社會及體制下的畸形因素映射着死亡。生性敏感的巴金體驗過肺病之疾痛後，將肺病描寫得更加透徹深切，並集中呈現在對於《滅亡》中的杜大心、《愛情的三部曲》中的陳真、《寒夜》中的汪文宣三個典型人物的刻畫上。

第一個形象是《滅亡》中的杜大心。他契合了當時知識分子的典型特徵，既深深憎惡着社會的黑暗與無情，又在迂腐和軟弱中陷入苦悶和無奈的泥沼。革命理想、愛情以及藝術的追求與渴望，正是這三股激情催發了他的肺病，消耗了他的精神，也加快了他走向死亡的步伐。杜大心自大學時起就醉心於無政府主義運動，將大部分的生活費都投入了革命事業，這使得他的生活一直較為拮据。從康悌路到租金更加便宜的楊樹浦，簡陋的居住環境為其肺病的發展埋下了伏筆。在工廠工作時，杜大心不慎感染了肺結核，但症狀並不算嚴重，只是偶爾地「咳嗽、發熱和氣促」而已。但他所處的生活環境是如此令人絕望，面對權勢者的欺壓，愛人權衡利弊的選擇，房東的咄咄逼人以及同事的冷眼旁觀，杜大心在徹底的失望中堅定了革命的勇氣和力量，選擇與舊世界決裂，而不惜走向滅亡。在戰友張為羣被軍閥殺害後，杜大心策劃了一場暗殺戒嚴司令的行動。儘管他將之視作「為了我至愛的被壓迫的同胞，我甘願滅亡」的革命偉業，但長久以來磋磨着他的身心的痛苦和愧疚，已是催使他將這場暗殺作為自我「解脫」的主要動因，並使他最終成為一名殉道者。

肺病和偏激的性格成為杜大心加速走向滅亡的主要緣由。「他確切地知道這個治病的良方，而他的朋友也經常勸他要多加休息。

可是，他的激情使他不能放棄工作。同時間，不斷地工作使他的身體日益虛弱。他內心的激情不斷虛耗他的氣血，使他日漸消瘦，也使他意識到自己的末日快將降臨。最後，他的激情促使了他的滅亡」。[14] 在此意義上，《滅亡》中現實社會的殘酷以及不停發展的肺病，令杜大心的情緒始終波動不安，徘徊在愛與恨、信仰與個人情感之間。在更進一步的探索中不難發現，肺病已成為巴金筆下主人公改變性格的重要契機之一。換言之，主人公在肺病侵襲中產生的的扭曲性格，其實反映的是他在情感和信仰之間的矛盾和掙扎。肺病在這裏不僅是一種身體上的疾病，更是一種深層心理和社會矛盾的象徵。它成為主人公性格驟變的引爆器，時時映射着主角的內心世界與外部世界的複雜關係。通過對肺病的透徹書寫，個體生命在疾病和社會壓力下的脆弱和掙扎在巴金的作品中展現得淋漓盡致。

第二個形象是《愛情的三部曲》中的陳真，他的身上有杜大心的影子。作為一個全心全意撲在革命宣傳工作上的有志青年，他並不沉溺於愛情，與小說中優柔寡斷、瞻前顧後的周如水形成了強烈的鮮明對比。他曾出生於富裕優渥的家庭，但他決然離家，稱他的家庭「和專制的王國一樣地黑暗」。他只願將全部的熱忱與經歷奉獻給革命事業，奉獻給為人民謀幸福的工作。

> 從小孩時代起我就有愛，就有恨了。……我的恨和我的愛同樣深。而且我走出家庭進了社會，我的愛和我的恨都變得更大了。這愛和恨折磨了我這許多年。我現在雖然得了不

14　周立民等編：《〈寒夜〉研究資料選編（下）》（復旦大學出版社，2018 年），第 780 頁。

> 治的病，也許很快地就逼近生命的終局，但是我已經把我的愛和恨放在工作裏面、文章裏面，撒佈在人間了。我的種子會發起芽來，它會長成，開花結果。那時候會有人受到我的愛和我的恨。[15]

他的眼中並無情愛，他在海邊聽到少女的笑聲會自責，面對小資產階級女性秦蘊玉的追求也不為所動，當周如水勸他找個愛人，「找個伴侶來安慰你才好」，陳真卻說：「我生在這個世界上，並不是一件奢侈品……這雖是值得願望的東西，然而我沒有福氣享受它。」[16] 這種想法固然帶有偏執的色彩，但陳真為了革命事業不惜付出一切的熱忱，也塑造了他為理想和信仰獻身的血性青年形象。他不顧孱弱的身體，以驚人的毅力投入工作，但過度勞累與肺病持續透支着他的身心。終於在遭逢一場車禍後，他的生命如同「一座雪下的火山」，在工作的熱火朝天與緊張忙碌當中過度燃燒殆盡。

陳真是一個被認為是巴金「自我畫像」的人物，從他的自白與行為中，我們能夠透過他看到巴金對於肺病的恐懼，以及家族和時代帶給他的深層影響。即使在忘我工作的過程中，陳真仍表露出對死亡和疾病的恐懼，這使得他的性格蒙上了憂鬱的色彩。當周如水稱他彷彿俄國作家阿志巴綏夫筆下小說《朝影》中的巴沙時，陳真驚呼否認，稱自己不會像巴沙那樣早亡，「聲音裏充滿着追求生命的呼號，使得整個房間的空氣也變得悲慘的了」。[17] 而這也使周如

15　巴金：《巴金选集四：雾・雨・电》（四川文藝出版社，2016 年），第 67 頁。

16　同上註，第 69—70 頁。

17　同上註，第 71 頁。

水意識到，陳真對於這世界、這生命甚至是女性，都有留戀之情。而陳真出於對生命消逝的恐懼，也時常講起對於月色的眷戀，以及對於墳墓裏枯骨和蛆蟲的厭惡。當他「把他的全副經歷用來忍住咳嗽」，便在神情恍惚之中忘卻了周邊的環境，這也直接導致了他遭遇車禍的悲劇。[18]

> 死來了，但並不是如他所想像的那樣。他死着一個健康的人的死，並不是一個患着劇烈的肺病的人的死。從他那血肉模糊的屍首上看來，別人絕不會知道他是一個垂死的肺病患者。[19]

在寂靜無聲的黑暗中，月光溫柔地摩挲着陳真，好像死亡也帶給了他平靜與解脫。而他始終惦念着，自己作為一個「健康的人的死」，比起「垂死的肺病患者」而言更加體面。這種對死亡和疾病的恐懼，與對信仰和理想的崇高追求共同附着在陳真的身上，而這一複雜的矛盾情緒也同樣縈繞在巴金的心中。對於陳真這個人物，巴金雖不崇拜他，但正如他在自序中所言，「沒有一個人能夠了解我是怎樣深切地愛着這些小說裏的那些人物」，他愛着筆下青年的良心、熱情和純潔的靈魂。巴金曾如此描繪自己創作時的心境：

> 每天每夜熱情在我的身體內燃燒起來，好象一根鞭子在抽我的心，眼前是無數慘痛的圖畫，大多數人的受苦和我自己

18 同上註，第 115 頁。
19 同上註，第 116 頁。

> 的受苦，它們使我的手顫動。我不停地寫着。……我忘記了自己，忘記了周圍的一切。我變成了一架寫作的機器。……我就這樣的完成了我的長篇小說《家》和其他的中篇小說。這些作品又使我認識了不少的新朋友，他們鼓勵我，逼着我寫出更多的小說。這就是我作為「作家」的一幅自畫像。[20]

在這樣夜以繼日、彷彿永遠不會停歇的不懈奮鬥中，我們看到巴金與陳真的影子重疊在一起。他並非一個強大的英雄，只是一個普通的、平凡的、脆弱的人，卻把精神的種子留給了後人。更為重要的是，巴金已然意識到只有熱情還不夠，熱情需要信仰來引導。「陳真的橫死，在我們是意外，在作者是諷諭，實際死者的影響追隨全書，始終未曾間歇，我們處處感到他人格的高大」。[21] 正是信仰的力量，讓青年們保有着一腔熱忱，為理想開出道路，讓人的心靈不再懼怕。這是陳真的形象帶給當時社會各界廣大青年的榜樣力量，同時也是他為人們所喜愛、受感動的緣由，更是巴金自身執著於理想的心境的投射。

第三個形象是《寒夜》中的汪文宣。作為一個膽小怕事的圖書文具公司的校對員，汪文宣不能說沒有過理想和抱負，只是那心中的熾熱逐漸被「生活」的「寒夜」所籠罩。此處的「生活」不同於單純意義的「生存」—— 後者只滿足人對吃喝的基本需求，而前者還包括了一種超越於物質之外的精神需求。[22] 這種精神和物質的雙重

---

20 巴金：《巴金論創作》（上海文藝出版社，1986 年），第 107 頁。

21 劉西渭：〈愛情的三部曲 —— 巴金先生作〉，陳思和主編：《中國現代文論選》（上海教育出版社，2010 年），第 398 頁。

22 周立民等編：《〈寒夜〉研究資料選編（下）》，第 610—611 頁。

困頓，使他整個人透着切爾維亞科夫「小公務員之死」的影子，在吃不飽穿不暖的夾縫裏苦苦求生存。「當面也好，背後也好，大家喜歡稱他做『老好人』，他自己也以老好人自居。」[23] 汪文宣一邊在職場上看盡旁人臉色，任勞任怨賺取微薄的薪水；另一邊又被迫夾在母親和妻子的家庭矛盾之間，雖盡力改善兩人的關係卻徒勞無功。他「暗暗地責備自己沒有出息」[24]，卻又小心謹慎地做着自己的工作，安慰自己：「『為了生活，我只有忍受，』他常常拿這句話來答覆他心裏的抗議，現在他又拿這句話來對付他的解決不了的問題了」。[25] 汪文宣整個人始終處於一種「混沌」的狀態當中：他一方面是糾結不堪的，對現狀極度地不滿；另一方面，又對目前的僵化的局面和窘境毫無作為。「他也不知道自己現在處在甚麼樣的情形裏面」，「他在掙扎，他也弄不清楚他自己在跟甚麼掙扎」。[26]

在患病的漫長日子中，汪文宣自然是懼怕死亡、想活下來的，他的同事小潘曾譏諷地說「只有害肺病的人死時候最慘，最痛苦」，但他作為垂死的病人卻有着成為一個健康人的渴望。面對痛苦，汪文宣不止一次地想到「死」，想到結束。「為甚麼就沒有一種人人都買得起、真正靈驗的特效藥？難道我就應該那樣悲慘、痛苦地死去？」[27] 起初的時候，汪文宣對死亡的概念其實並未如此清晰。雖然他吐過血，但想到死亡的時候，其實還是十分恐懼的：「『我死，我一個人死，多寂寞啊。』他想着，他恨不得馬上跑回家中，抱着母

23 巴金：〈寒夜〉，《巴金全集（第八卷）》（人民文學出版社，1989 年），第 488 頁。
24 同上註，第 470 頁。
25 同上註，第 489 頁。
26 同上註，第 433 頁。
27 同上註，第 662 頁。

親，抱着妻，抱着小宣痛哭一場」。[28] 但越是鄰近死亡的終結時刻，心就愈發控制不住地感受到對於活着的留戀。「『我要活，我要活』，他控制不住自己地叫了出來，聲音不高，他的嗓子開始啞了」。[29] 當汪文宣失去了聲音，更加敏銳地感到了身體上的苦痛與死亡時鐘時，他反而「強烈地感受到對生命的依戀，對死亡的恐懼」。[30]

妻子和友人的背棄，成為壓倒汪文宣的最後一根稻草。家本應是充滿溫暖、希望的的港灣，是照亮「寒夜」的「光」。汪文宣雖然捲在婆媳關係及雞零狗碎的生活中，但一開始，家對於他來說依然是光與希望。在醉酒之後他自然而然地就想到了家的存在，感覺「好像看見一道光照亮自己的身子」，轉眼就清醒了過來。[31] 曾樹生也是他的光。他們住的地方電燈總會突然熄滅，文宣點燃的蠟燭，卻只有「搖曳的微光」，他「怕黑暗，怕冷靜，怕寂寞」。而樹生的存在，是他撐下去的理由。當他目睹了同學的死亡回到家時，「電燈相當亮」，妻子放下手裏的書，抬起頭看向他的臉「現出驚喜的表情」。[32] 而當他進入一種病態的淒涼境地，光也隨之變得暗淡起來，和蠟燭差不多了。他抱怨停電「『他們總不給你看見光明』，妻半諷刺地說『光明？你現在也要光明了？』」[33]

當妻子在無法調節的積怨中選擇離開重慶去往蘭州時，他意識到自己已然不堪重負，隱隱作痛的胸膛傳來冰冷和絕望，讓汪文

28　同上註，第 498 頁。
29　同上註，第 664 頁。
30　同上註，第 690 頁。
31　同上註，第 460 頁。
32　同上註，第 512 頁。
33　同上註，第 522 頁。

宣只能考慮如何獨自面對死亡。他曾經渴望過的光與希望，終於要被撲滅了。「『我不要亮』，他想：有亮沒有亮對我都是一樣。」[34] 在生命的最後階段，樹生對他的問候也變成了例行公事般，她重複地問候着、勸着他去醫院治療。與此同時，卻也在放棄着他，近似於責備道：「『你真不應該為了媽反對，就不進醫院，就不用我的錢認真治病。你自己身體要緊啊！』『這個世界並不是為你這種人造的。你害了自己，也害了別人。……』」[35] 在結尾處有這樣一幕畫面：「母親和兒子各人沉在自己的思想中，並沒有走着同一條路，卻在一個地方碰了頭而且互相了解，那是一個大字：『死』」。[36] 汪文宣勸母親不要難過，還有小宣可以陪她，而其母親則深沉地掩飾着自己的悲哀。「痰」「血」以及「冷」，這幾處字眼在文中反覆出現着，凝結成無垠的寒夜的底色，也勾勒了知識分子在重重困難中對於生活、理想、信仰的堅守。「血痰」的出現，是汪文宣希望破滅的爆發點。當他看到鮮紅的血，聞到了腥氣時，汪文宣「所有的自持、掙扎、忍耐的力量一下子都失去了」。抗戰勝利後，當妻子返回重慶家中，汪文宣已經「吐盡血痰」而亡。如同巴金在《寒夜》的後記中所言：

> 我只寫了一些耳聞目睹的小事，我只寫了一個肺病患者的血痰，我只寫了一個渺小的讀書人的生與死，但是我並沒有說謊。我親眼看見那些血痰，它們至今還深印在我的腦際，它

34 同上註，第 614 頁。
35 同上註，第 574 頁。
36 同上註，第 608 頁。

們逼着我拿起筆替那些吐盡了血痰死去的人和那些還沒有吐盡血痰的人講話。[37]

在這部巔峯期的作品中，巴金將注意力轉移到那些傷殘而未能實現的生命體驗上。[38] 肺病成為了他寫作的情緒線索，他為那些患病的友人而「感到不平，感到憤怒」，也因自己不曾提供幫忙而感到愧疚。他書寫的是「個人的情感」，也是痛心詛咒的舊社會，所以結局「陰暗」「絕望」「沒有出路」—— 成為「沉痛的控訴」。[39] 通過細膩複雜的人物描繪和情感波瀾的豐富敍事，巴金將豐沛的感情「藏」了起來，在字裏行間之餘書寫着自身對人性、社會不平等和生命脆弱的冷靜思考。

肺癆作為《寒夜》疾病書寫中的寫作主線，貫穿於人物的心境起伏和社會背景中，是反映社會現實和人性掙扎的重要元素。巴金深入探討了肺癆對個體生活的破壞性影響，以及患者在面對疾病和社會偏見時由糾結、衝突直至走向絕望的全過程。通過對於肺癆患者的生活窘境和心理歷程的細緻描寫，巴金傳達了對社會不公和人性困境的深刻批判。對汪文宣的人物刻畫，具象又刻骨地向讀者呈現出一個肺病患者形象，同時展示出作者對社會體制的深層探究與洞察，不僅表達出對那些因病受苦的朋友的同情、對社會現狀的憤怒，也體現出自己無力提供幫助、改變現狀的深深愧疚。這些情感既源於他個人對疾病的體驗，也源於他對周圍人遭受病痛和社會

37 李存光編：《巴金研究資料（上卷）》（海峽文藝出版社，1985 年），第 521 頁。

38 唐小兵：〈最後的肺癆患者：論巴金的寒夜〉，《英雄與凡人的時代：解讀 20 世紀》，第 40 頁。

39 巴金：〈談《寒夜》〉，第 299 頁、301 頁。

冷漠的觀察。「就前現代對疾病的看法而言，人格的作用被局限於患者患病之後的行為。像任何一種極端的處境一樣，令人恐懼的疾病也把人的好品性和壞品性統統都暴露出來了。」[40]

在這三部作品中，巴金描繪出一個充滿陰暗、絕望和沒有出路的世界。這種描繪展現了肺癆這一疾病的殘酷，也表達了對當時社會現實的沉痛控訴。他的文字滲透出對舊社會體制痛心疾首的詛咒，同時也展示出大多文人在社會壓力和疾病摧殘下的掙扎和無助。總的來說，巴金早期文學作品中有關疾病的重筆觸書寫呈現出他深刻的文學才華的同時，體現出他作為一個知識分子和社會成員對人類苦難的深刻關注。《憩園》《寒夜》《第四病室》等作品也因此成為文學上的成一抹巨著，沉澱出對時代社會及文化的重要反思和批評。

由此可見，肺癆是巴金所處年代的一抹濃重的陰影。這種疾病給那一代人帶來了巨大的身體痛苦的同時，也深刻地影響了他們對人生的感知、情感態度及思想。

親人和朋友接連因肺癆患病甚至去世，對巴金及其同時代的人來說，是沉重且痛苦的。這種經歷讓他們在承受失去親人痛苦的同時，不得不面對如紙船於巨浪的脆弱生命和死亡的不可避免性。在這樣的背景下，在舉步維艱地忍住病痛、萬般艱辛地尋求治療及探求生活意義的過程中，這些同時期的文學作品之間形成了一種深層次的情感共鳴和精神連接。這種集體的共鳴與連接不僅體現在他們的個人生涯與人生選擇中，也深刻地影響了他們的文學創作和社會觀念，使知識分子的反思和吶喊成為中國現代文學史的有力註腳。

---

40 ［美］蘇珊・桑塔格著，程巍譯：《疾病的隱喻》，第 38 頁。

20 世紀初的中國，由於當時局限的醫療條件，肺癆是一種普遍而致命的疾病，是病患為期更久的痛苦，甚至導致死亡的主要誘因。巴金的家庭及友人圈子中的悲劇折射了當時社會大環境對於這種疾病的無力感，同時也映射出特定時期醫療手段與衞生條件的相對落後。這些悲劇使他的眼眶濕潤，他的淚水模糊了雙眼，也使其金子般的心靈愈發澄明。他將雙耳聽到的哭泣聲、憤懣聲、咒罵聲、悲鳴聲牢記於心，在萬千道聲音中錘煉着自己對於生命的思考和對人性的體悟，為其作品渲染了濃烈的人文關懷底色。

第三節　現代中國社會的肺癆隱喻

通過巴金的文學作品和個人經歷，我們不難看出肺癆這類疾病在社會歷史演變和個體生命體驗中的重要影響，及其背後所蘊含的文化隱喻。

以巴金為代表的現實主義作家使用肺癆作為病態社會的隱喻，同時暗示個人與社會的對抗性關係。在他們的筆下，肺癆是個人生存苦難的象徵，也反映出國家的病弱和國民的蒙昧，成為陰暗社會現實的自我表達。而在郁達夫、丁玲、穆時英、張資平等作家的作品中，肺癆與浪漫主義的關聯特別顯著：疾病不僅與叛逆的個性、壓抑的激情、病態的美感、憂鬱的情思和浪漫的死亡聯繫在一起，還成為表達浪漫特色的重要符號。總體而言，巴金與同代人的生活、創作以及對肺癆的個人體驗和集體記憶，為我們提供了理解現代中國社會發展進程的重要視角。

一、個體在社會的邊緣化

肺癆，在中國現代文學中常常被用來作為隱喻和象徵的依據。譬如，它有時候象徵着多舛不公的命運，前路命運難料；有時候象徵着悲觀和晦暗，使人變得消沉低靡；它同樣具備着排斥異己及拒絕接納的暗喻，尤其是對於新生事物的敏感與排斥；又似乎是弱者和衰老的代名詞；此外，它還代表着思想和情緒的積鬱等。其中，肺癆患者作為社會邊緣化的個體與社會各階層的格格不入，大眾排斥異己和拒絕接納的社會心態，深刻反映出個人與社會環境之間的衝突與摩擦。

首先，肺癆患者常常因這類疾病的高傳染性被納為被社會邊緣化的個體，這真切地反映出弱勢個體與整體社會環境之間的隱形張力和矛盾衝突。從魯迅筆下瘦骨嶙峋的小栓，到郁達夫精心描寫的因體弱懷鄉而傷感的自傳性作家，再到早期丁玲刻畫的敏感而固執的莎菲女士，現代文學裏的肺癆患者，總被當作一種更加深層的病症或病原來描寫和解讀。[41] 這意味着，現代中國文學中對肺癆患者的描寫，反映了深層次的社會分化和大眾心理問題。通過魯迅、郁達夫、丁玲等作家的筆觸，肺癆患者也是社會邊緣化、個人掙扎和心理困境的代表。在魯迅的《藥》中，小栓被描繪為瘦骨嶙峋、病態的形象，象徵着社會的不公和個體的無奈，而小栓的遭遇反映了社會的殘酷和對個人命運的冷漠態度；郁達夫在《青煙》裏描繪的肺癆患者是一位體弱多病的作家，其傷感和懷鄉情緒體現了個人

41 唐小兵：〈最後的肺癆患者：論巴金的寒夜〉，《英雄與凡人的時代：解讀 20 世紀》，第 41 頁。

與環境的衝突，以及對過去美好時光的懷念；在丁玲的《莎菲女士的日記》中，莎菲這一角色極度敏感且固執，她的肺病常常成為她性格糾結的主要緣由，肺病的時好時壞與她起伏的心境及性格互相映照，揭示出個人內心的矛盾和對社會現實的反思。

這些作品中的肺癆患者大多是社會中被忽視、排斥或失去活力的人，他們脆弱的身體本身就具備着象徵意義，有因患疾被排斥，更有社會本身的世態炎涼。比起肉體上的折磨，心靈的孤獨和苦楚或許更具殺傷力。當個體遭受社會集體性的忽視或暴力，其生存狀態和心理抗壓能力都面臨着巨大的考驗。對於這種人際關係的衝突性和微妙張力的鋪陳描寫，無疑能夠使作家描繪社會現實樣貌的筆觸更加精巧細膩。

其次，肺癆作為隱喻，象徵着個體及社會對新事物的排斥與拒絕，這反映出一種害怕變化、固守舊觀念的軟弱人性。例如，巴金筆下《寒夜》中的汪文宣最為典型，肺癆既是他生活中的現實困境，又是他內心世界的悲傷隱喻。汪文宣代表着大時代下一類弱小無能又無奈的知識分子，始終在家庭與社會的矛盾中奮力掙扎着：一方面，他希翼自己能夠為社會作出一定的貢獻，卻又深感無法擺脫封建制度的束縛；另一方面，他渴望着家庭的溫暖與和諧，卻又厭惡迴避一切家庭中的矛盾。他的肺癆是他過度敏感的催化劑，他的病痛使得本身軟弱的他更無力反抗，這也是同時代不少知識分子無法訴說的苦楚，他們在乾咳與虛弱中、窘迫與孤寂中，油盡燈枯。

最後，汪文宣的命運，也是那個時代中國知識分子的縮影。首先，大環境的寒冷和肺癆的痛苦，暗喻着生活中的現實困境。肺癆的身體重負使他在現實生活中倍感無力，而社會他者對待病患的冷漠態度更使他飽嚐挫敗與辛酸。其次，肺癆是內心世界的悲傷隱喻。肺癆在文學中常常被用來象徵內心的痛苦和悲哀。汪文宣的肺癆病症反映了他內心的孤獨、掙扎和無奈。其三，肺癆是家庭與社會矛盾的集中呈現。汪文宣的角色展現了家庭與社會之間的矛盾衝突，他夾在妻子曾樹生與汪母的婆媳矛盾之間，在勢如水火的緊張家庭關係中隱忍着貧困與疾病的陣痛，使個人與家庭的矛盾昇華為社會性悲劇。其四，肺癆是精神過度敏感與軟弱的典型象徵。汪文宣每況愈下的病症加劇了他的多愁善感，也同時成為他無力作為的藉口。這反映了當時一些軟弱的知識分子在面對複雜社會現實時的心理狀態和行為模式。由此可見，汪文宣代表着現代中國的時代背景下的知識分子形象，他們有着改革社會、貢獻自己的遠大抱負，但又常常感到因生活所迫而無力奮爭，這種矛盾的心態使得大家在無作為的原點上寸步難行，在汪文宣身上表現得尤為明顯。

總的來說，巴金通過汪文宣這一角色，深刻揭示了當時中國知識分子的內心世界及殘酷的社會現實。肺癆作為一種隱喻，在汪文宣的身上得到了豐富和深刻的體現，清晰勾勒出個體在社會中的邊緣化境況，以及現代中國社會中個體與集體觀念的衝突和摩擦。通過這些象徵和隱喻的使用，中國現代文學作品深化了對人物內心世界和社會現實的揭示，展現了作家對人類生存狀態的深刻洞察和批判。

二、國家與民族的健康狀況

除卻作家的個人體驗以及知識分子的羣體記憶之外，在更廣泛的歷史舞台和政治語境中，肺癆也可能被用來隱喻國家及民族的整體健康狀況或精神危機，尤其是在面臨整體性的社會系統危機或外部威脅的關鍵時刻。在此意義上，中國現代文學中的肺病相關書寫，也成為社會的慢性問題和深層矛盾、國家與民族的不良健康情況的隱喻。這一隱喻主要體現在以下幾個方面。

第一，社會慢性問題和深層矛盾的象徵。肺癆的典型特點——慢性、難以根治，使其成為中國社會長期存在的慢性隱患和固化矛盾的完美象徵，比如貧富差距、政治腐敗、文化衝突、社會犯罪與暴力等。首先，肺癆由於其與貧窮、匱乏和營養不良的生活條件密切相關，經常被用來象徵貧困問題。在許多文學作品中，肺癆患者大多生活窘迫，無法享受到正常的飲食、寓所、醫療及教育條件，身心健康受到嚴重的影響，病情日益惡化。其次，肺癆還被用作思想觀念衝突與現代性轉型的隱喻。在思想啟蒙與民族救亡的時代背景下，中國知識階層的現代性話語體系建構並非完全出於自發，而是受到外力作用的拉扯而被迫快速轉變，因此其過程也充滿了曲折與坎坷，伴隨着長期而緩慢的陣痛。其三，環境問題的隱喻。隨着工業化和城市化的進展，環境問題逐漸成為現代社會的重要議題。為了重獲身體健康，歐美社會鼓勵肺癆患者採取「氣候療法」「吸入療法」「自然療養」等改變呼吸環境的治療策略，主張旅行具有神奇的治癒效果。基於此，肺癆時常被用來象徵環境污染、惡劣氣候和不良生活環境對人類健康的危害。其四，作為畸形社會病態問題的整體寫照。肺癆作為一種慢性、殺傷力強的疾病，常常被視為社會和民族病態的象徵，來比喻道德價值和公平原則被顛倒、權錢至上的人際關係和中外文化衝突等問題，成為社會羸弱、民族愚昧、思想落後的典型標籤。

此外，在更深層次上，肺癆的象徵意義還涉及到個體心理狀態的流變和文化認同的問題，詮釋人們對自身身份、社會角色和文化價值的深刻思考。正因如此，肺癆在中國現代文學中作為隱喻的使用，提供了一個獨特的視角來觀察和思考中國現代的社會變革與思想體系建構的全過程。

第二，國家和民族身份的反思。肺癆呈現出知識分子在孤獨坎坷中不懈探索國家未來道路的心路歷程，映射出作家對國家及民族身份的殫精竭慮。同時，它作為一個文化符號，成為歷史動盪時期脆弱的民族身份、歷史創傷或集體記憶中的苦痛標籤。具體而言，主要體現在三個層面：首先是民族身份的脆弱。肺癆在文學作品中的頻繁出現，象徵民族身份的脆弱。這類象徵往往與歷史時期的動盪和不確定性有關，形容弱勢民族在面臨內戰的混亂，外部勢力的挑戰所面對的困境。再者，是歷史創傷的痕跡。肺癆作為一種一旦患上就難以根治的疾病，可被視為特殊歷史時期對人們內心的創傷隱喻。在中國現代史進程中，戰爭、饑荒、政治運動等事件對於民族心理造成了難以徹底消弭的重創，可以借由肺癆這一象徵得到紓解與表達。最後，是集體記憶中的痛苦。肺癆不僅象徵着水深火熱的社會苦難，也展現了現代知識分子對於祖國命運「哀其不幸，怒氣不爭」的掙扎過程。胸口痛、咳痰、咯血等痛苦的症狀，無一不暗喻着那些源自社會變革、文化衝突或國家身份改變的集體性危機。

更為重要的是，在無數次夜不能寐、輾轉不眠的內心掙扎之後，以救國為己任的知識分子並未放棄對於民族和國家未來方向的探索和追求，而是堅定不移地選擇了一條孤獨抗爭的道路。在此意義上，肺癆可以被視為現代社會的知識分子對民族復興、文化重建和社會發展道路的批判性反思。總的來看，肺癆在中國現代文學中不僅是一種身體疾病的表徵，更是作家對國家和民族身份、歷史和文化演變過程進行抽絲剝繭和思想再造的標識。通過疾病的隱喻，文學作品能夠觸及更廣泛的社會、歷史和文化議題，引發讀者對這些問題產生思考。

第三，文學作為社會批評的工具。在知識分子的話語體系建構中，疾病書寫生動展現了中國社會發展與現代性之間的矛盾張力，將這種思想錯位造成的社會癥結赤裸裸地呈現於大眾視野之中。首先，它還原了關於歷史的剖析和自省。通過肺癆的疾病書寫，文學作品探討了國家歷史上的重要時刻和轉折點，如戰爭、革命、現代化進程、思想變革等，並揭示了這些歷史要素對於個體以及整個社會的深遠影響。其次，聚焦於文化認同與觀念衝突。肺癆在文學中的象徵意義還涉及到文化認同的問題，通過展現不同文化價值觀、傳統與現代觀念之間的衝突、融合及互動，釐清了民族文化在社會變遷中的動態發展過程。再次，呈現了關於民族身份的探索和確認。在探討民族身份和自我認同問題的基礎上，肺癆能夠錨定個體在歷史變遷中的自我定位，更為清晰地描摹出知識分子對於現代國家觀念的知識建構。

譬如，《滅亡》中的杜大心形象就是一個鮮明的例子，充分展示出肺癆這一隱喻在探究深層次社會變革及政治風波中的作用。杜大心作為一個小資產階級的狂熱革命者，肺癆是其個人痛苦與精神苦悶的象徵，也代表着個體與專制制度的抵抗。他每況愈下的身體與他激情萬丈的政治理想緊密相連，社會的急速變革讓他的個人抗爭始終顯得單薄又無力。與此同時，身體的疾患使杜大心陷入了生命的悲觀和絕望。這種絕望來自於疾病本身，更來自於他當時身處的社會環境及變革中的政治體制。杜大心的肺癆病症在《滅亡》中是對黑暗社會制度的暗喻：「四・一二」時國民黨反動派叛變革命，新軍閥取代舊軍閥，不久世界範圍內又爆發了「薩樊慘案」，它象徵着社會制度的不公和壓迫，這種不治之症在混亂的制度下讓人們難以看到希望和未來。另外，杜大心對於革命的狂熱與他的疾患構成了一種一腔孤勇的狂熱犧牲象徵。他的形象充分展現出在專制和壓迫下，革命者所承受的身心折磨及其對理想的執著追求。

巴金通過對杜大心細膩的描寫和富有情感的勾勒，喚起同時期民眾內心深處最一致的共鳴。通過杜大心這一角色，作家深刻地探討了個體與社會、人與體制之間的辯證關係，揭示了時代悲劇敘事下的個人苦難，深層次地映射出社會政治的黑暗和制度的不公，以及狂熱革命者在面對這種時境的果決與自我犧牲，從而確立中國現代文學運用疾病隱喻進行社會批判的人物典型。從宏觀的視角來看，文學作品中的疾病書寫，承載着時代的脈絡和人類的命運，讓歷史的滄桑和社會的變遷在病症的苦楚與衍變中一一體現，給予讀者更深刻的啟迪與思考空間。

三、傳統知識與現代性的話語爭奪

在中國現代化和轉型的過程中，肺癆的文化意義與國家和社會在這一過程面臨的困難與挑戰息息相關，比如傳統與現代的衝突，文化身份的危機，現代化帶來的社會新問題等。在此時代背景下，關於肺癆的疾病書寫成為知識分子重新認識身體與心靈的秩序關係、建構現代人主體意識的重要路徑和手段之一。

（一）現代中國的醫學知識革新

現代中國對於肺癆的認識和處理經歷了一個漫長而複雜的歷

程，這個歷程折射出中國社會的轉變、醫學的變遷和政策的演變。20 世紀初之前，中國對肺結核的認識主要基於傳統醫學理論，肺癆被視為一種「肺結核」或「白喉癆」，而這個時期的治療方法大多依賴於中藥和傳統治療方法。此後，隨着西醫學在中國的傳播，特別是在 20 世紀初，中國社會對於肺癆的認識開始發生變化。肺結核被明確為一種由結核桿菌引起的傳染病，這一認識在醫學界逐漸得到普及。

對於 20 世紀前半葉的中國社會而言，公眾對於肺癆的認知態度是複雜多變的，主要受限於當時的醫療知識、社會文化背景和經濟條件。儘管西醫學已經開始在中國傳播，但對於肺結核的醫學認識仍然有限。當時的治療方法並不發達，肺癆往往被視為一種難以治癒甚至致命的疾病。在這一時期，中國的醫療體系正在經歷由傳統中醫向現代西醫的轉型。肺癆的治療往往結合了中西醫方法，但效果和接受度不一。此外，由於肺癆的傳染性，患者常常面臨社會的誤解和歧視。肺結核被視為一種帶有「社會污名」的疾病，這增加了患者的心理負擔和自我放逐的概率。當時中國的公共衞生體系尚未完善，缺乏有效的預防和控制措施，這使得肺癆成為一個普遍而嚴重的公共衞生問題。在此意義上，中國社會關於肺癆的觀念變遷，揭示了傳統醫療觀念和現代醫學知識之間激烈碰撞、緩慢融合的複雜過程。這一過程不僅帶來了醫學上的挑戰，也為描摹社會整體文化尤其是集體心理提供了重要議題。

就肺癆的公眾認知而言，現代醫學的「西學東漸」發揮了重要的啟蒙作用。隨着 20 世紀 40 年代抗生素的應用方法引入中國，肺癆的治療方法完成了由「土法」到「西醫」的革命性轉變。特別是鏈霉素、異煙肼等西藥的臨牀使用，使肺癆成為一種治癒率較高、可以被戰勝的疾病。至 20 世紀 50 年代，中國開展大規模的肺結核篩查和治療工作，建立專門的結核病防治機構，並推動了一系列公共衞生計划，例如免費治療、疫苗接種（卡介苗），終於在肺結核的防控上取得了顯著進展。由於醫學上的「可愈」與「可控」，中國社會對於肺癆的恐懼和憂慮逐漸消退，這一疾病觀念的扭轉側面呈現出了中國社會現代化轉型的顯著成效。時至今日，公眾對於肺病認知的不斷加深，人們愈加重視個人衞生、預防措施以及對症治療手段。不能忽視的是，疾病自身也在不斷演化發展。除了肺結核之外，傳染性非典型肺炎（SARS）、甲型 H1N1 流感、新型冠狀病毒肺炎（COVID-19）等新型肺病的出現，持續為人類社會帶來新的挑戰。在此意義上，在中國現代化的歷史進程中，關於肺結核或更廣泛的肺病的認知過程與社會發展的軌跡相生相伴，彼此互相滲透，並始終處於動態建構的狀態。

（二）傳統文化與現代性的衝突

在中國乃至世界各國的現代化的轉型過程中，傳統與現代之間的矛盾與衝突是學界關注的焦點話題。作為一種隱喻，肺癆承載、表現、象徵着深刻而複雜的衝突和張力。在文學作品中，肺癆的受害者往往被困於傳統價值觀和現代生活方式之間，他們的掙扎折射出社會轉型期間公眾的矛盾、困惑與普遍的焦慮。與此同時，肺癆的隱喻也被用來探討文化身份的危機。在現代化的浪潮中，個體和社會對自身文化的認同感受到了前所未有的挑戰，而這種危機感可以肺癆的疾病書寫得到緩解與抒發。

首先，肺癆的隱喻精確地反映了中國從傳統社會向現代社會轉型的過程中所面臨的各種社會問題，以及這些變化對個人和社會生活的深遠影響。具體而言，在現代文學作品中，肺癆常被用來隱喻社會結構的變遷。這一變遷包括從傳統農業向工業化、城市化的現代社會的轉變，以及由此引發的社會階層變動和家庭結構的重組等。不僅如此，它也反映了經濟快速發展對個體和社會的影響，如城市化進程中的環境污染、工人階層的健康問題以及貧富差距擴大化等現象。同時，這一隱喻也探討了個人與集體之間的衝突和矛盾，這在社會變遷中尤為突出。例如，個人對傳統價值的堅守與現代生活方式的衝突，以及在快速變化的社會中，個體在身份和角色上所面臨的困惑。此外，肺癆的隱喻還揭示了社會的深層次問題，如公共衞生體系的不完善、社會福利的缺乏、對弱勢羣體的忽略和漠視等。基於此，關於肺癆的疾病書寫生動地描繪了傳統與現代之間的緊張對抗關係，這種對抗不僅體現在文化層面，還涉及社會規範和生活方式的根本變革，深刻地揭示了在傳統社會向現代社會轉型過程中出現的廣泛社會問題和心理挑戰。

其次，肺癆的隱喻揭示了傳統知識與現代性的話語爭奪，成為中國現代文學史探討的核心議題。在這一現代話語體系的建構過程中，傳統知識體系與現代性理念之間展開了激烈的話語爭奪。中國現代文學作品中肺癆患者的形象，不僅勾勒了個體在社會變遷中所處的現實境況和心理抉擇，更彰顯了個體與社會、傳統與現代之間互動、融合與協商的關係。關於肺癆的疾病書寫，生動描摹了個體為了適應時代的變革與挑戰所做出的艱辛努力，細緻勾勒了現代中國知識分子的時代羣像。

在現代文學作品中，肺癆患者常被描繪為身陷傳統與現代衝突之際的焦點人物，他們的生活和思想反映出傳統價值觀與現代生活方式之間的緊張對抗和交織。在中國現代社會巨變的浩蕩背景下，肺癆患者的形象展現了個體如何應對這些巨變所帶來的重重挑戰。他們的掙扎和困惑，象徵着面對現代化進程中的未知與複雜，以及個體如何在紛繁世態中尋覓自我的定位和認同。同時，肺癆患者的形象還折射出個體在追求自身文化身份過程中的曲折與艱辛。在傳統與現代交織的時刻，個體不僅要面對身體上的疾病，更需要在文化身份和價值觀念之間做出艱難的選擇與調整。然而，我們不可忽視的是，肺癆患者所遭遇的社會冷漠中也揭示了人們同理心的匱乏。這種冷漠不僅在對患者的歧視和忽視中體現，更反映了在現代社會發展進程中個體與社會的疏離與人際關係的日漸冰冷。而這恰是充滿挑戰的社會轉型時期，人們迫切地叩問現代性時，隨之而來的新問題和新挑戰。

綜上所述，關於肺癆的疾病書寫超越了對個體疾病的簡單描述，為後人提供了一條重返歷史現場、解讀政治和時代問題的有效路徑。巴金筆下的肺癆具有多重涵義，其中有兩個方面尤為關鍵。其一，肺癆象徵着個人、家庭乃至國家的貧困根源。人們患病往往是由於生活條件的貧乏導致營養不良，或者是社會動盪帶來的顛沛流離，這也側面折射出了當時社會的經濟水平和福利待遇的相對匱乏，勾勒出了傳統社會轉型時期充斥着矛盾和扭曲的「病態」面貌。其二，肺癆象徵着大眾於社會性疾病的精神恐懼。如同 21 世紀的我們面對新冠肺炎大流行時的恐懼和焦慮一樣，廣泛傳播的社會疾病給個體帶來的巨大壓迫感，使個體不得不竭盡全力尋找一個壓力釋放的出口。對於巴金而言，文學創作正是其療愈心靈、紓解心緒的重要途徑，是他於華美的生命之林裏中，對於真摯的情感、鮮活的生命、不朽大愛的見證。

時至今日，肺病仍然是社會上的主要重症疾病。關於如何應對疾病帶來的恐懼與焦慮，當代學者展開了更為深入的思考。以蘇珊・桑塔格為例，她將疾病稱為「懲罰性的隱喻」，強調「對疾病最不可自欺的態度，也是最為健康的一種患病方式，就是要儘可能地排除、抵制隱喻式思維」。[42] 桑塔格主張，應避免讓疾病承擔除了其本身以外任何社會意義或其他因果關係。換言之，疾病是一個確實之物，這意味着應當「把身體從恐懼、疑惑和進行道德說教中的衝動裏釋放出來，而且還必須把它從整個社會性的象徵體系中分離出來」。[43] 這啟示我們，剖析疾病與社會現象之間的互動關係，無疑有助於我們透視和還原中國現代社會的文化建構過程。在這之後，我們還須將疾病的文化意義層層「剝落」，以科學理性的眼光審視病症本身，徹底洗刷附着於疾病上的污名化現象、集體歧視以及替罪羊效應，從而在反思現代性的基礎上建立新的疾病觀念。

42　[美] 蘇珊・桑塔格著，程巍譯：《疾病的隱喻》，第 55 頁、87 頁。

43　唐小兵：〈最後的肺癆患者：論巴金的寒夜〉，《英雄與凡人的時代：解讀 20 世紀》，第 8 頁。

第三章

心靈的憂思：痰病、家族與情感壓抑

「痰病」在中醫理論中通常用來指代突然性的神經性失調，常與憂鬱、脆弱、焦慮等情緒交織在一起。在巴金的家族中，痰病憂思的代際傳承，尤其以祖父和大哥為典型。根據溫蒂・布朗（Wendy Brown）的觀點，現代自由主義對所有自由無拘束的個體主體來說，都存在「一種普遍的鼓動」，即鼓動他們自然而然地發出尼采所描述的「怨恨」，也就是說「任何自由的主體，不僅僅是那些自身權力被明顯剝奪的主體，都可能衍生出各自的怨恨」。[1] 這一點，在巴金晚年的作品中尤為明顯，既有曾經被被剝奪自身權力的歷史過往的痛徹心扉，又有對社會時勢的擔憂，更有屬於個體思想的怨念與哀歎。

痰病在巴金的作品中既是對疾病症狀的描繪，又是一種蘊含深意的隱喻，透露出他對當時社會、文化環境以及個人境遇的深刻思考和憂慮。痰病作為情感壓抑和精神失控的象徵，與巴金的晚年顧慮緊密相連：首先，它體現了知識分子對於社會環境和政治形勢的擔憂，這種疾病的不確定性和無法駕馭的特性，可以被視為對社會動盪、政治壓迫或不公正的抨擊；其次，它折射了作家對寫作環境的疑慮，在一個限制和審查重重的環境中，文學創作可能遭遇重重阻礙，這種困境和挑戰在痰病這一隱喻中得到釋放與表達；其三，它凸顯了對個人身體的憂患。作為一個文學家，身體健康對於持續的創作至關重要，而身體的脆弱或疾病可能意味着創作能力的衰退或個人生活中的困境。總體而言，痰病作為隱喻主要具有三重涵義：神經性失調、憂鬱與脆弱情緒以及心理與身體的交互影響。

---

1 Wendy Brown. "Wounded Attachments: Late Modern Oppositional Political Formations", John Rajchman. *The Identity in Question*, Routledge, 1995, p.214.

第一節　家族憂思的代際流傳

在中國傳統醫學中，痰病常用來指代由「痰」引起的一系列疾病或症狀。中醫理論中的「痰」不僅指代呼吸道分泌的黏液，更廣泛地代表了體內的某種病理產物，尤其是各種異常分泌物或積聚物。這些「痰」被認為會阻塞體內的正常的氣機和體液流動，從而導致各種疾病的發生。

痰病在文學中的運用能夠折射出更廣泛的社會和文化議題，它承載着個體面對社會變遷、文化碰撞或身處困境時的內在精神狀態。可以說，在中國現代文學中，痰病的隱喻通常包涵心理、情感以及身體健康的多重層面，是人物複雜的內心世界以及他們所處的社會文化環境的立體呈現。在巴金的家族中，關於痰病的憂思也在代際間流傳，尤其以大哥和祖父最為典型。

一、家族權威的精神性失常

作為高老太爺的原型，巴金筆下關於祖父的描寫並不多見。但他在談及汪文宣這個角色時，不禁為自己命運的結局感慨萬千，也因此喚起了他對祖父與大哥的記憶。祖父在他十五歲時因「精神失常地患病而死」，大哥則在他二十七歲時因「破產自殺」。[2] 祖父的離世在一定程度上可以歸咎於巴金的五叔。「我的祖父是被我五叔

2　巴金：〈探索 —— 隨想錄三十七〉，《巴金八十年文選》（上海文藝出版社，1986年），第 113 頁。

氣死的，我五叔不等他父親死去就設法花掉那些他認為自己有權分到的財產。」[3]

在《談〈憩園〉》一文中，巴金簡要描繪了他的五叔和祖父的形像。五叔是巴金的繼祖母唯一的孩子，相貌俊秀，聰穎機敏，因此深受祖父的寵愛。依據巴金的回憶，即使是最輕微的批評也會引發祖父的不悅，而五叔正是在這種溺愛中長大。巴金在《家》中描繪的場景基本全然源自真實生活，他認為現實生活比小說中的情節更為豐富多彩。巴金還提及，儘管全家每天都要向祖父問安，但由於祖父的嚴厲，他和兄弟們都感到拘束，不敢多言，因而與祖父並不親近。然而，在祖父臨終前的半年裏，祖父的性格變得溫和，對巴金表現出了關切之情，這段時間裏祖父對他說了一些親切和善的話語。巴金回憶道，不久後，祖父開始出現精神錯亂的跡象，健康狀況日益惡化，清醒的時候也越來越少。他記得祖父有次坐在庭院的轎子中來回搖晃，還有一次，祖父坐在上花廳裏寫字條時忽然問他「救命」中「救」字怎麼寫。

> 不久他就露出精神錯亂的現象。他的健康也越來越壞，一直到死，他頭腦完全清醒的時候並不多。……他的發狂跟五叔的事情有很大的關係。五叔大現原形，對祖父應當是第一個沉重的打擊。不用說以後還有別的。[4]

巴金在後續的敍述中並未詳細展開，然而，一個家族兩代人都陷入精神失常並最終失去生命的情形，或許並非純粹的偶然。在巴

3　巴金：〈老化 —— 隨想錄一四九〉，《巴金六十年文選》，第 426 頁。
4　巴金：〈談《憩園》〉，《巴金論創作》，第 259—261 頁。

金的作品和回憶中，他對祖父的精神失常持有着複雜的態度。這種描寫折射出他對祖父這一角色的複雜理解和情感糾葛，同時也凸顯出他對家族和個人命運的憂慮與反思。

其一，巴金面對祖父精神失常的情狀，始終飽含同情。他深知祖父的行為和狀態不僅是個體問題，更是與家族、社會環境和歷史背景相互交織的時代產物。這種同情在巴金對祖父晚年性格變化的描繪中得以體現，同時也顯現出對其精神狀態惡化的關切。這種關切不僅源於對家族長輩的敬重，更是對一個曾經威嚴之人，最終無可避免地步入衰老和病痛之泥沼的同情。巴金逐漸認識到，祖父晚年性格的變化，或許是年齡增長、身體衰弱以及心理壓力的積累的結果。通過對這些變化的生動描述，巴金展示了他對祖父人性的深刻洞察和共情之心。

其二，巴金的作品常常探討家庭關係的複雜性。他對祖父精神失常的看法，也蘊含着這種複雜性。在傳統的家庭結構中，祖父是家族權威的象徵，童年時的巴金曾對祖父的嚴厲和權威感到畏懼和不滿。然而，隨着時間的推移和自身閱歷的增加，他對祖父的看法發生了變化，從童年的畏懼和不滿逐漸轉變為成年後的理解和同情。巴金開始理解祖父的行為背後可能隱藏的家族責任、社會壓力和個人挑戰。基於此，巴金在其作品和回憶中對祖父的描寫，細緻勾勒了家庭關係中的愛、恨、責任和期望之間的複雜交織，不僅僅局限於其作為家族長輩的角色身份，還展現了祖父作為一個擁有複雜情感和心理狀態的個體，在家庭關係與時代漩渦中的斡旋浮沉。

其三，巴金將祖父的精神失常視為更廣泛的社會和家族問題之反饋信號。他通過祖父的形象揭示了傳統社會的矛盾，這些矛盾包括權威與自由、傳統與現代、個人願望與社會期望之間的衝突等。

可以說，祖父的精神失常在一定程度上象徵了這些矛盾對個體心理的負面影響。與此同時，巴金的作品反映了中國傳統家族系統中的壓力和責任。在這一系統中，家族成員往往承擔着重重的社會和道德責任。而祖父的形象和其精神狀態的變化，恰恰展現了這種家族壓力對個體的深遠影響。

其四，巴金在回憶和作品中對祖父精神失常的態度，蘊含他對生命無常和個人命運的感慨。他意識到人類的渺小與死亡的永恆之間的巨大溝壑，無論一個人在家族或社會中的地位多麼顯赫，都無法逃避生老病死的自然規律。這種認識使他對祖父的遭遇有了更深層次的情感共振和靈魂共鳴。而祖父這一家族權威人物的精神失常象徵着權威的衰落與失勢，令他發覺即使是最強大的權威也會因為年老、疾病而走向滑坡。這種轉變揭示了權力和地位的有限性，以及生命本身的脆弱和多變。巴金從祖父的經歷中，看到除個體自身的選擇之外，一個人的命運受到多種因素的影響，包括家族關係、社會環境和個人健康狀況。在描繪祖父的過程中，巴金探討了人在面對生命終結時的細膩的心理變化，以及這些變化如何影響家族成員和周圍人。

由此可見，巴金對祖父精神失常的看法是多層次的：既有同情和理解，也有對家庭和社會的深刻反思，以及對人生無常的感慨。通過這一視角，巴金展現了自己對人性、家族和社會的敏鋭洞察與感知。

二、「頂樑柱」的矛盾與錯亂

巴金的大哥李堯枚在他的生活和作品中佔據了極為重要的位

置，其人生體驗深刻影響了巴金。他天性憂鬱敏感，在命運、道德、與性格之間矛盾不堪又無力抵抗，最後選擇服毒自殺。他家庭觀念很強，對弟弟甚是疼愛，時常患得患失。他也是「激流三部曲」中覺新的原型，而覺新這一角色正是集中體現了舊時代背景下的複雜人物性格和深刻的家庭關係。

（一）大哥形象的多重內涵

其一，巴金的大哥十分重視家庭觀念，情感細膩。儘管大哥受制於傳統家庭觀念，但他對於家庭和兄弟的感情極為深厚。他對巴金及其他兄弟的關愛與照拂，顯示了他強烈的家族責任感、愛與忠誠。同時，大哥的情感細膩而強烈，他在與巴金分離後所表達的孤獨和傷感，顯現出其對家庭關係之在乎和對兄弟情感的依戀。與巴金於上海分別後的書信中，大哥曾無法按捺住內心的空寂與難過：「我的弱小的心靈實在禁不起那強烈的傷感，眼淚不知不覺地流下來」，「你們走後，我就睡在艙裏哭，一直到三點半鐘船開始抛（起）錨，我才走出來」。[5] 大哥痛恨離別，與兩個胞弟的分離於他而言是無法承受的心靈重創。他是舊時代的思想的受害者，卻也同時竭盡全力成為弟弟們的保護傘，為弟弟的任性與夢想撐起一片安穩恬靜的天空。

其二，在巴金眼中，大哥的形象象徵着心靈的矛盾與掙扎，以及舊時代思想的雙重影響。一方面，他天生憂鬱敏感，在個人命運與世俗道德之間經歷了身心矛盾和靈魂掙扎，這種掙扎不僅體現在

5　李堯枚：〈李堯枚致巴金家信〉，巴金、楊苡、黃裳等著，李致、李斧編選：《棠棣之華：巴金的兩位哥哥》（四川文藝出版社，2009 年），第 3—10 頁。

他對家族責任的認同與反抗上，也體現在對個人自由和幸福的追求中。另一方面，大哥深深受制於傳統的宗族家庭觀念，但他也努力在這一時代背景下儘可能為弟弟們提供充裕的支持和可靠的保護。他的這種努力既包含傳統價值潛移默化的影響，也蘊藏着個人對更自由和開放思想的渴望。最終，大哥因無法解決內心的矛盾和社會環境的壓力，選擇了自殺，迎來了悲劇性結局。

這位封建大家庭的「頂樑柱」，時常在家信中暴露出自己的脆弱。與親人的離別讓他陷入深深的痛苦之中，他徹夜不眠，時常落淚，心中充滿了惦念。這種「脆弱的痛」並不是單方面的，大哥的痛也傳遞給了情感豐沛的青年巴金——

他又何嘗不是體會着離別的悲傷與分離的痛楚：「在暮色蒼茫中我們離了你。一隻小小的木船載着我們四個人向外灘碼頭划去。……上碼頭時，分明四個人都上了岸，我卻東張西望，尋找你在哪裏。」[6] 這種失去至親的痛苦化成一股巨大的淒涼，使巴金陷入了孤獨的牢籠。每當坐上黃浦江的小船，巴金便會想起與大哥送別的的情景，一邊心痛，一邊從「不常哭泣的眼睛裏流下淚水來」。[7]

其三，在作品中，巴金也經常以大哥作為原型來象徵封建禮教及舊思想的受害者。他的生活和思想被傳統的家庭觀念和道德規範深深影響，這些傳統牽制了他的個性和夢想。大哥的悲劇絕非「一日之寒」，而是由一系列生活中的重大打擊和長期的心理壓力積累

6 巴金：〈談《新生》及其他〉，《巴金論創作》，第 204 頁。

7 巴金：〈覺新與大哥〉，巴金、楊苡、黃裳等著，李致、李斧編選：《棠棣之華：巴金的兩位哥哥》，第 21 頁。

而成。他的生活經歷和內心狀態帶有明顯的創傷後應激反應的色彩。一方面父親去世後，大哥突然承擔起家庭的重擔，這對於一個本就性格憂鬱、敏感的人來說是一個極大的挑戰；另一方面大哥的一個兒子不幸夭折，是其人生中的沉重打擊之一。這件事情不僅粉碎了大哥對未來的希望，也加深了他的心理創傷和抑鬱情緒。他的另一個兒子李致回憶起這件事時：「我的哥哥李國嘉在他四歲多時突患腦膜炎逝世，對父親是一個更大的打擊：他的希望完全破滅了，精神抑鬱，偶爾還出現過精神錯亂的現象」。[8]這時大哥的「精神錯亂」「痰病」屬於典型的「創傷性應激反應」，即在經歷重大心理創傷後的一種極端心理狀態。而這種痛苦在日常生活中卻很少得到關注和理解。他的隱痛被日復一日的日常責任所淹沒，但從未真正得到解決。最終，這些經歷和內心的痛苦成為大哥輕生行為的誘因。他的自殺是對個人苦難的終結，更是對周圍社會和家庭環境無法為他提供足夠支持和情感互通的無聲抗議。

巴金對大哥的描述，呈現出一個在傳統與現代之間掙扎的典型人物。這種「雙重性格」體現了當時中國社會變革時期的個體矛盾和挑戰：一方面，大哥堯枚對新理論和新事物的熱情反映了他作為青年人的好奇心和求知慾。他的興趣在化學等現代學科上，也曾懷揣着繼續在大城市的學府深造的夢想，這無疑表明了他對新時代的渴望與期盼。另一方面，儘管大哥有着對現代化生活的嚮往，但他同時又深受傳統觀念的羈絆，是「作揖哲學」和「無抵抗主義」的虔誠信徒。這些傳統觀念使他在一定程度上選擇順從和接受現有的環

8　李致：〈終於理解父親〉，巴金、楊苡、黃裳等著，李致、李斧編選：《棠棣之華：巴金的兩位哥哥》，第 87 頁。

境與生活安排。正是這種處於新舊交替時期的雙重性格，使大哥在現實生活與個人理想之間經歷了持續的衝突，而他的新生活理想常常在傳統體制和環境的限制下受挫，無法真正落地。由於始終無法在傳統與現代的碰撞罅隙之間找到平衡，大哥感受到了強烈的挫敗感和無奈。他的美好夢想在與現實的碰撞中逐漸偏航、遠離，他人生的出路也愈發受限。

（二）大哥的治療方法選擇

巴金通過對大哥在醫藥科學問題上的態度和行為的描述，揭示了大哥在傳統與現代化過渡時期的個性和選擇，反映了那個時代中國社會的變化和個體在這一變化中的適應。有關大哥痰病的進展，巴金在《覺新與大哥》中略有記錄：「因為大病才好，神經受此重大刺激，忽然把我以前的痰病引發，順手將貼現的票子扯成碎紙，棄於字紙簍內，上牀睡覺。到了第二天一想不對，連忙一找，哪曉得已經被人倒了。完了，完了。」[9]

遺書中提到的「痰病」實際上是現代醫學定義的「神經病」。巴金的大哥確實曾發作過神經病，但病情並不嚴重，持續時間大約一兩個月。這大約發生在 1920 年左右，即《家》一書中鋪陳的時代背景。在《春》中，覺民在寫給覺慧的信中（1922 年）提到，大哥最近似乎又將發神經病了。一天晚上，他突然跑到大廳上的轎子裏坐着，一聲不響地坐了很久，用一根棍子把轎簾上的玻璃都打碎了，並搖頭說着不想活了之類的話。大哥在離家後寫給巴金的信中也提

9 李堯枚：〈大哥李堯枚〉，巴金、楊苡、黃裳等著，李致、李斧編選：《棠棣之華：巴金的兩位哥哥》，第 43 頁。

到，那是因為神經過度受到刺激。他在後來的信件中也有更詳細的說明，但總是圍繞着「刺激」這個詞。

因為大哥略知醫理，在中西醫界有不少友人，他時常給熟悉的人診脈開藥方子。一日深夜，他服下毒藥自盡。次日清晨被發現睡在小女兒身邊時，已全身冰冷。「嘴角沾了一點白粉」，死態安詳。家人後來在他的遺書中方知，他早已有意結束自己的生命。[10]

巴金的胞弟紀申（李濟生）對大哥去世及其所患的痰病持有不同的看法。他認為大哥的自殺並非直接由痰病的突發引起，而是由於過度的精神刺激導致一時的精神錯亂。依據紀申的回憶，這種精神錯亂導致大哥撕毀了所有單據，從而陷入了深深的困境，無法自拔，而這一情況可能是促使大哥自殺的原因之一。在他印象中，大哥發病的次數不多，大約有三次：一是爺爺死後，大哥帶着小孩子們在屋裏爬行，嘴上說着是做運動；二是在紀申家吃飯時對母親發脾氣；三是有一次吃飯時跟母親發生爭執，竟將整個飯桌掀翻了。

若單從封建家庭制度角度來說，以上的行為足以被定義為「精神錯亂」「神經病」「家醜」。但反之，這個事情若放在如今，不過是因為壓抑引致的一場情緒失控而已，在現代社會中比比皆是。所以痰病到底是甚麼？對醫學頗有研究的大哥不可能不知道，而他為甚麼選擇不去醫治而放棄生命，這答案不得而知。也許正如紀申判斷的，大哥的自殺並非由痰病的突發所致。痰病是一種失控的表現，但自殺卻很可能是大哥的一次清醒的選擇。 因此，「評價大哥李堯

10　巴金：〈覺新與大哥〉，巴金、楊苡、黃裳等著，李致、李斧編選：《棠棣之華：巴金的兩位哥哥》，第 43—46 頁。

枚，不能忽略他自己背着因襲的重擔，肩住了黑暗的閘門，放他們到寬闊光明的地方去」[11] 的自我犧牲情懷。

大哥素來對醫學頗有研究，「一般的小病他都能治好，還會打針……可是，唯獨他自己的痰病，他就不想辦法治好，也沒有人幫他醫治」。[12] 大哥對自己的痰病一直處於迴避的狀態——「知卻不治」，並不排除他從一開始就預見了自己的未來，選擇了放棄的態度。以大哥在用藥和就醫上面的態度來看，大哥有相當聰穎和理智的一面。選擇自盡也許是大哥有知覺性的一種選擇，因為無力改變自己又無從改變環境，故而選擇以「一死」來換得周遭之寧靜。

（三）巴金對大哥死亡的認知

巴金和大哥的感情很深，在 1989 年《巴金全集》中，巴金回憶起 1924 年在南京的時，曾寄過自己的作品給大哥，一本是《寫給母親的信》，另一本是《鴻爪集》。雖然是作者看來「以後我也就忘記了」的作品，但因離家的他「都是在想家想得最深的時候」寫的，傷感的內容「讓大哥流了不少眼淚」。[13] 然而，儘管巴金深愛着大哥，但他們在思想和個性上皆存在顯著的差異。巴金受五四新文化運動的影響，急切地反抗傳統思想，渴望自由和變革。而大哥更多地是在傳統和現代之間反覆掙扎，無法完全擺脫傳統的束縛。可

11　李治修：〈沉重的接力棒——從另一個側面解讀巴金〉，巴金、楊苡、黃裳等著，李致、李斧編選：《棠棣之華：巴金的兩位哥哥》，第 319 頁。

12　李采臣：〈懷念大哥〉，巴金、楊苡、黃裳等著，李致、李斧編選：《棠棣之華：巴金的兩位哥哥》，第 63 頁。

13　巴金著，王仰晨編：〈《巴金全集》第十二卷代跋〉，《巴金書簡》（文匯出版社，1997 年），第 428 頁。

以說，巴金和大哥的生活軌跡和選擇存在明顯的分岔。巴金如同困獸，一旦找到機會便猛然地振翅飛騰，迅速逃離舊時代的令人窒息的枷鎖；而大哥則更多地被傳統的牢籠所困，無法徹底追求自己的理想。

以大哥堯枚為創作靈感，巴金塑造了「激流三部曲」中的「覺新」這一角色。這種創作過程以及對大哥自殺行為的理解，揭示了巴金對人生、家庭和社會的深刻思考。巴金最初將小說命名為《春夢》，可能意在表達一種溫柔的懷舊和對過去的回憶。然而，在寫作過程中，他逐漸感受到了生活的激烈和衝突，因此將小說改名為《激流》，更加強調生命之河的流動與激蕩。通過以大哥為原型創作覺新這一角色，巴金不僅向讀者展示了一個在傳統與現代、束縛與自由之間掙扎的人物，也向大哥訴說了自己真切的情感和理解。「小說在《時報》上開始連載時，他把原名《春夢》改成了《激流》，沒想到，連載的第二天，也是巴金剛寫完《做大哥的人》（第六章）之時，收到了大哥在老家服毒自殺的電報。」[14]

巴金在年輕時無法完全理解大哥自殺的行為。他可能認為，儘管生活充滿挑戰和痛苦，人們仍應通過行動來應對，而不是選擇放棄，這一思考反映出巴金個人對生命價值和人生態度的理解。巴金早年受到無政府主義思想的影響，這使他更傾向於通過行動表達對生活的反抗和對自由的追求，而不是像大哥那樣選擇絕望的途徑。巴金對大哥自殺的反應也體現了情感與理性的衝突。於情，他對大哥愛得深沉，對其悲劇的命運感到萬分痛苦；於理，他理性的認知

14　陸正偉：〈羣賢「相聚」的地方　　瞻仰「慧園」記〉，《永遠的巴金》（復旦大學出版社，2015 年），第 426—427 頁。

使他無法完全接受大哥的選擇。總之，巴金通過對大哥形象的藝術化塑造以及對其自殺行為的反思，展現了對家庭、社會和個人命運的深刻洞察。這不單是作家對親人的紀念，更涉及知識分子對於那個時代背景下普遍存在的社會心理問題的探討。

關於巴金大哥自殺的動機，有三個方面的推測。首先是錢財虧空的狀態下，他無法挽回自己的紳士顏面和改變在大家庭中本身就備受欺凌的位置；隨之，就是他對當時困境的無解之態以及對未來生活的絕望；更甚的，是他完全沒有勇氣去做出任何行動上的改變，只能讓自己愈發痛苦，無法自拔。「覺新沒有死，但是我大哥死了。我好幾次翻讀他的遺書，最近我還讀過一次，我實在找不到他必須死的理由。如果要是我勉強找出一個，那就是他沒有勇氣改變自己的生活，這當然是我的看法。」[15] 巴金始終將大哥悲慘的一生歸咎於他性格的懦弱及封建制度的毒瘤。

巴金對大哥堯枚的離世深感內疚和無力挽救，這種感覺在他的回憶和作品中得以細緻呈現。他認為自己本可以通過自己的理解和行動幫助大哥看清楚生活中的困境和危險，但最終未能做到。這種內疚感源自他對家庭責任和兄弟情誼的深層認知：

> 他當時自然不會看見自己怎樣一步一步地走進懸崖的邊沿。我卻看得十分清楚。我本可以撥開他的眼睛，使他能夠看見橫在面前的深淵。然而我沒有做……我只有責備我自己。[16]

15 巴金：〈覺新與大哥〉，巴金、楊苡、黃裳等著，李致、李斧編選：《棠棣之華：巴金的兩位哥哥》，第 42 頁。

16 巴金：〈《家》十版代序 —— 給我的一個表哥〉，《巴金論創作》，第 106 頁。

巴金在得知大哥去世的消息時，感到了深切的悲哀和無力感。他意識到，儘管自己已經開始通過文學來探索和表達生活的真相，但這些努力對於大哥來說已為時太晚。巴金在回憶中特別提到，大哥去世的時間與《激流》開始發表的時間恰巧重合，而這種巧合給他帶來了更多的唏噓與感慨。他情不自禁地思考着，如果大哥能夠看到自己的作品，是否會對他的命運產生不同的影響。「第二天下午我得到了報告他去世的電報，原來他死在《激流》開始發表的那一天，當時我的小說只寫到第六章。」[17]

在巴金看來，大哥的悲劇不僅僅是個人的命運，還與舊社會的封建制度對於個人生活的限制破壞密不可分。此外，不能忽視的是，在巴金的生活和創作中，寫作與現實始終相輔相成，如影隨形，緊密交織。通過文學創作，巴金不斷描繪、確認、應對着現實生活中的紛繁議題，以知識分子的「良心」思考着個人、家庭與國家的出路。

第二節　憂思抑鬱下的悲傷抒情法

巴金的文學語言中，一向蘊含強烈的憂傷感。他憂傷的根源首先來自於自身性格：母親懷他的時候經歷過一段憂鬱傷心、擔驚受怕、忍氣吞聲的日子。[18] 他自己也曾一再訴述——「我自小就帶了憂鬱性，我的性格毀壞了我一生的幸福，黑暗，恐怖，孤獨，

17　巴金：〈談《新生》及其他〉，《巴金論創作》，第 200 頁。

18　陳思和：《人格的發展——巴金傳》（上海人民出版社，1992 年），第 13 頁。

在我的靈魂的一隅裏永遠就只有這些東西，我永遠在寂寞的大沙漠」。[19] 其次是出於對社會黑暗、人性醜陋的控訴。然而，因巴金早期理想未能付諸於實際的強烈矛盾，外加上對動盪生活強烈的壓抑感受，使得他的這份控訴與哀傷在前途未卜的時代並沒有表現得軟弱不堪，反而體現出一種別具一格的、纖細卻有力的彈性張力。

一、從「呻吟哀歎」走向「平和深沉」

巴金早年間的語言風格是呻吟哀歎型的。「這幾年來我懷着這顆心走遍了世界，走遍了人心的沙漠，所得到的只是痛苦，痛苦的創痕」，這顆求愛而受挫的心，總是絕望地在呻吟着：「一點也沒有隱瞞自己絕望的『陰鬱』心情。」[20] 儘管在發表《滅亡》和「激流三部曲」之後的巴金成為了那個年代的當紅作家，他卻並沒有肯定自我，反而不滿足與自己當時的身份與地位，對身為作家的身份充滿了疑慮：

> 我現在準備把我的寫作生活結束了。我的痛苦，我的希望都要我放棄文學生活，不再從文字上卻從行為上找力量，不知道我究竟有沒有毅然放棄它的勇氣。[21]

19 巴金：〈新年試筆〉，《巴金全集（第 12 卷）》（人民文學出版社，1989 年），第 265 頁。

20 ［日］阪井洋史：〈《隨想錄》和歷史的記憶 —— 與周立民君商榷〉，《巴金論集》（復旦大學出版社，2013 年），第 150 頁。

21 巴金：〈《電椅》代序〉，《巴金論創作》，第 28 頁。

這段文字寫於 1932 年，在巴金全程參與聲援「薩樊事件」之後，薩珂、樊塞蒂的死亡帶給他更多的絕望和憤慨。矛盾的是，在寫出這段「決意放棄文學」的文字之後，悲傷的文字依然僅僅是巴金尋找出路的出口。他經常自問是否能夠做出更有意義的事情，反覆決定暫時停止寫作，認為雖然沉默也令人痛苦，但希望自己能堅持不再動筆。然而，他始終難以抑制內心的表達慾望，以文代言，繼續一篇接一篇地持續寫作。

巴金晚年的語言風格經歷了顯著的變化，從早年的呻吟哀歎型逐漸轉變為更加平和、深沉和哲理性的表達。這種變化反映了他個人經歷和思想的成熟，和他對生活、社會和人性深刻理解。具體來說，巴金晚年的語言風格特點主要可以概括為以下五個方面。

第一，平和與深沉。隨着年齡和閱歷的增長，巴金的語言變得愈加平和深沉。他對生活和人性的理解更為全面，表達方式也更加成熟穩健。在這一時期，巴金的作品和言論往往展現出對人生經驗的深刻洞察，對社會和歷史的深入思考，以及對個人情感和人際關係的細膩處理。他的語言不再僅僅是年輕時的激情和衝動，而是融入了對時間流逝的感慨，對過往經歷的反思以及對未來的深思熟慮。一方面，巴金晚年的作品中充滿了對時間流逝的感慨。他在文字中反映了對年齡增長、生命變遷以及與之伴隨的智慧增長的主觀體驗。另一方面，巴金在晚年時期對自己過去的經歷進行了深入的反思。他的語言中透露出對年輕時期觀念、行為和選擇的重新評估，以及從中汲取的教訓和啟示。與此同時，儘管年歲已高，巴金仍然對未來保持着深思熟慮的態度。他的作品和言論反映了對未來社會發展、文化事業以及個人命運的關切與思考。正是通過這種平和而深沉的語言，巴金表達了他對生命本質的深刻理解以及體察周遭世界的寬廣視野。

第二，富於哲理和反思。巴金晚年對人生、歷史和社會問題的思考更加深入，語言中常常體現出對這些問題的深刻洞察。在晚年，巴金的寫作和言論中常見的主題包括人性的複雜性、社會變遷的影響、歷史的循環以及文化和個人身份的探索等。例如，巴金在晚年的作品經常聚焦於人性的多面性和複雜性，揭示了人物內心的矛盾、衝突以及成長和變化的過程。巴金也關注社會變遷對個人和羣體的影響，包括政治、經濟和文化變化如何影響人們的生活和心態。巴金在晚年作品中還常常提及歷史的循環性，思考歷史事件和人物如何在不同時代以不同形式重現。他的作品更探討了文化認同和個人身份的問題，反映了在傳統與現代、本土與全球化背景下個體的掙扎和尋找自我定位的過程等。

通過這些主題，巴金展現了對人類共同生命經驗的體察領悟，以及對生活真諦與本質的終極追問。這種哲理性和反思性的特點，使得巴金的晚年作品不僅取得了藝術上的成就，也彰顯了他對生活世界的真相的不懈追求。通過探討人性的複雜性和社會變遷的影響，巴金的作品深入挖掘了人物內心世界和社會環境的互動。通過對文化和個人身份的探索，巴金的作品深刻表達了在不同文化背景下個體尋求自我認同的複雜過程。其對歷史循環的思考，也體現了他對歷史發展規律的深刻認識，以及對過去、現在和未來之間聯繫的深層理解。而這些富有哲理和反思的特徵，是他對生活哲學的一種表達，展現了他對人類如何存在，以及何以安身立命的深入思考。

第三，簡潔與精練。與早年的語言風格相比，巴金晚年的表達更趨向於簡潔和精練。他能夠用更少的詞彙，去表達更豐富的意義。這種變化是他藝術成熟的體現，也反映了他將人生的重重考驗在心中揉碎、理解、煉化並表達出來的能力。晚年的巴金能夠用更加簡潔的語言傳達深刻的意義，避免了不必要的贅述和修飾。在其晚年作品中的每個詞彙和句子都經過深思熟慮，能夠凝練地表達複雜的思想和情感，展示了他對語言的精確掌握和運用。而通過有限的文字傳達廣泛而深刻的人生哲理和觀察，也是巴金多年寫作經驗和人生智慧的凝聚。除了語言簡潔精練之外，巴金晚年作品中的語言還富有含蓄之美。他的文字往往留有深思的空間，促使讀者進行更深層次的思考和解讀。正因如此，巴金晚年的語言風格的簡潔與精練不僅意味着藝術風格的轉變，也呈現了他對於生命長度和世界廣度的洞察理解。通過這種表達方式，巴金成功地將複雜的思想和深刻的感悟濃縮在簡潔的文字中。與此同時，簡潔和精練的語言使得巴金的作品更易於讀者理解和共鳴，這使得他的寫作不僅停留於自我表達的層面，更在作家與讀者之間搭建起一條溝通的橋樑。

第四，寬容與和解。巴金晚年的語言常常流露出一種寬容與和解的氣息。一方面，隨着年齡的增長和生活經驗的積累，巴金對人性的弱點和矛盾有了更深層次的理解。他的語言表達中常體現出對人的弱點和錯誤的寬容態度。另一方面，巴金晚年的作品和言論顯示了他對社會不完美現象的深刻認識。他通過寬容的眼光看待社會問題，尋求和解而非衝突。在此基礎上，巴金的語言中常映射對人類共同命運的深刻同情，他將人生的不易、挑戰和痛苦都化為沉甸甸的養分，並將這份感悟昇華為對他人的理解之同情。

基於此，在巴金的晚年作品中，「和解」成為一個重要的主題。他傾向於通過對人性和社會現象的深刻理解，探尋人與人之間、人與社會之間的和解之道。巴金在晚年的作品中探討了人與人之間關係的複雜性，並尋求通過理解和寬容來達成和解。他認為，理解他人的經歷和情感是實現人際和解的關鍵。在社會層面上，巴金的作品反映了他對社會矛盾的關注。他傾向於通過深入洞察社會現象，尋找在複雜的社會結構中實現和解與平衡的途徑。他也探討了個人與社會整體之間的和解。在他看來，個體應當在理解和接納社會現實的同時，尋找自身與社會和諧相處的方式。以和解為主題，不僅體現了巴金對人性和社會現象的關照，也構成了他生活哲學的重要組成部分。他認為，和解是實現個人內心平靜和社會穩定的重要途徑。巴金晚年作品中的這種和解主題，既是他作為一個資深作家對於藝術追求的產物，亦是其作為一個深思熟慮的人文思想家的哲理探尋的歸宿。

第五，對生命的深情致敬。在晚年，巴金對生命的態度更加深情和充滿敬意，他在語言中常常表達對生命寶貴的珍視。他強調生命的價值和意義，鼓勵人們珍惜每一刻，無論是快樂還是痛苦。隨着年齡的增長，巴金在作品中展現了對歲月匆匆流逝的深刻感慨。他對過往經歷的回顧充滿了情感和思考，體現了他對生命歷程的深刻理解。巴金在晚年作品中總結了自己的生活經驗，分享了他對於生活、人際關係、社會變遷等方面的看法。而他晚年筆下描繪的人物面臨生活難題時的心理抉擇過程反映了他對生命複雜性的理解。

巴金晚年的作品在某種程度上可以被視為一種生命哲學的表達。他通過對生命不同階段的鋪陳勾勒，訴說着對於生命的真情和熱愛。一方面，巴金在晚年的作品中反覆探討了人生經歷和情感的深層次意義，包括生與死、愛與恨、快樂與痛苦等核心主題，而這些探討反映了他對生命本質的思考。巴金通過對現實中人與事反覆剖析，全景式展現了對人性本質的關切和洞察。他的作品常常探討人性中的矛盾、衝突以及成長和轉變。另一方面，巴金晚年作品中暗喻的生活哲學體現出他對於人生、社會和文化的深刻見解。他反覆用文字呈現個體的生活經驗，同時探討這些經驗在更廣闊的社會和歷史背景下的意義所在。正因如此，巴金的晚年作品體現了他對生命意義的不懈探求，以及對存在與時間的恆久追問。他探索了如何在複雜多變的世界中找到個人安身立命的位置，以及社會和時代變遷下的挑戰和選擇。

總體而言，巴金晚年的語言風格融入了他一生的經歷，包括他的感情、思考以及對時代變遷的見證。這些經歷使他的語言更加真實、富有力量，同時也使得巴金晚年的作品和言論展現了在思想上的深度與廣度。他對人性、社會、歷史等諸多領域的深入理解在他的語言表達中得到了體現，這也使他形成了獨特的語言風格，成為其藝術成就的印證。在意義層面上，他通過作品探索了人類存在的意義，提供了對複雜世界的獨到見解。因此，巴金晚年的語言風格不僅勾勒出其個人的成長軌跡，也還原了他對於周圍世界的深刻洞察和理解，為讀者提供了豐富的思想和情感的食糧。

二、矛盾外衣下的豐盈人格

憂思過度為巴金帶來煩惱和痛苦的同時，也使其性格在壓抑下充滿矛盾、拉扯和搖擺不定的底色，使他的作品對人性的刻畫帶有獨特的洞察力，別具張力。他筆下的那些人物的悲劇命運，無一不產生着強烈的殘酷感與無奈感，無論是因信仰而失去的生命，因制度的壓迫而失去的人性，還是因生活的重創而活在悲苦之中的人物……都是巴金對社會制度的控訴及人生苦難的思考。與此同時，巴金的作品和他個人的情感體驗反映了個人與時代的緊密關係，他的創作不僅是個人情感的抒發，也是對所處時代的反思和回應。

關於這一點，美國作家蘇珊・桑塔格也曾經歷過。她的兒子戴維・里夫在回憶錄中曾談起母親在創作過程中的矛盾：她有時會為自己的文字而感到驕傲，有時卻又倍感失落。她的快樂與悲傷均來於此。她時常搖擺不定，也偶爾自嘲，也會經常把放棄寫作掛在嘴邊。[22] 類似於桑塔格，巴金在創作過程中也經歷多次情緒的搖擺和自我矛盾。他時而為自己的創作感到驕傲，時而感到失落，這種情感的波動恰如其分地展現了他對創作和生活的深切感受。

（一）豐盈獨特的人格氣質

矛盾和搖擺賦予了巴金獨特的人格魅力。學者陳思和曾在早年的《巴金傳》提出，巴金的思想與性格矛盾恰恰是促成他成功的緣由：「這種魅力不是來自他生命的圓滿，恰恰是來自人格的分裂：他想做的事業已無法做成，不想做的事業卻一步步誘得他功成名就，他的痛苦、矛盾、焦慮……這種情緒用文學語言宣泄出來以後，喚醒了因為各種緣故陷入同樣感情困境的中國知識青年枯寂的心靈，這才成了一代偶像。巴金的痛苦就是巴金的魅力，巴金的失敗就是巴金的成功」。[23]

---

22 [美]戴維・里夫著，姚君偉譯：《死海搏擊：母親桑塔格最後的歲月》（上海譯文出版社，2011 年），第 49 頁。

23 陳思和：《人格的發展 —— 巴金傳》，第 118 頁。

這個關鍵點的提出，使我們更清晰地認識到，巴金早年經歷世事時的自相矛盾與信仰偏離航線時的痛苦不堪，反而是他人生自我蛻變的必然之路。換言之，正是巴金所經歷的痛苦、矛盾和焦慮，以及他在職業和生活選擇上的搖擺不定，塑造了他獨特的人格特質。這主要體現在兩個層面：一方面是文學成就與個人掙扎。巴金的文學成就部分源自於他個人的掙扎和痛苦，而他在作品中表達的情感和思考，喚醒了許多處於相似情感困境中的中國知識青年，使他成為一代偶像。另一方面，是痛苦和失敗的轉化。巴金的痛苦和看似的失敗，實際上轉化為了他的成功和魅力，他的文學作品在表達個人經歷的同時，也引發了更廣泛讀者羣體的共鳴。巴金是經歷過五四運動的知識分子，他文字中的那些悲憤的受挫感和歇斯底里地控訴，不能單純地被理解為個人的性格使然，更包括五四先鋒意識帶給那一代學者的深度覺醒和意識餘震。巴金的作品和人格特點使他成為了那個時代中國知識青年的代表和偶像，他的經歷和情感反映了這一羣體的心理狀態和社會處境。

（二）外冷內熱的真誠心性

敏感、豐富而壓抑的個性，使得巴金的作品獨樹一幟。趙園曾這樣評價巴金早期作品中「壓抑狀態的個性」：「巴金善於寫壓抑狀態中的個性。『壓抑』包括兩個方面：外界的壓抑 —— 人的生存環境對於人的敵視和限制，以及人的自我壓抑」。[24] 此處所指的「壓抑狀態的個性」主要包括三重內涵：一是對壓抑狀態本身的深刻描

24　趙園：〈中國現代小說中的「高覺新型」〉，陳思和、周立民編：《解讀巴金》（春風文藝出版社，2002 年），第 193 頁。

繪，巴金一向擅長刻畫處於壓抑狀態中的個體人物，他常常以第三人稱的方式去敍述，客觀且生動。二是外界環境的影響。巴金作品中的人物常常面臨來自社會、家庭、傳統文化等方面的壓力。這些外界因素限制了人物的自由，影響了他們的生活和心理狀態，是壓抑狀態的導火索。巴金時常在描寫中將外界對人物的影響和人物本身的性格巧妙地合二為一。三是內心的自我壓抑。除了外界因素，巴金筆下的人物還經常經歷內心的自我壓抑。這種自我壓抑可能源於個人的道德觀念、情感糾葛或對未來的恐懼。正是這種外界的壓力與內心的自我壓抑的交織，使得巴金筆下的人物性格豐富而複雜。他們的內心世界深邃，經歷多樣，為讀者提供了深刻的人性探索。從更大的時代背景來看，巴金的這種對壓抑狀態的描繪即是文學上的創造，更反映了當時社會和歷史背景下普通人的生活實際。正是在此意義上，巴金的作品真實地再現了特定時期的社會矛盾和個體困境。

巴金晚年《隨想錄》的完成，既圓滿了自己的人生追求，也使巴金豐盈獨特的人格得以定型。因《隨想錄》的存在，巴金對讀者與社會的影響不再局限於文學作品中委婉動人的故事或強烈的感情共鳴，它的思想、社會影響與歷史價值早已超出了文學本身。巴金多愁善感的性格及憂思型的文風，同樣決定着《隨想錄》與一切同年代「思痛」作品的迥異性。他的豐富與敏感，使他在思考與書寫的過程始終伴隨着痛楚，這決定了他不可能具備類似於大多數思想家所具有的那種必不可少的冷靜態度。李輝認為：憂鬱與痛苦是屬於不同類型的概念。前者是性格上的，後者是精神上的。憂鬱受許多因素的影響，如遺傳、童年生長環境、個人經歷等等。而痛苦則源於「矛盾性」：「抽象與形象」「理想與現實」「接受與摒棄」之間的

「碰撞」。[25] 憂鬱可以從言語表情而見，而痛苦需要從深層次感知和理解。雖然二者面向不同，卻又不可分割。正是巴金憂鬱的個性，使他對生活的思考中摻雜了無數痛徹心扉的痛苦，而正是他精神追求與行為上的矛盾折磨，使得他的作品多了更多憂鬱的陰影。此外，巴金的憂鬱可能來自於過早地失去父愛和母愛。他的大哥與三哥的性格中亦有相似特質，由此可以佐證這一點。巴金應對憂鬱與痛苦的方式，是通過釋放更強烈的熱情來獲得內心的宣泄。

三、「痛苦書寫」與「瘋狂敘事」

巴金通過釋放更強烈的熱情來宣泄內心的憂鬱與痛苦，這種方式可以被看作是一種釋放悲傷的抒情手段。他的這種性格和處理方式，得到了冰心的理解共鳴，以及生動描述。冰心將巴金形容為「熱水瓶」——「外面涼，裏面熱」。

> 巴金憂鬱時，就是他最自然的時候。巴金充滿了真誠，心是真誠的，話是真誠的。他不說假話，對祖國、對人民從不說假話。
>
> 我看他痛苦的時候，也就是快樂的時候。[26]

這個比喻形象地描繪了巴金的性格特徵，即表面上可能看起來冷靜、克制，但內心卻充滿了熱情和感情的激蕩。無論是對於祖國、人民，還是基於個人表達的層面，巴金總是保持着真誠。巴金

25 李輝：〈雲與火的景象 —— 我所理解的巴金〉，李存光編：《世紀良知 —— 巴金》，第 237— 240 頁。

26 趙蘭英：〈文人如是說〉，《感覺巴金》，第 86 頁。

的這種真誠是他應對憂鬱和痛苦的一種方式。同時，即使在憂鬱和痛苦中，巴金仍能夠表達出深刻的情感，並將悲傷情緒進行轉化與昇華。通過將這種情緒轉化為更深層次的思考，如對人性、社會和生命的反思，巴金使自己的作品具有更深刻的哲理意味和藝術價值。

悲傷抒情法何以有效？這應當歸因於寫作提供的一種表達和處理內心情感的方式。這一現象在心理學和文學研究中已存在若干解釋，主要可以概括為以下四個層面。第一，情感宣泄。心理學認為，寫作是一種有效的情感宣泄方式。當人們經歷悲傷或壓力時，寫作可以幫助他們表達並處理這些情感，而這種宣泄有助於減輕內心的負擔，從而達到情感上的緩解。一方面，寫作允許個體表達那些難以言說的情感，表達未言之情。通過將內心的感受轉化為文字，人們可以更清晰地理解自己的情緒狀態。另一方面，寫作過程中，個體將內心的情感外化，這也極大地有助於減輕心理上的壓力和負擔。將情感從內心世界轉移到紙面上，可以使個體感覺更輕松，減少心理上的緊張和焦慮。同時，寫作不僅是情感的直接表達，還涉及對經歷的認知重構。借由寫作這一心靈通道，個體可以從不同的角度審視和理解自己的經歷，這同樣對於更好地處理和接受情感體驗大有裨益。

第二，自我反思與心理治癒。寫作是情感的直接表達，也是自我反思的輸出過程。依據心理學家詹姆斯・佩內貝克（James Pennebaker）的研究，當個體寫作關於情感體驗的內容時，隨之而來的是顯著的身體和心理健康改善。[27] 寫作可以幫助人們組織和理

27 James W. Pennebaker. "Writing About Emotional Experiences as a Therapeutic Process", *Psychological Science*, Vol.9, No.3.

解自己的過往，通過寫作個體能夠把雜亂無章的思緒和感受整理成連貫的敍述線索，從而更清楚地理解自己的經歷和情感。同時，寫作一方面是對事件本身的記述，另一方面則是一種深度的心理加工過程。這種加工有助於個體處理內心的衝突、恐懼和焦慮，對於提升心理健康具有正面效應。此外，寫作能夠作為一種情緒調節工具，幫助人們釋放積壓的情緒，尤其是在處理創傷和壓力時。

這主要表現為「痛苦書寫」和「瘋狂敍事」兩種敍事方式，二者都強調了個人經歷和情感的主觀體驗，都通過文學和藝術形式提供了深刻的自我表達和心理探索。「痛苦書寫」是一種以個人痛苦、創傷和情感掙扎為中心的寫作方式。在這類寫作中，作者通過文字表達個人經歷的痛苦、挑戰和深刻的情感體驗。這種書寫通常用作情感宣泄、自我理解和治癒的工具。通過這種「痛苦書寫」，個體可以更好地認識和理解自己的行為和反應，從而促進自我認知的提升，有助於個人成長和發展。事實上，在心理治療中，寫作常被用作工具，幫助患者處理創傷經歷或情緒困擾。因此，寫作被視為一種自我治療的手段，能夠有助於患者加快恢復過程。

「瘋狂敍事」作為一種文學和藝術上的敍述形式，主要關注精神疾病患者的內心世界和經歷。與以疾病為中心的傳統敍述不同，「瘋狂敍事」更側重於展現患者的個人視角、情感體驗和對疾病的主觀感受，尤其是「你身上發生甚麼」的敍事。這種敍事方式旨在打破旁觀者對精神病患者的刻板印象，促進對患者內心世界的理解和同情。同時，它的形態不僅限於文本形式，也可以通過藝術作品等其他媒介呈現，例如上海市精神衞生中心「600 號畫廊」的畫作展覽。

在文學理論的視野下，寫作是創造性的自我表達。在創作過程中，作家將個人的悲傷和經歷轉化為藝術作品，這不僅是情感的釋放，也是個人經驗的藝術化表達。寫作過程中，作家通過文字將個人的情感和經歷轉化成藝術作品，其中的轉化不僅限於情感的直接表達，還包括對這些情感和經歷的深入探索和藝術加工。通過寫作，作家能夠將個人的生活經驗、情感掙扎和深層思考藝術化。這種藝術化表達既是個人情感的釋放，也是對個人經驗的重構和呈現。通過創作進行自我探索。對許多作家而言，寫作是一種自我探索的過程。通過創作，他們能夠深入地體味自己的情感、想法和經歷，從而獲得更深的自我認識。更進一步地，創造性的寫作除作為個人的自我表達之外，也是與讀者溝通的橋樑。藝術化的表達能夠引起讀者的共鳴，傳達共通的人類情感和經驗。

文學作品中的悲傷表達不僅對作者本人有治癒作用，也能引起讀者的共鳴與共情。首先，讀者閱讀到與自己情感經驗相呼應的文學作品時，會產生共鳴。這種共鳴可能因作品中表達的情感、經歷或情境與讀者自身經歷的相似性而產生。其次，共情是指一個人能夠理解並感受到他人的情感狀態。在閱讀文學作品時，讀者通過作者的文字和人物的經歷，能夠體驗到與作品中人物相似的情感，這種體驗促進了情感上的理解。這種共情效應也可以幫助讀者理解和處理自己的情感，從而在社會層面上產生積極影響，並提供一種心靈的慰藉。經由共情產生的情感鏈接，讀者可以更好地紓解自己的感受，甚至找到處理個人情感困擾的途徑。許多文學作品通過人物的故事展示了處理悲傷和痛苦的不同方式，這為讀者提供了一種「應對模型」，有助於他們發現和探索處理自身情感困擾的新型有效途徑。

文學作品提供了一種安全的方式，讓讀者代入不同的情感體驗。通過代入作品中人物的情感世界，讀者可以在沒有實際風險的情況下探索和體驗複雜的情感，從而輔助他們理解和處理自己的情感。與此同時，文學作品中的情感表達通常帶有明顯的自我反思的屬性。讀者在閱讀的過程中，不僅體驗故事情節，也會被激發進行自我反思，從而獲得對自身情感和行為的更深層次理解。在更廣泛的社會層面上，文學作品能夠通過激發共鳴和共情，在人們之間建立情感上的聯繫和文化共識，毋庸置疑，這種影響有助於促進社會的理解和包容性。總的來說，無論是從心理學的角度還是文學理論的視角，寫作都被視為一種有效的情感處理方式，尤其在經歷悲傷和困難時，它成為一個重要的心靈出口。

第三節　巴金的晚年孤獨與疾病隱喻

病痛的意涵是會流通的，是折衷出來的，病痛的意涵在共同生活的生命體中是無法分割出去的。[28] 憂思過度為巴金帶來煩惱和痛苦的同時，也使其思緒如寬廣深沉的大海，在風平浪靜的表面下依然暗流湧動，蘊藏着最為複雜多變的情感，譜寫出苦難與寬容交織、動人心魄的複調旋律。從巴金晚年的文本考證，不難看出，無論是《隨想錄》《再思錄》還是其他的序跋與雜文，巴金的遲暮狀態有着多重性的晚年顧慮，而這些顧慮體現了他對於社會變革、生命流動以及寫作意義等層面的追尋和叩問。在自省與反思這條路上，巴金始終有種「孑然一身」的孤獨之感——一個病弱的老年人不好好安度晚年，卻選擇苦口婆心地告誡人們不要忘記歷史之殤、人民之痛。

28　[美] 凱博文著，卓惠譯：《談病說痛——在受苦經驗中看見療癒》，第 245 頁。

一、巴金的晚年孤獨與心理疏離

英國心理學家和精神分析學家約翰・鮑爾拜（John Bowlb）提出：「孤獨是最基本的和天然的懼怕線索。所有的天然因素都受文化和生活經驗的影響……失業、離婚、戰爭、盜賊、壞人，甚至鬼怪傳說，都能誘發恐懼。」[29] 作為一種情感體驗的主觀感受，孤獨往往與社會隔離或親密關係的匱乏息息相關。鮑爾拜強調了孤獨作為基本懼怕線索的性質，也揭示了孤獨感與人類的基本情感和生存機制之間的密切關聯。

儘管孤獨可能無法被嚴格定義為一種疾病，但其對人的身心健康所帶來的負面影響，已經受到社會的廣泛關注。例如，在生理層面上，由於孤獨所引起的壓力水平升高、免疫系統功能紊亂、睡眠障礙，以及心血管疾病的風險提高等。而在心理層面上，孤獨感經常與抑鬱症、焦慮症等密切相關。情感層面的孤獨，例如不和諧的家庭、配偶或摯友的離去等，往往會帶來更大範圍的社會層面的孤獨，即由於缺乏廣泛的社會網絡和羣體歸屬感導致的心理疏離感。若這種心理狀態長期存在，而非暫時的獨處或因特殊情況造成的孤立，將會產生一種深層次的、持久的孤獨的情感體驗，或可稱之為「真正的孤獨」。

縱然身處人羣，但心靈感受卻如「孤島」一般。對於晚年的巴金而言，由於歷史和政治的種種原因，他與許多曾經親密的友人和同事的聯繫中斷，或日益疏遠。而在政治風暴中的遭遇，也使巴金對於某些人際關係產生了不信任與隔離感。而心靈的孤寂與老友的

29　孟昭蘭：《人類情緒》（上海人民出版社，1989 年），第 357—358 頁。

接連去世，又加劇了他的孤獨感和焦慮情緒，並一定程度上影響了他與家庭成員之間的互動，使他變得更加內向和沉默。

以巴金在文生社的經歷為例，巴金作為當時享有盛譽的知名進步作家，他主編的叢書、叢刊具有顯著的社會號召力，同時他在選稿、編稿、排版甚至裝幀方面都兢兢業業，逐漸探索出別具一格的出版風格。然而，文生社畢竟不是象牙塔，巴金與同輩人的矛盾也逐漸顯露出來。在 1949 年 9 月出版的譯著《六人》的《後記》中，巴金的訴說了他與文化生活出版社的創辦人吳朗西之間的不合關係：

> 我的時間大半被一個書店的編校工作佔去了。不僅這三年，近十三年來我的大部分的光陰都消耗在這個純義務性的工作上面。有那些書，和那些書的著譯者和讀者給我作證。想不到這工作反而成了我的罪名，兩三個自以為了解我的朋友這三年中間就因它不斷地攻擊我，麻煩我，剝奪我的有限的時間，甚至在外面造謠中傷我，説我企圖霸佔書店。我追求公道，我舉事實為自己辯護，我用工作為自己伸冤。然而在那些朋友中間我始終得不到公道，始終爭不到一個是非。……但我至今沒有倒下來，至今還能夠工作，那是因為除了這幾位朋友外，我還有着許多別的朋友，而且也因為我相信我的工作。[30]

在長期的、義務勞動性質的出版工作上，巴金付出了全部的心血，但卻面臨朋友的不理解、懷疑甚至干擾，給他編織了種種「罪

30 龔明德：《舊箋釋讀：現代文人書信考》（上海辭書出版社，2022 年），第 225 頁。

名」，這讓他蒙受了不白之冤。這種「夢魘」一般的「友情」，沒有給巴金帶來任何溫暖的慰藉，只有孤獨與疏離。儘管這種情況時有改善，但巴金晚年仍然不斷遭逢着新的精神苦難、新的社會干擾，以及新的障礙。

無論怎樣強調和暗示自己「我有朋友」，巴金的孤獨與疏離總是如影隨形。實際上，這種晚年孤獨、苦悶與糾結的情感氛圍，同樣出現在曹禺、老舍、孫犁等諸多作家的身上。曹禺的晚年孤獨主要受到政治因素的影響，他的文藝高官身份依賴於對於親朋好友、作家同行的政治揭發，而到了「文革」期間，他也因此成為了新一輪政治懲罰的對象。孫犁也曾在晚年表示害怕「再犯錯誤」：「人並不是生下來就膽小的。如果他第一次在路上遇到的只是井繩，他就不會心有餘悸了」。[31] 相比之下，巴金晚年的孤獨是身心雙重層面的。懷揣着敏感、憂慮、擔憂與恐懼的複雜情緒，他一方面走向了孤獨、隔絕和封閉，另一方面也在經歷孤獨體驗中實現了深度的自我反省與成長。在此意義上，孤獨的確是一種痛苦的體驗，卻也是一種人生至關重要的經歷。透過孤獨及相關的情感體驗和精神病症，我們得以重新認識「人」本身。

二、中國現代文學中的痰病隱喻

在世界文學中，關於精神病的典型例子不勝枚舉，這些作品深入探討了精神病患者的內心世界和社會對待精神病的態度。例如，肯・凱西的《飛越瘋人院》通過精神病院的背景，探討了社會

31 孫犁：《晚華集》(山東畫報出版社，1999 年)，第 177 頁。

對於「正常」與「瘋狂」的界定，以及個體與社會規範的衝突；夏洛特・珀金斯・吉爾曼的《黃色壁紙》講述了一個女性因「神經衰弱」被丈夫鎖在一間房間裏，逐漸失去理智的故事，反映了 19 世紀對女性精神病的看待方式和性別歧視；威廉・戈爾丁的《蠅王》雖不直接討論精神病，但這部小說深刻揭示了人性的黑暗面，展示了在極端環境下人類心理的扭曲和崩潰；加西亞・馬爾克斯的《百年孤獨》中的不少人物展現了精神上的異常和崩潰，反映了家族和社會的歷史循環及其對個體精神的影響等。

在中國現代文學中，關於痰病形象的深刻描繪，主要集中探討社會環境、個人經歷與精神疾病之間的複雜關係。除了巴金的「激流三部曲」，老舍的《離婚》等代表性作品之外，魯迅的《狂人日記》通過主人公的日記形式，描繪出狂人逐漸陷入妄想性瘋狂的過程，同時寓意着對傳統文化的批判和個體在社會壓力下的心理變化。短篇小說集《吶喊》則通過不同的故事探討了社會不公和個人掙扎，其中一些作品描繪了精神失常或憂思困擾的人物形象。總體而言，關於痰病的隱喻具有多重內涵，集中體現在以下三個層面：神經性失調的象徵、憂鬱與脆弱情緒的代表、心理與身體的交互影響。

（一）神經性失調的象徵

在許多文學作品中，痰病被用作突發性神經性失調的象徵，它代表着一種突如其來且難以控制的精神或情緒狀態，如極度焦慮、恐懼或精神崩潰。由於突發性、難以控制的特徵，痰病通常是無預警的，往往帶給人極大的衝擊，使人達到情緒化的極端層面。通過對痰病的描摹書寫，作者能夠描繪人物在特定情境下的心理極端反應，而這些反應可能是對內部衝突、外部壓力或重大事件的極端反應。基於此，痰病象徵的不僅僅是身體狀況，更多的是心理狀態的一種體現。它反映了人物內心的動盪和不穩定，揭示出他們對複雜情境的內心感受和心理狀態。通過這一隱喻，作者能夠深刻地表達人物所面臨的內部衝突和外部壓力，以及這些因素如何影響人物的心理和情緒。這種表達幫助讀者理解人物因何產生這樣的心理反應，同時也加深了對人物性格和處境的理解體會。

痰病作為隱喻性的表達，不一定與實際的醫學症狀直接相關，而更多是作為一種象徵性的工具。它用來傳達更深層次的情感和心理狀態，是一種無形但表達力強的象徵手段。基於痰病的書寫，作家能夠更生動地描繪人物在面對某些生活事件或內心衝突時的細膩的心理變化，而這種「深描」無疑增強了文學作品在表達人物情感和心理深度的透視能力。

（二）憂鬱情緒與身體的互交影響

痰病常被用於表達或暗示人物的心理狀態和情感體驗。這種隱喻的使用揭示了人物的內心世界，同時反映出他們對生活的態度和情感的脆弱。痰病在這裏象徵着無力感、悲觀態度，甚至是內心的矛盾和掙扎。一方面，從無力感與悲觀態度的角度而言，痰病作為一種身體上的疾病，往往使人感到虛弱和無力，這可以被用來象徵人物在心理上的無力感，以及面對生活挑戰時的悲觀態度；另一方面，從內心的矛盾和掙扎的角度來看，痰病的持續性和復發性質可以代表人物內心的矛盾和掙扎。就像痰病難以完全治癒一樣，人物的內心衝突和問題也可能是長期而複雜的。

這種文學手法讓讀者能夠更深入地理解人物的心理動態，感受他們在面對生活挑戰時的情感複雜性。通過將痰病與憂鬱、脆弱的情緒狀態聯繫起來，作家能夠更加栩栩如生地還原人物的心理景觀，使其形象更加立體、真實和鮮活。這種象徵使得作品不僅僅局限於描述外在的具體事件，而是深入到人物隱蔽的內心世界，細緻呈現出更為複雜和微妙的情感活動。與此同時，站在讀者的角度來看，讀者獲得了理解人物的多元視角，能夠全面地感受人物的主觀體驗，並與之產生共鳴。

在中醫理論中，情緒失衡被視為可以引起體內痰的生成和積聚，這裏的痰不僅是物質的存在，也是情緒和心理狀態的一種體現。在這種觀念中，痰不僅是一種病理現象，它還象徵着人的情感狀態。痰的積聚不僅僅是身體問題的徵兆，也是內心情感活動發生紊亂後的外在表現。這種理解為文學創作提供了一種獨特的視角，用於表述心理與生理之間的複雜關係。

心理狀態和生理狀態之間相互依存，互為影響，這種雙向的影響關係能夠豐富人物的心理細節，呈現多維度的立體感。同時「一千個讀者眼裏，有一千個哈姆雷特」，這種書寫又為讀者提供了廣闊的闡釋空間，使作品煥發出持久的生命力。此外，通過探討這種身心一體的相互作用，文學作品也向讀者展示了「人」的整體性，從而喚起了讀者對於人性、存在以及生命等宏大議題的更深層次的叩問。

三、痰病書寫的反思：回歸「人」的主體性

在文學書寫、日常生活與醫療實踐中，關於疾病的討論都與「人」的重新發現密不可分，這正是巴金帶給我們的思考與啟示。他筆下的痰病患者普遍以悲劇結尾，在看似無法擺脫的命運中深受

束縛。「激流三部曲」中那些以瘋癲為結局的人物們，《憩園》中的楊老三，《愛情的三部曲》中以犧牲為結局的周如水、陳真，都以其獨特的人物性格特徵深入讀者之心。他們是獨一無二的，他們始終有個共通點，就是在自己所屬的特定社會背景、特殊年代中作為生命個體對命運竭力反抗，在飽經身心折磨後對生命極度渴求。正因如此，我們看到在疾病書寫背後「人」的主體性回歸，他們對擺脫精神枷鎖的極度渴望和新舊巨變中的掙扎與覺醒。

近年來，關於精神病患者的文學書寫在國際學界受到了廣泛的關注，特別是在文學、精神病學、心理學和社會學等領域。這種書寫不僅被看作是文藝創作的路徑之一，也被視為理解精神疾病、挑戰精神病學刻板印象和促進社會包容的重要途徑。

更為重要的是，關於醫學人文知識的研究需要關注「人」，即回到「人」本身。凱博文對疾病（disease）與疾痛（illness）的區分，為這一轉變提供了關鍵的闡述：在傳統醫學中，疾病通常被視為一種客觀存在，可以通過醫學檢測和診斷來確認；而疾痛，則涉及患者的主觀經驗，包括他們對病痛的感受、對健康狀況的理解，以及疾病對其日常生活的影響。[32] 這種區分強調了醫學關注的不僅是身體的機能障礙，更重要的是患者的主觀體驗和生活質量。醫學人文領域的研究者呼籲醫生和醫療專業人員不僅關注疾病的生物學特徵，而且要理解患者的個人故事和生命經歷。這意味着醫療實踐不僅是一種科學過程，還是一種深入了解和關懷患者的人文過程。

---

32 ［美］阿瑟・克萊曼著，方筱麗譯：《疾痛的故事——苦難、治癒與人的境況》，第 1—9 頁。

第四章

「劫後」餘生：創傷後遺症、抽離與意識超越

創傷後壓力症（Post-Traumatic Stress Disorder, 簡稱 PTSD），是一種由於經歷過創傷性事件（例如戰爭、自然災害、暴力襲擊、性侵犯、交通事故等）而引發的心理障礙。從醫學的定義來看，它更為準確的說法是「創傷後應激障礙」。其主要症狀包括：不由自主地回想起創傷事件，可能以閃回、噩夢或侵入性思維的形式出現（重現症狀）；刻意避免與創傷相關的思緒、談論或與之相關的地點和人（迴避症狀）；感覺與他人隔絕，對平常感興趣的事情失去興趣——可以簡單地界定為情緒麻木和孤立；易怒、憤怒爆發、睡眠障礙、過度警覺或易驚嚇——即警覺性或反應性增強。PTSD 對患者的生活質量有嚴重的影響，他們會反覆經歷與創傷時間有關的強烈、無法控制的回憶、噩夢，也時常會竭力地避免與創傷事件有關的一切信息，以免引發不愉快的回憶和情緒。另外，患者還常會有負面認知和情緒，對自我、他人和世界的想法都非常消極，情緒低靡，對現實生活喪失興趣。

本章將目光聚焦於「文革」以後巴金所經歷的晚年疾病。對於巴金而言，苦難帶來的創傷深入骨髓，久難愈合。噩夢、精神崩潰、選擇性遺忘、萎靡、陰晴不定、失去對自我的控制，這些負面的字眼背後是生命於歲月的磋磨中不斷頑強抗爭的印記。這一過程疼痛難忍，令人不勝唏噓，卻又無可奈何，終歸於一聲歎息。然而，生命是多維的，命運的饋贈也是不可思議的，對像巴金這樣的作家而言，創作是「殺手」也是「醫生」；是苦難也是豐盈；是不堪回首，也是鳳凰涅槃。本章通過追溯創傷後應激障礙對巴金帶來的影響，釐清巴金遭遇歷史事件導致的心靈創傷後，如何在磨礪、反思、抽離、解脫與超越的過程中，經由創作尋得靈魂歸宿的心路歷程。

第一節 劫後・創傷・疤痕

「創傷」在文學作品中是一個常見且強力的主題，它在多種方式上影響着知識分子及其創作。這種影響有時是直接的，有時是間接的，具體體現在以下兩個層面。首先，作家將個人的創傷經歷轉化為寫作的靈感，使作品成為時代的見證者。創傷能夠提供一種創作的動力，對某些作家而言，創傷能夠激發一種創作的需要或緊迫感，甚至是一種責任感和使命感。他們的文字或是直接記敘了自己的經歷，或者藉助虛構的故事和角色來探討與創傷相關的主題。在大多數情況下，他們對特定歷史時期的創傷事件進行細緻描繪，例如戰爭、種族衝突、自然災害等，其作品不僅記錄了事件本身，也探討了這些事件對個體心理和社會結構的長遠影響。正因如此，這些作品可以被視為對那些被歷史遺忘或忽視的創傷經歷的記錄與見證。經由字裏行間的細緻書寫，作家們幫助確保這些故事被銘記，並在更大範圍上引起公眾的關注。

其次，對於許多作家來說，寫作是一種處理創傷的方式，幫助他們整合事件的記憶碎片，並最終與過去的自我和解。事實上，創作能夠作為一種有效的治療手段，成為作家處理、復原、表達他們生命體驗的方式。寫作為他們提供了一個相對安全穩定的環境，使他們得以抽離當下，凝心精神地專注於觀察、整合、理清自身的創傷經歷，促進心理康復和自我修復，並達到身心治癒的效果。同時，創傷後應激障礙的相關主題，如創傷、恢復、身份和記憶等，不僅可以激發讀者對於其象徵的歷史事件的深入思考，也能夠為那些經歷過類似事件的人提供共鳴的場域。共同經歷創傷事件的作家羣體之間，往往惺惺相惜，共享着傷痛、理解與同情的深層體驗。

他們的集體書寫無疑能夠為那些沒有經歷過特定事件的人提供一扇窗口，幫助他們更好地理解事件的本來面貌、前因後果及後續的現實影響。而這一切，都在巴金身上不可思議地融合在一起。

一、劫後：巴金與苦難的「後文革時光」

若可以選擇，無人願意歷經苦難。人是奇怪的動物——厭惡苦難，卻歌頌經歷苦難後的成功。似乎只要最後抵達成功，那麼苦難本身也變成了一件「幸事」。正如孔子云「富貴於我若浮雲。……君子居無求安，食無求飽」，孟子言「生於憂患，死於安樂……天將降大任於斯人也，必先苦其心志、勞其筋骨、餓其體膚……」這是聖人先輩寫下的至理名言。

另一方面，「歷史是貴族的墳墓」，卻是作家的寶庫，儘管淚水浸濕着他們眼眶。許多著名的文學作家都有着沉重的創傷經歷，比如戰爭、個人暴力事件、災難性事件、社會或種族衝突等。他們筆下的文字，常常充滿強烈的情感力量，訴說着痛苦、恐懼、憤怒和悲傷的複雜情愫。在內容思想層面，這些作品往往通過描繪內心的矛盾衝突、悲劇的事件或個人觀念的重大轉變，展現出情感的複雜性和人性的深度，從而將個體與集體的行為並置於更宏觀的社會和文化背景下；在創作手法方面，許多作家採用非傳統的敍述方式來表達創傷的複雜性，比如斷裂的時間線、意識流、象徵主義或其他實驗性的寫作手法，從側面反映出作家創傷經歷的混亂性和非線性特徵。

不得不承認，苦難、逆境，甚至生理缺陷，塑造並成就了一些偉大人物，於是在很多人心目中便產生了一種對苦難和逆境的崇拜。而這種崇拜往往是盲目和消極的，主要體現在兩個層面：一方面，一種積極健康的人生，即使順水行舟也要努力為自己設置更高的目標，不可甘於現狀，應當在不懈追求中迎接新的困難和障礙，從而形塑並彰顯自身豐盈的人格；另一方面，逆境遠非造就一種積極人格的充分條件，無數處在困苦和逆境中的人們並未擁有任何改變現狀的動力。僅就客觀環境而論，這種如死水一般的逆境主要有以下三個特徵：首先，這一環境是封閉的，沒有對比的苦難不會給當事者帶來更多的刺激；其次，這一環境是窒息的，處在其中的人看不到任何改變和跳躍出這一環境的機會，於是他們認命了；其三，逆境中的壓力可以成就一些人，卻也可能摧毀一些人，逆境帶來的過重的自卑會瓦解一個人的活力。現代醫學證明，多種疾病（如冠心病、神經病等）均與環境壓力存在密切關係。

對於廣大知識分子而言，創傷後應激障礙與胡風曾提出的「精神奴役的創傷」十分類似。胡風作為20世紀中國著名的作家、文學批評家和翻譯家，在三四十年代對中國現代文學產生了深遠的影響，尤其是在推動現代小說和文學批評的發展方面。胡風致力於現實主義文學，強調文學的社會責任和批判精神，主張「從自己的現實遭遇和理性思考出發，揭示出20世紀中國知識分子的精神特質」。[1] 然而，他作為理論家、思想者，「受了太多的靈與肉的折磨，幾近垮掉的身體和神經，已經使他來不及也不可能對歷史對人生作深刻的思索了」，更為諷刺的是，經歷了「文革」的胡風本人，卻成

1 許麗青：〈威權政治與精神奴役——讀《隨想錄》與《卡夫卡書信日記選》〉，陳思和、李存光主編：《一雙美麗的眼睛——巴金研究集刊卷三》（上海三聯書店，2008年），第276頁。

為了劫後思痛創傷症候羣的最典型範例。[2]

年輕時，血氣方剛，與各方學者「爭鳴」的胡風，究竟經歷了怎樣「靈與肉」的折磨，又為何最終無法擺脫個人命運與時代的糾纏？賈植芳在《悲痛的告別——回憶胡風同志》的文章中，對胡風的經歷有如此的交代。儘管賈植芳不如胡風那樣廣為人知，但作為20世紀的文學人，他深度參與了當時的文學活動和討論。在那個時期，中國的文學界是一個相對緊密的社羣，作家和批評家之間經常有着密切的交流和合作。在賈植芳的筆下，在四川雅安山區的大足縣勞改農場，胡風與其他重刑犯同處一監，在這裏他度過了長達十四年的刑期——在人生的旅途中，十四年的時光是何等珍貴。對胡風來說，或者對其同一代人來說，這段時間堪稱是極度煎熬、極度痛苦也是極度掙扎的十餘年。當胡風得知自己被判無期徒刑，他的精神上遭受了巨大的打擊。身處監獄中，除了肉體上的勞累，更為嚴峻的是精神上的折磨。從期望到無望，從無望到絕望，從自信到幻滅，從幻滅到毀滅，這一切精神上的煎熬足以令人精神崩潰。胡風不斷地在幻覺之中掙扎，無法區分現實與恐懼，他總感到有人在迫害和摧毀他，這樣的巨大精神打擊導致他患上了中度精神失常。更為嚴峻的是，精神的崩潰比身體的折磨更加恐怖，它不僅摧毀了一個人的內心，甚至可能讓他失去基本的生活能力，這對於曾經堅強不屈的胡風來說，無疑是毀滅性的摧毀。

賈先生在八十年代去看望胡風的時候，親身經歷的這一幕讓任何人都感到心酸不已。通過他的眼，我們得知胡風在病榻上掙扎

2 李輝：〈雲與火的景象——我所理解的巴金〉，李存光編：《世紀良知——巴金》，第236—237頁。

着，每次下牀都顯得異常艱難，他的眼睛不斷地湧出淚水，顯露出深深的痛苦和無助。儘管胡風和身邊的親人都在努力控制內心的激動和痛楚，但這種情感的壓抑只是暫時的 —— 他的夫人梅志，小心翼翼地扶他坐到沙發上。胡風此時呈現出一種茫然的狀態，沉默不語，只是默默地流淚。他的夫人只能不斷地用手帕擦拭着他的淚水，而淚水似乎源源不斷。這段描寫將胡風內心深處的苦楚躍然於紙上 —— 胡風已深受劫後創傷的折磨，陷入了一種似乎無法自拔的困境。[3] 他的精神狀態似乎已達到了一個臨界點，看似接近無法通過常規醫療手段恢復的地步。這種身心的崩潰不僅是對他個人的極大打擊，也無疑給他的家人和愛護他的人帶來了深深的痛苦和挑戰。胡風的這一狀態，成為了他一生中最為艱難和挑戰的時刻，折射出人在極端困境中的脆弱、痛苦和堅韌。

韋君宜也在「文革」中有一段精神失常的時期。別人問她話，她都答不出，只是眼睛瞪着對方。雖然她自認為頭腦清楚，作為一個「罪人」也沒有甚麼清楚的意義。而在女兒的後記中有跡可循，韋君宜在當時其實是「患憂鬱型精神分裂症整整三年，其中一年多完全不認得任何人，成天想自殺」[4] 的狀態。

由此可見，對於巴金以及同代的知識分子羣體而言，如何應對苦難創傷之後的「後時光」，如何在日常秩序瓦解之後重新拾得活力與凝聚力，是這一共同體須要面臨的挑戰。無論身處風雲變革的時代轉折點，或是在人生的緊要關頭，我們總須要找到更有韌

3　賈植芳：〈悲痛的告別 —— 回憶胡風同志〉，《歷史背影》（江蘇文藝出版社，2008 年），第 18—20 頁。

4　韋君宜：〈「文化人革命」拾零〉，《思痛錄》（人民文學出版社，2012 年），第 94 頁。楊團：〈《思痛錄》成書始末〉，韋君宜：《思痛錄》，第 324 頁。

性的哲學去穿透生活的重重苦難，以更有力的行動去推動社會的改變。

二、創傷：記憶抑制與感覺適應

當巴金回顧那十年的艱難生活時，他所表達的情感遠超過單純的疲憊。他的文字中透露出的是一種內生的、根深蒂固的恐懼：這種恐懼不僅源於對當時苦難記憶的破碎不堪的片段，更深藏於那段時期留下的長久揮之不去的心理陰影，尤其是關於那個時代極端的社會動盪、個人權利的剝奪，以及不斷的政治迫害。對巴金而言，這些經歷是身體上的折磨與心靈上的裂痕。這些回憶揭示了特定歷史事件對社會個體心理狀態的深遠影響，也展現了在極端壓力下，人類內心的脆弱和恐懼。在此意義上，巴金的創傷不僅僅是基於個人經歷的歷史檔案記錄，更體現了知識分子對那個時代的自省與反思。他的文字時刻提醒我們「創傷」的文學隱喻的重要性，即歷史事件的影響遠不止於表面的物理破壞，它們在深層次上影響和塑造着個人的心靈和情感。巴金通過自己的經歷和表達，展現了個體在歷史洪流中的掙扎和恐懼，以及對特定歷史時期的理解與反思：

> 我想起那十年的生活，感到的卻是恐怖，不是厭倦。今天我的眼前還有一個魔影。手拿烙鐵的妖怪在我的這本集子裏也留下了可怕的烙印——一九六七年到一九七六年十年中的一片空白。[5]

5 巴金：〈《序跋集》再序〉，《巴金論創作》，第 161 頁。

這段話，直觀地體現了巴金對於過去痛苦記憶的切身感受——他所經歷的不僅是物理、生理上的痛苦，更是精神上深深的創傷。那些痛苦的記憶，回想起來雖然好似歷歷在目，卻又像是一片空白。因為「那段時間」的經歷太過痛苦，以至於巴金不願去回憶，不想去觸碰那些傷口。

此類描述精準地捕捉了創傷後應激障礙患者對「痛」的感知：那些痛苦的記憶既清晰又模糊，既存在卻又被刻意抹去。這種複雜的心理狀態看似是對過去的逃避，實則是心靈深處對痛苦的自我保護。巴金的這些話，是對自己經歷的感悟，更是對所有經歷過類似痛苦的人的一種共鳴，呈現出歷史脈絡和個人經歷的交織。巴金所描述的「文革」的十年，對許多人來說是極度痛苦和混亂的。巴金通過個人視角揭示出這段歷史的殘酷性，他所使用的「空白」和「烙印」等比喻，深刻地揭示了痛苦記憶對個人的影響。正因為這段經歷的痛苦如此深刻，以至於成為心靈深處的烙印，同時又因為過於痛苦而變成一段不願主動回憶的空白。這種矛盾的描述，反映了創傷後應激障礙所帶來的常見的心理狀態：既無法忘卻，又不願回憶。創傷的經歷雖然是個體的，但其中的痛苦和恐懼是普遍存在的。通過將個人感受暴露於人前，巴金為整個歷經磨難的知識分子共同體提供了一種情感上的支持，使他們感到自己不是孤單一人在承受這些痛苦，而這恰恰也體現了文學在溝通和理解人類經歷中的重要作用。文學作品是作者個人感受的表達，更是一種跨越時間和空間的溝通方式，它能夠連接不同背景、不同經歷的人們，促進對共同經歷的深刻理解。總而言之，巴金的話語揭示了個人在特定歷史背景下的創傷經歷，也體現了文學在表達人類共同痛苦中的力量和溫度，使讀者可以更深入地理解創傷、記憶和歷史的複雜關係，以及文學在其中所扮演的角色。

在解讀《隨想錄》中關於傷痛的「現場感」時，日本學者阪井洋史提出了一個獨到的觀點。他在一定程度上認同中國學者周立民先生關於「噩夢」敍述和「油鍋中煎熬」的概念，但他進一步解讀了這兩個層面痛苦的疊加性質。阪井洋史指出，「噩夢」代表了迫害的記憶和經歷本身，是對過去苦難的直接回憶；而「油鍋中煎熬」則更多地指的是在時隔多年之後回味這些迫害時所感受到的深刻痛苦。[6] 阪井洋史的觀點強調了歷史經歷和心理反思之間的關聯性，從而深化了我們對《隨想錄》中所描述痛苦的認識。由此可見，「噩夢」隱喻的不僅僅是對過去事件的簡單回憶，而是一個活生生的、持續影響着當事人的心理狀態；而「油鍋中煎熬」則聚焦於創傷帶來的長時間的心理灼燒感，展現的是一種時隔多年後對過去痛苦的情感體驗和深層理解。

對於創傷後應激障礙患者來說，面對過去的創傷記憶時，他們經常會體驗到一種強烈且重複的應激反應。這種應激反應會帶來難以消散的陣痛，而且感受是非常真切和深刻的。面對這樣的感受，很多患者並不選擇直接面對這些刺激性的事件和記憶，而是傾向於採取一種心理上的防禦機制——通過遺忘、錯置或隱匿記憶來減輕心理上的負擔。這種行為意味着，大部分創傷後應激障礙患者更願意在心理上對這些痛苦的記憶進行一種「塗改」或「重組」，以此來保護自己免受持續的心理創傷。這種機制在短期內可能有助於減輕患者的痛苦感受，但從長遠來看，它可能會導致患者在處理這些創傷記憶方面遇到更多的困難。值得注意的是，這種情感規避和重

6　[日] 阪井洋史：〈《隨想錄》和歷史的記憶〉，《巴金論集》，第 151 頁。

構記憶的策略是一種普遍的心理應對機制，但它同樣反映了心理創傷的深刻性和複雜性。在面對這些創傷時，個體所採取的應對策略和防禦機制有所不同，不可一概而論。對於治療和幫助這些患者來說，理解這些心理機制及其影響是非常重要的。

王西彥在回憶當年在「牛棚」和「勞動營」的文章裏，曾記敘這樣一件事：「只要聽到『牛棚』門口喊到誰的名字，那人就凶多吉少。我們中間的一位夥伴，正在違反禁令偷偷打盹的時候，被一個突然闖入的監督人員一把拎起衣領，揪了出去，再也沒有回來，後來才知道已被投入監獄。我永遠無法抹去那一剎那間深刻在自己腦子裏的印象：那位夥伴迷迷糊糊中發覺自己的脖子一下子被卡住，急睜開一雙通紅的眼睛，還沒有弄清是怎麼一回事，人卻已經跌跌撞撞地被拖走了」。[7] 試想一下經歷這件事的當事人，在打盹還懵懵然的狀態下突然被扼住喉嚨拖走，日後一定難免產生對「小憩」的恐懼，更不要提每天都生活在「今日不知明日事」的牢籠中了。

作家路翎也是創傷後應激障礙患者的一個典型。在賈植芳先生的《歷史背影》中，他詳細描述了路翎先生在歷經政治動盪後所表現出的精神困擾及行為異態。那是「文化大革命」已經結束，作家路翎仍舊居住在一排破敗、無門的平房之中。他曾經那雙充滿好奇與活力的眼睛，已經失去了往日的光彩，取而代之的是「混濁的眸子裏充滿的是疑慮和恐懼」。路翎整個人的狀態顯然沉浸在「戴罪之身」中未走出來，他坐在賈先生的對面，一個勁地問：「我們這些人到底屬於甚麼性質的矛盾？是人民內部矛盾，還是敵我矛

7　王西彥：〈煉獄中的聖火 —— 記巴金在「牛棚」和農村「勞動營」〉，李存光編：《世紀良知 —— 巴金》，第 156 頁。

盾？」見到賈先生亦然，得不到回答後，「一個人衝到屋子外面，站在院子裏向天大聲嚎叫，發出的聲音好像受傷的野獸的哀嚎，恐怖、淒厲，慘傷裏夾着憤怒和悲哀。……」[8] 路翎自 1974 年起就患上了精神分裂症，時好時壞，神志清醒的時候還能寫點東西，但經常要發出這樣的嚎叫。與其說這是路翎個人的完美主義無法掩蓋其悲憤與壓抑，毋寧說是他「劫後餘生」仍未能擺脫的陰影在持續惡化。路翎的整個精神狀態似乎仍深陷在過往的創傷中，逐漸被苦痛與恐懼侵蝕，難以自拔。

在與賈植芳先生的對話中，他反覆詢問自己的身份和所處的矛盾性質，這反映了他內心深處的迷茫與困惑。當無法獲得滿意答案時，他的行為變得更加失控，衝出屋外向天空嚎叫。賈植芳先生曾經評價說，路翎和胡風在文學領域猶如奧林匹斯山上的宙斯，才華橫溢、無人能敵。然而，一旦他們離開文學領域步入社會，就顯得過於單純和幼稚，對中國歷史發展中的黑暗、殘酷以及知識分子命運的複雜性和殘酷性缺乏深刻認識。因此，當遭遇歷史的巨變時，他們的精神世界就全盤瓦解，無法承受如此巨大的衝擊。背叛、不安、恐懼、不信任 —— 這不僅是屬於路翎的個人困境，也是同時代許多知識分子所面臨的普遍的心理壓力。十年浩劫的壓迫與焦慮，高強度的精神壓迫與虐待，讓這些本身性格抽離的人一蹶不振。

如前文所言，創傷後應激障礙是一種心理健康狀況，通常由經歷或目睹極度創傷性事件所引發。這種狀況的關鍵特徵之一是患者可能會表現出對某些創傷性記憶的選擇性遺忘。這種遺忘並非普通的忘記，而是大腦為了自我保護而採取的一種機制。為了抑制記憶

8　賈植芳：〈一雙明亮的充滿智慧的大眼睛〉，《歷史背影》，第 91—94 頁。

所帶來的極度的痛苦和情感困擾，大腦往往通過抑制這些記憶來保護患者免受進一步的精神傷害。儘管記憶受損的機制並不完全清楚，但研究表明，這可能涉及到大腦中處理情緒和記憶的部分，如杏仁核和海馬體的異常活動。杏仁核是處理情緒反應的關鍵區域，而海馬體則主要負責形成和檢索記憶。對於創傷後應激障礙患者來說，這些區域的功能可能會受到創傷經歷的影響，導致記憶處理過程出現問題。此外，創傷後應激障礙患者在回憶創傷經歷時可能會經歷強烈的情緒反應，如恐懼、憤怒或悲傷以及頭疼欲裂等。這些強烈的情緒反應可能令作為防禦機制的記憶抑制進一步加劇，來減輕心理壓力。

然而，這種記憶的抑制並不總是有效的，有時可能導致創傷性記憶以「閃回」的形式突然和不受控制地出現，這是創傷後應激障礙的另一個典型症狀。選擇性遺忘在創傷後應激障礙中起到的是一種複雜的心理防禦機制，旨在保護個體免受持續的情感困擾，但同時也可能對患者的日常生活和心理健康造成影響。巴金曾在《隨想錄》裏，談到一個朋友在 1967 年 10 月上海雜技場召開批鬥大會時候批判他的事情。那個朋友始終耿耿於懷自己當時對巴金不得已的批判，而巴金本人卻「想不起他批判我的事情，一點印象也沒有」。他甚至還說，自己當時沒有流過眼淚，只是樣子「非常狼狽，講話吞吞吐吐」。[9] 巴金，本是一個在公共場合通常不太健談的人，曾在一個充滿觀眾的雜技場遭遇了尷尬的境地。在那裏，他就像被人擺佈的猴子，不得不在眾目睽睽之下忍受着別人對他的耍弄，同時還要聽着自己的朋友對他進行批判。可以想像，在那個時刻，巴

9　巴金：〈解剖自己 —— 隨想錄八十四〉，《巴金六十年文選》，第 222 頁。

金有多麼難堪和困窘。那個時代，人性似乎被遺忘，很多人不得不做出違背自己信念和原則的事情。批鬥朋友和同事在那個年代成了常態，到了幾乎不值得提及的地步。這種環境下，即便是像巴金這樣的人物，也難免會陷入如此痛苦和尷尬的境地，這體現個體處於特定時期的社會環境和文化氛圍時，其行為和選擇常常不由自主地受到周圍環境的極大影響。但實際上，巴金的記憶力可是出了名的好。賈植芳先生曾回憶起 1967 年巴金被揪到復旦批鬥的事情，「他把被揪時間、開批鬥大會時間、准許回家時間都記得很清楚」。[10] 這種不堪回首的痛楚，記得如此清楚幹甚麼呢？

友人王西彥在〈煉獄中的聖火——記巴金在「牛棚」和農村「勞動營」〉中的這句話，似乎可以更好地概括那些發生過卻記憶模糊的經歷：「一個人神經的感應能力是有極限的，超過極限，它就變得遲鈍了，麻木了」。[11] 這段描寫入木三分地描繪出了巴金的「遺忘」背後的病理機制，即神經系統的一個重要概念，「感覺適應」或「神經適應」。它指的是當神經系統長時間暴露在持續不變的刺激下時，對該刺激的反應逐漸減弱的現象。換句話說，神經細胞對初始刺激的反應很強烈，但如果這種刺激持續不變，神經細胞的反應就會逐漸降低，直至感覺到的強度減弱或完全不再感覺到。這種現象在日常生活中很常見。例如，當你穿上衣服時，最初你可能非常清晰地感覺到衣服在皮膚上的觸覺，但過一會兒，你就不再那麼敏感了。這不是因為衣服消失了，而是因為你的神經適應了這種持續的

---

10 賈植芳：〈一點記憶，一點感想——悼念巴金先生〉，《歷史背影》，第 30 頁。

11 王西彥：〈煉獄中的聖火——記巴金在「牛棚」和農村「勞動營」〉，李存光編：《世紀良知——巴金》，第 162 頁。

觸覺刺激。當刺激強度超過一定閾值時，神經的感應能力可能會變得遲鈍或麻木。這是因為神經細胞在過度刺激下可能會暫時失去反應能力，這種現象在醫學和心理學中被稱為「感覺飽和」或「感覺疲勞」。長時間的過度刺激可能導致神經細胞功能受損，這在一定程度上解釋了為甚麼長時間的強烈刺激（如噪音、光線或壓力）會導致感覺遲鈍或麻木。對於巴金來說，劫後時光的每一天都需要面對這些心理創傷、記憶喪失和感覺遲緩等情況，而他以自身熾熱的靈魂和有限的精力，活生生地、不遺餘力地穿行於其中。

三、疤痕：巴金的自我搏鬥

巴金在曹禺書信集《沒有說完的話》代序中，曾如此寫到：「我當時就想寫封信給他，希望他把心靈中的寶貝都掏出來，可這封信一拖就是很多年，直到 1978 年，我才把我心裏想說的話告訴他。但這時他已經滿身創傷，我也傷痕遍體了」。[12] 這「滿身創傷」「傷痕遍體」的兩個人背後，又有着怎樣鮮血淋淋的經歷？

曹禺夫人李玉茹女士在書信集後記中，對曹禺晚年深刻又戳心的描述將曹禺遭遇精神創傷後的狀態展露無疑。曹禺與李玉茹女士結婚後，一直處於精神崩潰的邊緣。一方面，他積極投地入到各種各樣的社會活動，寫政治文章和應景文章，狀態似乎很亢奮；另一方面，他的內心卻承受着痛苦的折磨 —— 他無法再創作出令自己滿意的文學作品。他痛心自己逝去的青春。他為妻子方瑞沒有能見到「四人幫」的倒台而痛苦，他看着「千瘡百孔」的文化事業卻無所適

12 巴金：〈懷念曹禺〉，曹禺：《沒有說完的話》（山東友誼出版社，1998 年），第 3 頁。

從。他每日「靠吃安眠藥度日」，吃了卻依然無法入睡，「反而亢奮起來」。他整個人的狀態是抽離的，時常把睡夢中的孩子叫醒，興奮地談自己的想法，翌日卻全然不知。夜對他來說是無比漫長的，但第二天卻總是應邀參加各種會議，產生更多的焦慮。白天，他時常「昏昏欲睡」。最誇張的是在新疆的一次大會上，主持人邀請曹禺發言，他卻僅僅說了幾次「這……」之後就睡着了。李玉茹女士的友人得知她與曹禺結婚後，都試圖勸阻，大家都覺得他不正常。那個曾經「睿智」「勇敢」「有才華」「好端端」的人，是經歷了何等的浩劫，才會在現實中，呈現出如此不堪的一面？[13] 或許，比起身體上的創傷，精神與心靈的疤痕更加難以愈合。它們如同鬼魂一般潛藏在人的記憶深處，時刻準備着再次浮出水面，給當事人帶來新的煎熬。

說及曹禺的狀態，沙汀在 1977 年 9 月 25 日致巴金的書信中形容曹禺「相當衰弱，記憶力也較差」，他勸阻曹禺先不着急搞創作，把身體養好才是。他們前面之前已有同事交代過曹禺「身體不好，不宜久留」。談及對《日出》重版題記時，曹禺又似乎是清醒的，對「敏感」的問題保持着十足的警惕性和芥蒂，這與沙汀在成都聽到的傳聞又有些參差。[14] 精神衰弱和記憶力下滑，這些徵兆是肉眼可見的。而頭腦清醒後的敏感，反而更是劫後的緊繃性的恐懼——正如李玉茹女士所形容的，曹禺始終徘徊在「精神崩潰的邊緣」[15]。

姜德明在《與巴金閒談》一書中，說起 1981 年曾邀請曹禺寫一篇響應巴金建議中國現代文學館的事宜也說到，「當時他的態度分

---

13 李玉茹：〈後記〉，曹禺：《沒有說完的話》，第 466 頁。

14 沙汀：〈一九七七年九月二十五日致巴金書信〉，巴金研究會編：《巴金與友朋往來手札・沙汀卷》（上海社會科學院出版社，2009 版），第 69 頁。

15 李玉茹：〈後記〉，曹禺：《沒有說完的話》，第 466 頁。

外認真，甚至過分敏感，也超出了我的想像。」因當時姜德明同時邀請了冰心、臧克家、孔羅蓀、唐弢等人一同響應，分別在《人民日報》副刊上發表，曹禺寄來的書信體沒有標題，他便代其擬定了《致巴金——響應建立中國現代文學館》為標題。曹禺於 3 月 26 日來信，「鄭重提出標題不當，理由是『題目十分狂妄。也不切題』」。在斟酌一番之後，他與電話中解釋《致巴金》其實並無對巴老不尊敬之意，曹禺在猶疑不定的同時，馬上同意了姜德明的觀點。此事讓當事人覺他「太小心謹慎」「被政治運動嚇得連心都不敢跳動了，哪裏還有心情創作。他不是不想寫，怕事被嚇得不敢動筆了」。[16]「心都不敢跳動」的說法來自於曹禺自己。八十年代中，曹禺說：「解放後，總是搞運動，從批判《武訓傳》開始，運動沒有中斷過。雖然，我沒當上右派，但也是把我的心弄得都不敢跳動了。做人真是難啊！」[17]

再來看看文藝界的一代名演員趙丹，《趙丹自述》的後半部分，明明是「自述」，卻循環於「文化大革命」期間的交代材料之間。他不斷地檢討自己、咒罵自己：

> 可恥、叛徒、墮落、小丑，這樣的詞彙頻繁出現，演武訓是錯，要演魯迅是錯，開玩笑説要演劉少奇更是罪大惡極。全身遍佈被毒打的痕跡，趙丹死後解剖醫生説他的身上沒有一處沒有傷，包括耳朵。精神折磨：不斷地要交代莫名其妙的問

16　姜德明：〈巴金與曹禺的友情〉，《與巴金閒談》（香港文匯出版社，2010 年），第 92—93 頁。

17　梁秉堃：〈曹禺老師的心事〉，載《讀書人報》1998 年 9 月 3 日。

> 題，沒有甚麼可寫的，就倒着年份、月份、日子、分鐘交代，永遠也不知道生活在哪裏。[18]

若如此情狀還不算足夠摧殘的話，《隨想錄》談及趙丹的文章中巴金也說起自己的創傷後恐懼症：「那個時候活着的確不是容易的事。一手『紅寶書』，一手拿銅頭皮帶的紅衞兵和背誦『最高指示』動手大人的『造反派』的『英雄形象』，至今還在我的噩夢中出現」。[19]

1982 年夏天，巴金生了囊腫感染發炎，手術後時常徹夜難眠，總是一連幾夜吃了安眠藥也無法入睡。他怕打擾到家人的休息，自己在院子裏散步消磨時間，「我一個人順着自己的思路回憶那些不眠的長夜，我知道它們來自我十年中所受的人身侮辱和精神折磨，是『文化大革命』給我留下的後遺症」。[20]「文化大革命」的後遺症在每個曾經經歷劫難的患者身上都烙下不可磨滅的印記。不單單是「今天提到那些日子，我還不寒而慄」的感受，巴金寫《我的名字》這篇文章的時候已是 1983 年年底，「文革」結束已經 5 年多了，他仍舊頻繁地感受到「前有大海，後有追兵，頭上還有一把搖搖欲墜的利劍，我只想活命，又不知出路在哪裏」。[21]「只想活命」又「不知道出路在哪裏」的這種煎熬，在《干擾》中繼續越演越烈：「我很痛苦、也很疲勞，終於閉上眼睛昏睡了。一連三夜都是這樣，睡前服

---

18 周立民：〈地域之夢〉，《印象閱讀・翻閱時光》（大象出版社，2011 年），第 147 頁。

19 巴金：〈沒甚麼可怕的了〉，《探索集：隨想錄第二集》（人民文學出版社，2014 年），第 130 頁。

20 巴金：《病中集：隨想錄第四集》，第 2 頁。

21 巴金：〈我的名字 —— 隨想錄一一〇〉，《巴金六十年文選》，第 300 頁。

了兩片『安定』也不起作用。……大約過了兩個星期又出現了無端的煩躁，不過只有兩夜，而且每夜不到兩小時」。[22] 但凡有生活常識或些許醫學知識的人，讀到這段話都能輕易診斷出，這是非常明顯的焦慮症的表現。人的一生當中，在不同的時候都會經歷或多或少焦慮症的出現，而巴金晚年體會到的「無法入睡」及「無端煩躁」真正誘因，是因「文革」浩劫的經歷及折磨，他的創傷後應激障礙已經傷致骨髓。

巴金經歷了中國文學史上最動盪的時期。與胡風、路翎、曹禺等同輩相比，巴金的創傷雖不至於最為嚴重，但他的遭遇仍令人痛心。在 1966 年的「文化大革命」期間，已是六十多歲的巴金不僅遭受了思想審查，還被迫在上海作家協會的廚房裏做粗重的勞動。他被一個不知他身份的初中生用鞭子抽打，僅僅因為這個學生聽說他是「壞人」。這樣的侮辱和身體上的傷害，對一個年邁的文學家來說，是極為沉重的打擊。

巴金的生活經歷了巨大的轉變。他的理想信念受到了挑戰，他痛失愛妻，而且在那段時間內無法進行文學創作。對於一個曾以熠熠生輝的文字寫出「激流三部曲」的作家來說，這種精神創傷是一場難以愈合的重大災難。1950 年代，巴金還在響應號召拿着銅盆打麻雀，到了 1960 年代，他已淪陷至肉體與精神的雙向折磨。[23] 這一時期的經歷深刻影響了巴金的後續生活和創作。在他晚年的書寫中，我們可以看到他對人性、社會和文化的深刻洞察，這些都是在極端困境中磨煉出來的。巴金的敍事不僅是對他個人歷史的記敍性

22　巴金：〈「十摥」——隨想錄九十一〉，《巴金六十年文選》，第 245 頁。
23　巴金：〈人道主義——隨想錄一二四〉，《巴金六十年文選》，第 332 頁。

書寫，更是對那個動盪時代的自我剖析與反思。了解巴金的人都知道，他是一個視書如命的愛書之人。有一段時間他白天在機關，一天幾次地給外地串連學生喊出去，被要求當眾自報罪行。晚上還要應付住宅附近的中學生，「懇求他們不要撕掉書櫥上貼的封條，拿走書或別的東西」。[24] 可見在那樣的年月，知識分子的顏面完全掃地不說，連做人的基本尊嚴都被剝奪。這「懇求」二字中，透着卑微與哀痛，無奈與心酸。「身心疲憊」已不足以去形容那些年月他每天經歷的日子了。「我無時無刻不在跟它戰鬥，為了自己的生存，而且為了下一代的生存。」[25]

巴金晚年的心靈之苦，是他一生經歷的悲劇性歷史的直接反映。即便在此去經年的歲月流轉中，他的思想和心靈仍然不斷遭受着「文化大革命」時期殘留的「餘震」。特別是在春節期間，當他在電視節目中連續幾天聽到那個時代的「樣板戲」時，他的潛意識會被重新喚醒，夜晚便開始噩夢連連。這些夢境中，他重溫了那段歷史的恐怖：熟悉的面孔、牛棚裏的生活、無休止的罪行交代。在這些恐慌的時刻，巴金試圖通過背誦「最高指示」來安慰自己——這是當時被普遍認為可以減免罪行的一種方式。然而，這些指示本身的荒誕和可笑，實則加深了他的痛苦。它們不僅未能提供安慰，反而使人處於一種既不似人也不似鬼的惶恐狀態中。

與此同時，巴金對自己的反應有所自省，他認為自己的心有餘悸，可能是因為自己不夠堅強，或許是因為自己的柔弱。但從更深層次來看，這種反應實際上是對極端政治壓迫和精神摧殘的自然反

24 巴金：〈二十年前——隨想錄一四六〉，《巴金六十年文選》，第 416 頁。
25 巴金：〈病中（一）〉，《病中集：隨想錄第四集》，第 36 頁。

應。[26] 整體而言，巴金的心靈苦旅與沉重感受，映射出了那個時代所有經歷過類似磨難人們的集體記憶，是一代知識分子對那段歷史的深刻反思和警示。

日本學者阪井洋史在《關於巴金寫給〈陳範予日記〉的題字》中探討過「隱藏記憶」的話題。他認為，「人都在自己內心的深處隱藏着永遠不會讓別人知道的記憶」。[27] 有的早已被忘得一乾二淨，甚至無法追憶；有的類似於個人祕密需要被隱匿；有的則在人們以為自己忘記時，因不知名的緣由突然出現在腦海裏。這些隱匿的記憶，也許是美好的，也許，就像巴金的回憶那樣，「是經過一番努力」也無法忘卻的「無意識領域的噩夢」。既如此，就不難解釋巴金於 1982 年 11 月 7 日晚上在家摔斷左腿之後，在「牽引架」上度過的那兩個月期間，他「常常講夢話，把夢境和現實混淆在一起」，有次女婿聽見他在牀上自言自語地說：「結束了，一個悲劇……」[28]

語言是人們傳播思想的途徑，更是內心寫照的窗口。在無意識裏夢境中說出的語言，更是揭示了人內心深處的憂患和感悟。「牽引架」既是巴金現實中的肉體枷鎖，又是他禁錮他心靈的牢籠。病痛中的巴金同樣經歷着創傷後應激障礙的困擾，那些記憶中無法抹去的痛苦、曾經嘗試抹去的過往，內心的衝突與矛盾，隱藏在深處無法表達的慾求，都在「牽引架」這個猶如十字架般牢靠的枷鎖上爆發了出來。重複性的痛苦回憶、恐懼，以及睡眠時的焦慮都是創傷後應激障礙患者最常經歷的。當然，這後遺症絕非只

26　巴金：〈紀念 —— 隨想錄一四〇〉，《巴金六十年文選》，第 391 頁。

27　[日] 阪井洋史：〈關於巴金寫給《陳範予日記》的題字〉，《巴金論集》，第 205 頁。

28　巴金：〈病中（一）〉，《病中集：隨想錄第四集》，第 33 頁。

有噩夢這麼簡單。「不說做夢，單單聽到某些聲音，我今天還會打哆嗦。」[29]

當巴金回憶起妻子蕭珊在世時，他從幹校回到家裏的狀態，他的心總是「隱隱發痛」，妻子時常在偷偷哭泣，他和妻子唯一的相聚時間都變得壓抑且疲憊。他在幹校時候的狀態也不外乎如此，總會夢到有「兩只大手」掐住他咽喉的人，在夢境中總是竭力地在掙扎和喊叫，會突然地驚醒，也分不清夢境與現實。誇張的時候，還會從牀上「滾下來撞傷額角」。文革結束後回到家中亦是如此，夜間的慘叫成了家常便飯，有次甚至還「揮手打碎了牀前的小台燈」。[30]這時刻縈繞的隱痛，是埋藏在心靈深處的一顆定時炸彈，也是那個年月大多知識分子共同遭遇的創傷。它帶來的是頻發的噩夢，對生命的輕視，無法創作的痛苦，還有對理想的質疑與對未來的茫然。慶幸的是，巴金始終在這接連不絕的創傷中竭力修復着自己，以時時的陣痛來作為不可坐以待斃、鞭策自己奮力前行、變得更好的理由。「我正是為了這個才活下去，寫下去的。」[31]

在《病中集》中，巴金通過〈噩夢〉一篇細緻描繪了自己悲痛而深刻的心理創傷。這篇作品中，他用極為生動的筆觸描述了自己的夢魘：夜晚在牀上驚叫，夢見紅衛兵翻越牆壁，打碎窗戶玻璃，破門而入，用皮帶毆打人。這些噩夢接連不斷，夜夜重現他過往經歷的恐怖場景。在他的夢中，那些曾發生過的慘劇彷彿匯聚在他一個人的身上，令他承受着難以言說的精神煎熬。巴金在文中表達了自

29　巴金：〈我的噩夢 —— 隨想錄一一四〉，《巴金六十年文選》，第 308—09 頁。
30　巴金：〈「樣板戲」 —— 隨想錄一四三〉，《巴金六十年文選》，第 399 頁。
31　巴金：〈「從心所欲」 —— 隨想錄一三〇〉，《巴金六十年文選》，第 362 頁。

己的無助與痛苦：「我的噩夢並不是從這裏開始，然而從這個時候它就不斷地來，而且越來越兇相畢露。」他在夢中遭受的折磨，使得他在清醒的時刻也深感其餘震。這種痛苦雖說是精神上的，卻也同時深深地影響了他的身體健康：「我的傷痕就是從這裏來的，我的病就是從這裏來的」。他坦承自己在這場鬥爭中並未獲得勝利：「我掙扎，並未得到勝利；我活下來，卻留下一身的病」。[32] 這段話不僅表露了他內心的掙扎和不幸，也描繪出那個時代無數人的悲劇，以細緻入微的記錄方式為後人留下了珍貴的歷史見證。

那一輩經歷過「文革」的文人們，似乎都有過劫後的「靈魂拷問」—— 到底是時代病了，抑或是自己病了？巴金的友人沙汀「文革」剛結束時在致李濟生先生書信也問過如此的問題，他在看了巴金的文章（《隨想錄》）之後，尤為感動，對噩夢有同樣的共鳴。使他想起十年浩劫中「自己在四人幫淫威下的遭際和一些時候的精神狀態。有時甚至懷疑自己是否神經有毛病了？」[33]

創傷後應激障礙帶來的最深遠的影響之一，是對同類型重創性事件再次發生的持續擔憂。對於巴金和他那一代的知識分子而言，這種擔憂主要表現為對文化大革命這樣的災難可能再次捲土重來的恐懼。這種深藏於心的不安是基於對過去悲慘經歷的回憶，也是對未來可能再次發生類似事件的真切擔憂。在 1979 年 11 月 11 日的〈中國作家協會第三次會員代表大會閉幕詞〉中，這種恐懼和不安得到了進一步的體現。當時訪問中國的華僑作家在與許多人交流時，提及了自己在「四害」中的遭遇，並詢問了他們會否對未來抱有擔

32　巴金：〈我的噩夢〉，《病中集：隨想錄第四集》，第 124—125 頁。

33　沙汀：〈致李濟生〉，巴金研究會編：《巴金與友朋往來手札・沙汀卷》，第 91 頁。

憂。許多人對此的回答是「會」，顯示出他們對可能再次發生的類似事件深感擔憂。這種擔憂並不是毫無根據的，歷史上的暴力和政治運動對巴金和他的同輩產生了深遠的影響，使他們對未來充滿了不確定性和恐懼。它是對過去悲劇的持續反思，也是對未來可能再次發生類似悲劇的警覺。對此，巴金心裏也沒有一個確鑿的答案，但他寧願相信：「我不知道她訪問的是些甚麼人。我的回答不同，我說很有可能再出現，也可能不出現，這就要看我們是不是願意再受迫害。」[34] 在此，巴金提出的是一種主動性的警覺和主體性的選擇。

在《探索集》後記中，巴金又再次產生如此的憂慮，那已經是1980 年 10 月底：「我們每個人都有責任不允許再發生那樣的浩劫。我一閉上眼睛，那些殘酷的人和荒唐的事又出現在面前。我有這樣一種感覺：倘使我們不下定決心，十年的悲劇又會重演。」[35] 巴金於1998 年 8 月 21 日致魏帆信中，再次提到「夢」：「這一個多月我的心情不好，彷彿生活在幾百年前，彷彿過着中外名著中所描寫的瘟疫流行的日子。……只是一場夢，不寫下去了。」[36] 這裏的「夢」和「彷彿過着瘟疫流行的日子」顯然是一種文學渲染手法，他內心期待着這場夢已醒來，「瘟疫流行的日子」已然過去，卻也難以按捺住內心的焦慮與躊躇，所以不寫下去了。但巴金沒有向苦難屈服，他始終堅持在歲月裏將傷痛熔煉成金，在冷熱交替地不斷反思中，完成這場與自我的搏鬥。

---

34 巴金：〈中國作家協會第三次會員代表大會閉幕詞〉，《巴金六十年文選》，第 804 頁。

35 巴金：〈《探索集》後記〉，《巴金六十年文選》，第 748 頁。

36 巴金：〈致魏帆 1988 年 8 月 21 日書信〉，《佚簡新編》（大象出版社，2003 年），第 186 頁。

第二節 主體的抽離抑或超越

於深沉的苦難之中，人們得見天地、見眾生、見自己。當無數艱難困阻都無法徹底打垮一個人，他的純粹、高尚、寬廣和堅韌終將顯露無疑。對於巴金來說，這種寶貴的精神本身就是一種力量源泉，它鼓舞激勵着巴金從創傷的廢墟之中重新站起來，獲得超越苦難、發人深省的勇氣。

一、復原的「鏡中像」

學者周立民提出：「《隨想錄》的前沿性，只有把它放在與同時代作家的作品對比中，我們才能看得更清楚。」[37] 每個曾經受過劫難的傷者，就像是一面曾被嘗試復原的「破鏡」，他們需要直面自己心底不可修復的裂痕，與此同時，他們的書寫也映照出他人看似被再度撕裂的模樣。

正因如此，「文革」之後的許多知識分子，抑或沉默不語抑或銷聲匿跡：他們「把自己鎖閉在痛苦與怨恨中不能自拔；有的害怕重投羅網，萬事急於緊跟表態；有的思想僵化，唯有延續舊的思維模式固步自封；也有的年老體衰，雖有想法但限於世故，不再滿腔熱忱地關注社會的進步和民主，也不願意將社會發展的脈搏與自己生命的跳動緊緊聯繫在一起」。[38]

---

37 周立民：〈《隨想錄》與新時期文學的精神復蘇〉，《當代文壇》2019 年第 6 期。

38 陳思和：〈從魯迅到巴金：《隨想錄》的淵源及其解讀 —— 試論巴金在現代文學史上的意義（三）〉，《巴金晚年思想研究論稿》（復旦大學出版社，2014 年），第 40 頁。

比如作家孫犁，許多研究者都注意到，孫犁在「文革」之後的文風變化：他的文字變得沉鬱、強勁有力，寫作隨筆態度分明，毫不含混。這與他之前清新詩意的《荷花淀》的風格大相徑庭，形成鮮明的比照。文風的驟變必然與他的個人經歷有關，「文革」時期的孫犁和同時期的知識分子一樣，經歷頗多磨難，也有過多次輕生欲死之念。有一次是被揪鬥受辱後當夜觸電以求解脫；有一次想跳樓；有一次吞服安眠藥；有一次想用鐮刀……一次次從精神與肉體的鬼門關擦肩，「被解放」後，孫犁依然難以從觸目驚心的記憶中釋懷。他表面上嗜讀古籍，卻在文字中將那一時期的自己比喻為某一種動物，「受了傷，並不嚎叫，掙扎着回到林子裏，倒下來，慢慢自己去舔那傷口，求得痊癒和平復」。[39] 文字依然是孫犁表達的唯一出口，只不過他選擇了「不嚎叫」的方式，在時代的洪流中捂住傷口轉身舔舐。

汪曾祺晚年的作品風格和主題，也呈現出了強烈的對比反差。眾所周知，他在晚年的散文中常常展現出一種閒情逸致的風格，給人以遠離喧囂、安度晚年的印象。這些散文作品中流露出的是一種淡然、平靜甚至有些樂觀的生活態度。然而，當我們深入探究汪曾祺晚年的小說作品，尤其是他的「當代野人系列」，就會發現一個截然不同的景象。在這些小說中，他對文化大革命這一歷史事件的描述非常沉重和悲觀。小說中的主人公們要麼死去，要麼受傷，要麼失去記憶，這些悲慘的結局與他散文中那種寧靜和悠然的筆調形成了鮮明的對比。或許，他的散文作品只稱得上是其晚年生活的一種消遣，一種逃避現實的方式，而他的小說作品則自更深層面上

39 張莉：〈晚年孫犁：追步「最好的讀書人」〉，《南方文壇》2013 年第 3 期。

展現了他對過去經歷的反思，以及對現實無奈和對人生苦難的深刻感悟。這種哲理般的感悟不僅僅是其個人情感體驗的抒發，更是對那個時代整體社會狀況的直觀呈現。汪曾祺通過這些作品，向讀者展示了一個經歷過巨大社會動盪和個人掙扎之後的作家豐富的內心世界。

類似的例子不勝枚舉，小說家沈從文和詩人穆旦亦是如此。在特定的歷史時期，他們都被剝奪了進行自我表達的最直接的權利，只好選擇用另一種途徑進行另一種表達：沈從文埋首古物研究，穆旦則廢寢忘食翻譯長詩《唐璜》。只要心在跳動，情感總會尋到宣泄的出口。

巴金在「文革」後期再次開始了他的翻譯工作，從屠格涅夫長篇小說《處女地》到赫爾岑的《往事與隨想》。翻開《往事與隨想》第一卷中引用的長詩，又何嘗不生動地復刻了當時巴金的心境：

往昔的回憶是我們激動
我們重新踏上舊日的路
一切過去日子的感情
又逐漸活在我們的心裏；
使我們再次心緊的是
曾經熟悉的震顫；
為了回憶中的憂傷
真想吐出一聲長歎。[40]

40　[俄] 亞歷山大・伊萬諾維奇・赫爾岑著，巴金、臧忠倫譯：《往事與隨想（上冊）》（譯林出版社，2009 年），第 2 頁。

學者段懷清曾在「翻譯文化轉移的古與今」講座中提出「譯者主體與權力及安全性」的概念。如果說，翻譯喜愛的文學理論作品是懷着對作家及作品的深度認同和擴大傳播可能性的目的，那麼在特殊的歷史時期內，知識分子們去選擇某一作品進行翻譯，是否存在着在社會變革中尋找主體性地位慾求呢？就翻譯本身而言，巴金提出：「並不是單把一個一個的西洋文學改成華文而已，翻譯裏面也必須含着創作的成分，所以一種著作的幾種譯本絕不會相同，每種譯本裏面所含的除了原著者之外，還應該有一個譯者自己。」[41]由此可見，巴金的譯介過程，是帶入個人對原著的主觀情緒及主導意識的，他將自己代入到語言與作品中，在那些無法產出原著的日子裏，摸索與探求着。

二、抽離、賦能和超越

「我不能夠說我想說的話」——這種被抑制的劫後創傷意識，始終貫穿在「文革」後巴金的寫作與翻譯動機中，直至其停筆。「講真話就是提倡一種憑個人的獨立思考和人性深處體現出來的正義感對世界現象作出判斷。」[42]發泄與控訴過往的苦難經歷，早已不是他書寫的最終目的，取而代之的是從「受害者」的角色中抽離，戰勝並超越這一痛苦，為後人作前車之鑒。

巴金的人生觀和生活選擇深受早年接受的理想信念、世界文學及政治事件的影響。年輕時期，他吸納廣泛的現代知識，這些經

41　陳思和、李輝：《巴金研究論稿》（復旦大學出版社，2009 年），第 205 頁。

42　陳思和：《巴金的魅力》（廣東人民出版社，2018 年），第 269 頁。

歷塑造了他獨立而批判性的思維方式，使他成為了一個擁有主導性自由思想的批判者。巴金始終保持對社會現象和政治事件的敏銳觀察和批判，這種態度在他的文學作品中表現得淋漓盡致。然而，處於特定歷史環境中，巴金也面臨着種種局限。

在這樣的時代語境下，他選擇將翻譯作品作為一種自我表達的方式。這是在當時社會語境中，作為一名知識分子，特別是作為一個弱勢羣體的成員，為自己「重新賦能」的獨立選擇。翻譯不僅僅是單純的技術性的語言轉換，更多的是譯者本身審美趣味和價值觀念的傳達。通過譯者「再造」出的語言意境，讀者能夠從譯文中獲得新的經驗知識和美的體悟。正是通過翻譯這一路徑，巴金不僅能夠繼續從事他所熱愛的文學創作，而且還能在一定程度上繞過政治限制，傳播更廣泛的思想和文化。

與此同時，從另一個角度看來，巴金的這種選擇體現了他對於環境的適應和對個人使命的堅持。即使在受限的環境中，他仍然努力尋找自己聲音的出口，通過翻譯將世界文化引入中國，與同時代的中國讀者分享與時俱進的思想觀念。毋庸置疑，這種行為在當時中國現代社會轉型的背景下具有重要價值，對巴金個人的文學生涯產生積極影響的同時，也震撼了當時的中國文壇，在千千萬萬讀者的內心掀起了新的文化浪潮。

三、自我審視與良知醒悟

學者周立民曾提出「重認五四」的概念。他認為，作為一個經歷過劫難的受害者，「巴金對於『文革』的反思與魯迅出於同一思路，他沒有以一個受害者的身份為自己喊冤叫苦，而是嚴厲地審視自己的歷史責任，也不斷地反思這場災難中自己應當承擔的責任」。[43] 人格平等，人生自由，尊重人的價值和尊嚴，對個性的絕對追求，這些觀念正是以反封建專制主義為其歷史任務的五四新思想運動的成果。而巴金進行審視與反思的對象，也是作為「五四產兒」的自己，在這場災難中無法挺身而出的部分。他從未將自己從事件中抽離，反而，一度再次將自己帶回事發現場。

學者周立民將劉再復、林岡在《罪與文學——關於文學懺悔意識與靈魂維度的考察》中提出的有關魯迅自省、自剖的精神血脈思想，在《隨想錄》中找到延續的線索：「在《隨想錄》裏，巴金要反省的是那場大災難，不過他不是從研究『禍首』的角度挖掘『文革』的根源，也不是站在邪惡與正義二元對立的立場去描述這場大災難。……他要追究在大災難過後，自己應當承擔甚麼樣的道德責任。良知的醒悟使得巴金對『文革』有獨特的發現，《隨想錄》對『文革』災難的體悟是，『文革』是民族的『共同犯罪』，災難的發生不是因為出了無恥小人，而是因為我們恐懼，因恐懼而喪失了良知，背離了善。」[44]

日本學者阪井洋史在巴金研究中，將這一清醒的反思路程定義為「『人』的底線明確化」過程。阪井先生提出，「作為知識分子的重要職責是：為了將『人』成為『真正的人』，為了將人從所有被壓抑的、被隸屬的不自然狀態解放出來，在知識領域不斷把『人』的

43　周立民：〈青春記憶的喚醒——關於《隨想錄》寫作的精神資源〉，陳思和、李存光主編：《一雙美麗的眼睛——巴金研究集刊卷三》，第 251 頁。

44　劉再復、林岡：《罪與文學：關於文學懺悔意識與靈魂維度的考察》（牛津大學出版社，2002 年），第 43、44、45—46 頁。

內涵豐富起來」。[45]

當面對個人所經歷的重大浩劫時，一些人傾向於選擇將自己的遭遇公之於眾，向社會和歷史發出聲討，以尋求某種形式的公道或是精神上的安慰；另一些人則傾向於將自己完全從這些痛苦的歷史事件中抽離，盡力忘卻和逃避，以保護自己免受更多的心理創傷。然而，巴金卻採取了不同的路徑，他沒有簡單地停留在聲討或逃避的層面，而是將對災難的反思提升到了更高的思想層次。巴金在面對個人所經歷的苦難時，選擇了持續性地思考和深入性地反省，將自己的遭遇放在更廣闊的社會和歷史背景下進行審視。他關注於個人的痛苦和經歷，更探討這些經歷背後的更深層次原因，包括社會結構、政治動態以及歷史進程等。通過這種方式，他的思考並未局限於個人層面的歷史傷痕反思，而是觸及了整個社會發展進程和歷史變革的深刻議題。

基於此，《隨想錄》並非僅僅是一個在波瀾壯闊的歷史大潮中受傷靈魂的悲傷訴說，而是一部展現了作者善良內心和清醒靈魂的偉大作品。在這部作品中，巴金忠實記錄了他在動盪時代中個人的遭遇和感受，更重要的是，他在其中體現了一種遺世而獨立的思辨精神，使他的文字成為五四運動精神的延續，不斷傳承、感化着更多的讀者。巴金在書中沒有選擇軟弱地屈服於苦難，相反，他用自己的思考和洞見，對所處的時代和社會進行了引人深省的批判和自我反思。他將五四運動的火種在作品中貫徹到底，鼓勵人們在面對困難和挑戰時保持獨立思考，勇敢地追求真理和正義。正因如此，

45 ［日］阪井洋史：〈巴金研究的幾個問題〉，《巴金論集》，第 235 頁。

《隨想錄》凝聚了巴金作為知識分子的良知、醒悟和使命感，成為一部中國現代文學史上兼具個人情感書寫和深遠社會意義的里程碑式作品。

第三節 悲痛的「無意識」與覺察的「有意識」

一、記憶休眠與集體「發聲」

那些人們原以為失去的時間，往往藏於不由自主的、無意識的回憶裏。「我們的大部分回憶都處在休眠狀態，它們一旦碰到外因就被『喚醒』。這時，回憶就突然變成有意識的了，它們會獲得一種感性存在，還能被表述為話語並成為可支配的待用儲備。此外還有許多不可支配的回憶，它們都處於閉鎖狀態。它們的守門者叫做抑制或精神創傷。這類回憶也屬於不可支配的和可支配的回憶。這類回憶太令人痛苦或太令人羞愧了，所以若沒有外因的幫助，它們不能重新回到表面意識上來。」[46]

無論是記憶休眠或者是精神創傷，羣體生活中的人類，他們的回憶和記憶始終依附於社會的大環境。個人的記憶和精神創傷不是孤立存在的，而是深深植根於他們所處的時代語境中。無論是被暫時遺忘、記憶休眠的經歷，還是深刻的精神創傷，這些心理體驗都與個體所在的社會、文化背景和歷史事件緊密相連。例如，一個社

46 ［德］阿萊達・阿斯曼著：〈回憶有多真實〉，［德］哈拉尔德・韋爾策編，季斌、王立君、白锡堃譯：《社會記憶：歷史、回憶、傳承》（北京大學出版社，2007年），第57—58頁。

會羣體所共同經歷的戰爭、災難、社會變革等事件，極有可能在每個成員的心理和記憶中留下深刻的印記。這些經歷不僅形塑了個人的記憶，也影響了他們的世界觀、價值觀以及日常行為。與此同時，記憶和創傷是集體性的體驗，即個體的心理經歷與整個羣體的經歷是相互關聯的。個人的創傷記憶往往反映了更廣泛的社會經驗，而社會環境又為這些個體經驗提供了背景和語境。哈布瓦赫特別強調個體與社會的不可分割性，「人們通常正是在社會之中獲得了他們的記憶的。也正是在社會中，他們才能進行回憶、識別和對記憶加以定位」。[47]

誠然，由於個體的性情各異、成長環境不同等，每個人的記憶能力都是參差不齊的。因此，我們不能憑藉任何單一的個人記憶去貿然評價與批判歷史事件，而是需要收集多方面的「發聲」線索。但若人們選擇集體沉默，不去講述過往，那麼後人就無法對之進行觀察與反思。然而在他們講述的同時，社會又同時成為其思想建構的基本框架。

更理性地看歷史問題，不應以偏概全地僅僅聽取零星的個人觀點，也不能大包大攬地只聽取「共鳴」的統一聲音。歷史事件會在「集體記憶」的消磨過程中變了味道，哈布瓦赫在與蘇聯同事聊及當年蘇聯解體發生的事情之後，有過這樣一種體驗：這些人被迫都像蛻皮一樣將自己的集體記憶蛻去，並且重建了一組非常不同的集體記憶。哈布瓦赫始終在強調，「歷史記憶與自傳記憶之間存在顯著差異，前者只是通過書寫記錄和其他類型的記錄（比如照片）才能觸及社會行動者。而自傳記憶，則是對於我們在過去親身經歷的

47　同上註。

時間的回憶」。他甚至強調，自傳記憶要比歷史記憶更重要、更豐富、更個人化也更有意義。[48]

二、時代洪流中的「自我糾錯」

1966 年至 1976 這十年間的「回憶」具有特殊性，儘管它在不可言說的時代語境下幾乎讓人無跡可尋，但對每一個經歷這場浩劫的人而言，這十年光陰都形成了獨特且個人化的記憶。

魯迅先生曾經對中國的「舊文藝」作出這樣的批評：「中國人向來因為不敢正視人生，只好瞞和騙，由此也生出瞞和騙的文藝來。由這文藝，更令中國人更深地陷入瞞和騙的大澤中，甚而至於已經自己不覺得。」於是魯迅曾號召作家們「取下假面，真誠地，深入地，大膽地看取人生並且寫出他的血和肉」，他期待着一片嶄新的文場，也等待着文場中「兇猛的闖將」。[49] 魯迅對於中國文學的批評性見解深刻且前瞻，特別是他對於文學作品中「習慣性欺瞞」的弊病的提出，揭示了當時社會和文化的一些根本問題。他認識到，許多時候，謊言被視為真理，很大程度上是因為被由話語構建的意識形態所主導。這種意識形態的力量，無處不在，而且極其強大和危險。

在「大躍進」期間，文學作品，尤其是詩歌的創作，全然變成了一種政治化的集體活動。不僅詩人，村幹部、社員乃至所有人員都被要求參與到這種「田間詩傳單」的創作中。詩歌的內容往往充

---

48 [法] 莫里斯・哈布瓦赫著，畢然、郭金華譯：《論集體記憶》（上海人民出版社，2002 年），第 38 頁、42 頁、68—69 頁、94 頁。

49 吳中傑：〈「講真話」說的歷史內涵〉，陳思和、李存光主編：《一雙美麗的眼睛 —— 巴金研究集刊卷三》，第 177 頁。

斥着政治宣傳，比如：「千日想，萬日盼，今天才把公社建。七個鄉，成一家，社會主義開紅花。」這種工具化的詩歌，已經泛濫成為一種災難。與其說這是文學生命力的下滑，毋寧說這是一種思想的僵化和創造力的喪失。當詩歌創作變成了一種命題作文式的批量生產，文學的本質被嚴重扭曲。詩歌的抒情本應是個人情感和思想的極致自由表達，但在這種環境下，它變成了一種政治任務，導致詩人的創作熱情和體力被消耗殆盡。

更為嚴重的是，這種情況下產生的文學作品缺乏真正的思想深度和藝術價值，反映了那個時代文化和思想的貧乏。個體主觀思想的淪喪，讓知識分子失去用筆作槍，自由發聲的能力。有的甚至還會被主流所「同化」，而自己的真正思想反而被磨滅、被異化。「五七幹校」對於知識分子來說是不堪回首的歲月，而在詩人臧克家筆下卻是：「多年不睹面，橋頭忽相逢。佇立互打量，目光令我驚！廿年都市裏，針藥以為生。斗室是天地，神衰軀體空。幹校一千日，生命復葱蘢。肩上五尺鍬，心舒帶笑容。不須交一語，同沐向陽風。」不難看出，詩人對曾經的這段至暗歲月的態度。「認為把知識分子下放到幹校非常及時，特別有必要。這本詩集文字背後隱含着一個邏輯：城裏的人，尤其是知識分子，大都出身『剝削階級』『好逸惡勞』不會種田不會做工，是靠『勞動人民』用血汗養活的。」[50] 這是一首在 1977 年創作的詩歌，卻與巴金於 1986 年已完成的《隨想錄》形成了鮮明的思想對比。

在文學政治化的時代背景下，現代文壇中彌漫的對歷史錯誤的包庇，缺乏清醒意識和放棄獨立思想的傾向，已不僅僅使得某個個

50　周立民：〈《隨想錄》與新時期文學的精神復蘇〉，《當代文壇》2019 年第 6 期。

體對時代變化缺乏明確的感知，而是裹挾着時代洪流的思想洗刷進入了每個獨立知識分子的潛意識，讓一切「自我糾錯」都來得渾然天成。

三、從覺察「無意識」到「有意識」

關於「幹校的雨」，在陳白塵筆下是另外一番場景：「今天全體第一次去大田勞動。……中午回到河邊的一塊空地上，即未來的工棚所在地。午餐時遇雨，無可避處，立雨中和雨水拌飯而食，有如冷餐」。「全日仍在大田挖渠。手足不靈，兩次落水，極為狼狽。毛襪及褲腳均濕透，足冷如冰。沒有長統雨靴，幾寸步難行也」。陳白塵「大為狼狽」「不知如何度此寒夜」，而臧克家則是「翌日辛苦成大樂」。[51] 又如楊絳的《幹校六記》，當聽到可以回城的消息，本是「喜出望外」，後來得知是誤傳的消息，「我的心一直往下沉」。[52]

對巴金而言，這幾乎是一個從「無意識」到「有意識」的覺察的完整轉變過程。誠然，他也喝過「迷魂湯」，也曾為了保命而唯命是從。「過去那些年的自己的形象又回到我的眼前。我放棄了人的尊嚴和做人的權利，低頭哈腰甘心受侮辱，把接連不斷的抄家當作自己應得的懲罰。想通過苦行改造自己，也只是為了討別人的歡心。……我越想越後悔，越想越瞧不起自己。」[53] 意識覺醒後伴隨而來的，是深沉的懺悔與自我剖視。「我也說不清自己是怎樣熬過來

51 同上註。

52 楊絳：《幹校六記》（生活・讀書・新知三聯書店，2012 年），第 71 頁。

53 巴金：〈保持自己的本來面目〉，《病中集：隨想錄第四集》，第 77 頁。

的……前有大海，後有追兵，頭上還有一把搖搖欲墜的利劍，我只想活命，又不知出路在哪裏」。「我已經完全喪失『獨立思考』的能力，腦子裏只有『罪孽深重』四個大字。」[54]

當然，思想意識席捲的絕不僅僅是知識分子。韋君宜的《思痛錄》中描寫過這樣一個天安門前警衛部隊的幹部，出身好，歷史純潔，十九歲就入了黨，被打成右派後一直苦思自己到底應該怎麼改造。街頭相遇也是愁眉苦臉地問，韋君宜想了想只得告訴他：「今後你除了勞動外就注意低頭走路，少說話，在吃飯上儘量別吃好的，多吃壞的，也就是一種改造了。」這位警衛員最後鬱鬱寡歡，得了癌症。臨死前一個月都不能進食了，卻還在奮筆疾書寫他的小說，哪怕臨死前一天的晚上，仍叮囑家書把改稿抄清。[55] 低三下四地低調做人、少說話、儘量吃壞的東西成為了對「錯誤行為」的一種改造，而自己的「錯誤」到底在哪裏，想必當事人至死都未必知曉。

巴金在讀到楊沫日記《風雨十年國家事》時，不禁有感而發：「我們許多人都有自己的『八月二十三日』，都有一生也忘不了的血淋淋的慘痛經驗。不少人受屈含冤痛苦死去，不少人身心傷殘飲恨終身，更多的人懷着餘悸活到現在。」[56] 這「餘悸」，是深埋於大家心裏經久不散的創傷與恐懼，「我不怪自己『心有餘悸』，我嘮嘮叨叨，無非想看清人獸轉化的道路，免得第二次把自己關進『牛棚』」。[57] 擔心再次被關是一方面，還有曾經被孤化的關係，親朋好友的間隔

54　巴金：〈我的名字〉，《病中集：隨想錄第四集》，第 109 頁。
55　韋君宜：〈一個普通人的啟示〉，《思痛錄》，第 82–84 頁。
56　巴金：〈我的日記〉，《病中集：隨想錄第四集》，第 112 頁。
57　同上註。

與離散：「但在失去做人資格的當時，我一直過着低頭彎腰、朝不保夕的生活，哪裏敢打聽朋友們的情況。」[58] 再到重逢之時，大家都感到分外親切，卻不知道從何開始，「似乎想說的話很多，卻不知從哪裏說起，只談了一點彼此的情況」。劫後創傷的傷口剛剛結痂，一不小心觸碰又會血肉分離，所以巴金與友人再次重逢時也是「小心避免碰到彼此的傷痕，他們失去一個女兒，我失去了蕭珊。我們平靜地相對微笑，關心地互相問好，在幸福村的小屋裏，坐在他們的身旁，我感到安穩和舒適。我第一次體會到『淡如水』的交情的意義」。[59]

這段描述反映了巴金在「文革」後，1980 年間訪問北京的顧均正的場景，與他在「文革」之後與沈從文的重逢頗為相似。在這兩次的相遇中，都有一種深沉的情感交流，儘管話語不多——他們靜靜地坐着，心中充滿了想要表達的話語，但卻難以找到合適的開端。此番情是雙方對過去痛苦記憶的無言共鳴，也是對彼此深厚情誼的默契理解。正如當年，蕭珊患病在牀時，收到沈從文從北京寄來的長信，她含淚翻讀這封信，不停地唸叨着能被朋友記住的感動。這種情感遠非平淡如水的普通交情，而是一種深藏心底、萬馬奔騰般的思緒和掛念。雖然不在言語之中，但在每一個動作、每一次眼神交流中，都流露出「情不知所起」的深厚和「一往而深」的真摯。

實際上，這番情景不僅發生於特定文人羣體的情感交流之中，也是對那個時代特有的人際關係的真實寫照。在那個動盪的歷史背

---

58 巴金：〈懷念均正兄〉，《病中集：隨想錄第四集》，第 102 頁。
59 同上註，第 103 頁。

景下，人們在經歷了無數的磨難之後，依然能保持着如此令人動容的、情感深厚的人際溝通，這本身就是一種對生活的堅持和對人性的讚美。這種默契和深情，雖不多言，卻在他們的心中留下了永久的烙印。

四、巴金晚年顧慮的多重面向

巴金晚年的多重性顧慮是他對個人生命、文學、社會以及自我信念的深切反思的體現，展現了一個思想家和文學家對於生命晚期的體悟和洞察。例如：從個人生命反思的角度，隨着年齡的增長，巴金面臨着對自身生命歷程的階段式回溯，包括對過去的回顧、未來的擔憂以及對生老病死的深刻感悟；從文學事業的角度，作為一名傑出的作家，巴金也關心其作品如何被後世理解和評判，以及他對中國文學事業的發展能夠產生何種影響；從關注社會變遷的角度，巴金一生見證了中國社會的巨大變化，這使他在晚年對社會的未來發展、文化變遷以及年輕一代的思想狀況予以更多關注；從家庭和個人關係的角度，巴金的晚年也伴隨着對家庭和個人關係的顧慮，包括與親人的關係、對晚年生活的期望以及對身後事的考慮；從思想和信念的角度，巴金的一生中有着堅定的信念，晚年他又在實踐中對這些思想信念與新時代的適應性有所考量。其中，以下三方面顧慮的重要性尤為突出。

首先，對當時社會環境和政治形勢的擔憂。經歷了十年浩劫的人們已經失去了獨立思考的能力，被扭曲的人性及浮躁的社會關係，無時無刻不在加深着巴金的痛苦，使他經常被情緒所淹沒。晚年巴金的憂慮已然不同於年輕時動筆的哀傷感：「下筆的時候我常常動感情，有時丟下筆在屋子裏走來走去，有時大聲唸出自己剛寫完的文句，有時歎息呻吟、流眼淚，有時憤怒，有時痛苦。」[60] 那時的思緒僅僅是憂鬱，他感到悲傷，他無法釋懷，他要寫下胸腔裏湧出的憤恨與痛。而垂暮之年的巴金筆下的痛，早已不是抒發熱情或宣泄悲憤這麼簡單，是自省的、反思的。他為自己曾經無法忠於內心的話語感到羞愧，這反映了他情感的深化與成熟，而這種情感的深化使他的晚年作品具有更加豐富和深刻的內涵。垂暮之年的巴金，筆下的痛苦不再僅僅是對外部世界的哀歎，而是轉向了對自我過往行為和思想的深刻反省，這種轉變反映了他對個人歷史和身處時代的深刻思考。因此，晚年的巴金，通過其作品展現了一個經歷了社會變遷、個人掙扎並最終達到深刻自省的文學家的形象。

其次，是對當下及未來寫作環境的疑慮。巴金以高昂的筆調，用了八年的時間寫出《隨想錄》，就是要提醒大家銘記歷史事件的教訓。《隨想錄》的發表過程其實障礙重重，「干擾」不斷，巴金也不免擔心未來的創作環境是否能給下一代以自由的發表空間。為了在限制的環境中表達自己的觀點，巴金巧妙地通過討論社會時事來探索更深層次的社會癥結。例如，他展開對「騙子問題」、「修改教科書」事件、「小端端」的學習問題的討論，以此拋磚引玉，探討存在疑問的社會價值觀的同時，試圖為創作環境爭取更大的空間，並激發社會對存在疑問的價值觀進行深刻反思。巴金在《隨想錄》的寫作和發表過程中，表達了對歷史和社會的深刻見解，也展現了他對當時創作環境的關注和對未來言論自由空間的期望。

60　巴金：〈覺新與大哥〉，巴金、楊苡、黃裳等著，李致、李斧編選：《棠棣之華：巴金的兩位哥哥》，第 57 頁。

最後，涉及到巴金走向年邁身體的憂患。晚年的他患有帕金森氏症及其他老年疾病，身體狀況的逐漸欠佳，身體行動力退行的同時不免伴隨着心理層面的消極影響。身體與心理是相互作用的，故而身體的衰退伴隨着心理上的巨大落差。他有許多想法和感受想要表達，卻受限於身體狀況無法完全實現。這種身體與心理的雙重挑戰加劇了他的悲傷和掙扎。對人生與死亡的思考，對生命終結和死亡的恐懼，引發着他對過往遺憾的悔過與故人的回憶，年輕時未竟的理想及對亡妻的思念，一次又一次激發他強烈的悲慟之情。自己的生命也在枯萎中，他面對着自己的「憔悴、衰老、皺紋多、嘴脣乾癟」，「連上下樓梯也感覺到膝關節疼痛」這些信號提醒着他在「走向死亡」。巴金一方面回顧與檢討着自己的一生，另一方面馬不停蹄地書寫着。他時時提醒着自己要保持清醒，要做「一個到死也不願意放下筆的作家」[61]，在有限的生命裏儘可能多地創作。在此意義上，巴金晚年的生活呈現了作家對於身體衰退、生命有限性及創作熱情的一種複雜反應和動態平衡，展現了一個知識分子在生命晚期的不懈堅持與生命思考。

綜上所述，創傷後應激障礙的隱喻在於特定歷史事件本身，及其對個體帶來的持續性心理影響。而這一病症的複雜性在於：它並非是一種可以通過時間或治療完全「恢復」或「痊癒」的病症狀況。這種心理創傷在更深層次上與患者所經歷的特定事件、時間、地點以及行為活動相關聯，從而形成一種持久且穩固的「情感綁定」。受到這一創傷性歷史事件影響的人們，其心理情感機制往往是受損或缺失的，只得時常徘徊於現實與虛構、抽離與超越之間，甚至其

61　巴金：〈大鏡子〉，《探索集：隨想錄第二集》，第22—23頁、25頁。

日常行為也變得令人難以捉摸。因此，理解和支持經歷過這類創傷的人們，需要持續性的關注和深切的同情，而非僅僅尋求一種簡單的「恢復」的方案。正是穿行於這樣一種徹骨的陣痛中，巴金起筆落墨，解題破題，回應着失序世界裏的真情實感，交出了屬於自己人生的答卷。

第五章

生命的退行：帕金森氏症、慢性病與身體失控

病症、折磨和人類豐沛的創造力，似乎總是如影隨形。弗朗茨・卡夫卡 (Franz Kafka) 在生命的最後幾年患上了結核病，這嚴重影響了他的健康，並最終導致了他的早逝；弗吉尼亞・伍爾夫 (Virginia Woolf) 則是遭受了嚴重的精神疾病；還有約翰・米爾頓 (John Milton)，這位英國詩人在晚年失明，但他依然創作了他最著名的作品《失樂園》等。類似的例子數不勝數，浩如煙海。病痛或許不可怕，因為死亡會帶走一切，但慢性病的折磨與生命的不屈之間的博弈與較量，或許更讓人唏噓、感歎、欽佩，以至淚流滿面。

據考證早在 1960 年代初期，巴金或已顯現出帕金森氏症的部分隱性徵兆。巴金在五十年代末開始，時不時會提到「關節」「骨骼」「跌倒」「脫臼」等字眼。這些在書信中看似僅僅是「意外」的行為，已是帕金森氏症患者在被診斷前的一些識別性的症狀。在 1958 年，巴金去塔什干的時候有過一次結腸過敏，恢復沒多久之後在書信就提到了右肩膀關節炎疼痛難忍。[1] 至 1965 年，巴金在北京開會的時候，又摔了一跤，導致左肩膀脫臼。「在一九六五年一月初，我在京出席三屆全國人大一次會議，剛剛摔了跤，左肩關節脫臼，左膀給繃帶吊着。」[2] 待他回到上海不久，2 月 17 日致沙汀書信，再次提到了左肩脫臼的問題：「今天陰雨，在家沒有事，左肩左臂時時痠痛，也不想看書，正好同你筆談」，「我的左肩脫臼問題已經解決，現在可能是引起了關節炎，那麼要到夏天才能恢復原狀了。好在我已有了對付關節炎的經驗，也不在乎這麼一點病痛，請不用

1 李小林：《家書：巴金蕭珊書信集》(浙江文藝出版社，1994 年)，第 289 頁。

2 巴金：〈關於《海的夢》〉，《巴金論創作》，第 357 頁。

擔心」。[3] 這些在巴金看來不過是「關節炎」的常見問題，於幾年後在幹校的艱苦生活中，迅速發展成了「失衡」的頻繁跌倒。

帕金森氏症和晚年的巴金「緊緊擁抱」。現代醫學表明，帕金森氏症是一種逐漸進展的慢性神經退行性疾病，它主要影響中老年人羣。這種疾病的核心問題在於大腦中的黑質區域，尤其是多巴胺神經元的逐漸退化。多巴胺是一種關鍵的神經遞質，對維持正常的運動控制和多種生理功能至關重要。隨着這些神經元的損傷和死亡，帕金森氏症患者會逐步出現運動能力下降和其他生理功能障礙。其典型症狀包括手部震顫、肌肉僵硬、運動遲緩和平衡協調能力減退。隨着疾病的發展，患者還會面臨行走困難、姿態不穩定以及面部表情減少等問題。除了運動障礙之外，帕金森氏症還可能伴隨着睡眠障礙、情緒變化、認知功能下降等非運動症狀。當「帕金森氏症」中的「僵硬」「顫抖」「無力感」被書寫於巴金的文本中時，這些病症本身就生出了必要的延伸及寓意：個體生命在遭受內在身體變化及外界困境的雙重囹圄時，其抗爭力來源於何？明明「肌無力」到「圓珠筆或自來水筆真像又千斤的重量，寫一個字也很吃力」[4]，晚年的巴金又如何握筆逐字逐句地完成《隨想錄》；明明「噩夢」是那般不堪回首，也讓他「受盡了折磨」，巴金又為何一次次自找苦吃地剖析夢中的細節；明明「吃飯夾菜使用筷子」都抖動個不停，巴金又為何要用左手推着右手，將寫作事業進行到底。本章從帕金森氏症的徵兆入手，結合晚年巴金帕金森氏症的症狀與發展歷

3　巴金：〈巴金與沙汀來往書信〉，巴金研究會編：《巴金與友朋往來手札・沙汀卷》，第 51 頁。

4　巴金：〈病中（四）〉，《病中集：隨想錄第四集》，第 121 頁。

程，聚焦慢性疼痛所帶來的身體失控、生命退行的隱喻，並探討其對於巴金晚年思想和心路歷程的影響。

第一節 歲月顫抖的「殘年」

關於帕金森氏症的確切病因，至今依然不明。大部分研究者認為，遺傳和環境因素的結合可能是導致疾病的重大誘因。帕金森氏症的症狀因人而異，其主要病症包括：靜止性顫抖，即軀體靜止時四肢不由自主的顫抖；肌肉強直，肌肉突然僵硬，移動緩慢遲鈍；行動徐緩；體態不穩定，步態改變，平衡能力下降等。[5] 還可能表現為自主精神功能障礙，如出汗過多、便祕、尿急；張力障礙，肌肉過度緊張，甚至疼痛痙攣；部分患者還會出現輕度的認知障礙。

公眾關於帕金森氏症的認知印象往往被簡化理解為「顫抖」，尤其是手部震顫的症狀，但實際上這種疾病的表現遠比顫抖更為複雜和多樣。其實，並非所有帕金森患者都會經歷物理性的震顫，不同患者之間的症狀可能存在較大差異。例如，一些患者會出現駝背，這是由於肌肉僵硬和姿勢控制困難造成的。還有患者呈現出運動遲緩的跡象，這種情況下，他們在開始移動或執行任務時會遇到困難。此外，說話困難也是常見的問題，這主要歸因於聲帶和喉部肌肉控制的障礙。

更重要的是，肌肉僵硬不僅導致軀體僵硬，還伴隨着持續性的

5 高翼之：〈名人基因檔案 —— 巴金和帕金森氏症基因〉，《自然與科技》，2010 年第 2 期。

疼痛和不適。這種身體上的僵硬常常伴隨着難以言述的心理壓力，從而極大地影響了患者的日常生活和自理能力。隨着疾病的進展，患者還可能遇到其他問題，如聲音變得微弱、流口水、身體失衡等。這些多樣化的症狀表明，帕金森氏症是一種影響廣泛的神經退行性疾病，它不僅影響患者的身體健康，還深刻影響着他們的心理健康和生活質量。[6] 大多數患者在晚期無法在沒有幫助的情況下自理生活，行走、穿衣和進食等日常活動都變得困難。與此同時，身體的失衡和協調問題還會顯著提升跌倒的風險。巴金的晚年，即是如此。

一、踉蹌的一跌

1966 年「文革」開始，巴金被定為「黑老 K」，「除了沒日沒夜地捱批鬥外，平時就在作協大院內接受監督勞動」。[7]「一九七零年年初，他們（巴金和孔羅蓀）和『作協』的『牛鬼蛇神』被趕到了松江接受監督勞動，兩位年已古稀的老人除了參加繁重的勞動外，還要不斷地同所謂『革命羣眾』『造反隊』在一起『學習』。」[8] 王西彥回憶與巴金在「牛棚」中的生活時，特別提到了巴金頻繁摔倒的情形，這反映了在那段艱難歲月中，巴金所承受的肉體和精神的雙重折磨。在新的「勞動營」中，生活的艱苦使得維持生命成為生存的首要目標，而長期的身體傷害和心理壓力使得巴金在行動上常常失去平衡。

6　Joseph H. Friedman. *Making the Connection between Brain and Behavior: Coping with Parkinson's Disease*. Demos Health, 2013, pp 12-13.

7　陸正偉：〈同是育花的園丁〉，《永遠的巴金》，第 233 頁。

8　陸正偉：〈生命之花〉，《永遠的巴金》，第 181 頁。

特別是在幹校的幾年裏，巴金多次摔跤的情況尤其嚴重。王西彥清楚地記得，無論是在嚴冬風雨之夜的會議，還是去廁所的路上，巴金總是在昏暗、泥濘而滑溜的道路上摔跤。每次摔倒都會在他的衣褲上留下泥印，這成了巴金日常生活的常態。王西彥還描述了他們在「牛棚」中的苦力工作，如加蓋蘆葦棚和運送糞水，這對年邁和體弱的人來說是異常艱辛的。巴金在這種高強度勞動後，常常筋疲力盡，臉上沾滿了污泥，如同「花貓」。這不僅是對巴金身體上的極大挑戰，也是對他精神意志的嚴峻考驗，更是那個時代所有經歷類似磨難的知識分子羣體的共同記憶。通過這些細緻入微的描述，我們可以更加清晰地理解個人在時代浪潮下所承受的苦難。

巴金在幹校摔跤是「家喻戶曉的」事情，黃裳在回憶錄中也曾寫道：

> 他和另一個人同抬一筐飼料。路經一條壟溝，失足跌了進去。連忙爬起，身上的棉衣已經濕透，眼鏡也失落了。趕回宿舍換了衣服，又慢慢摸回去，摸下壟溝，在爛泥裏摸，摸來摸去，還是沒有，後來水退了，發現眼鏡卻平安地睡在溝邊的草地上。[9]

這是一個被人當作笑話來傳的「故事」。實際上，長年伏案的知識分子，身體協調性好的本身就為數不多。不諳世事的他們，幹着搬運稻草、抬糞水、餵豬、搓草繩、刷廁所、搬罈子、掏陰溝、拔野草、揀菜、洗碗、揩桌子等重負荷的體力勞動不說，還要承受

9　黃裳：〈記巴金〉，巴金、楊苡、黃裳等著，李致、李斧編選：《棠棣之華：巴金的兩位哥哥》，第 369 頁。

隨時被辱罵的巨大心理壓力。這是曾經寫出《滅亡》與「激流三部曲」的作家！跌倒找不到眼鏡，這樣的「軼事」還要被傳到大街小巷，成為笑料。在牛棚裏的他們，總是「心慌意亂」的，「人變得格外笨拙，格外手腳不靈」。[10] 然而「摔倒」背後的諸多原因中，同樣包含着身體平衡能力的驟減及協調性的下降。

到底是個人身體疲勞而造成的多頻率摔倒，還是因為過度繁重的勞作及精神壓迫引致身體狀況的急速退行，這顯然是無法求證的假設。然而，當年過度繁重的體力勞動卻是有跡可循的：

> 為了用幹髒活的辦法來改造「牛鬼」，非常盡職的監督組就把大樓內外五個廁所的打掃工作派給我們分工包乾，命令我們用浮石擦洗馬桶底的尿跡。如果被監督組發現有人擦洗不淨，自然要受到訓斥甚至懲罰。巴金總是老老實實地照規定做。[11]

回憶起「牛棚」時期的艱苦勞作，巴金的敍述語調總是保持着一種平淡甚至近乎冷靜的風格，這種敍述風格延續了作家處理創傷經歷時的克制。對巴金而言，真正的痛苦並絕不是源於身體上的勞累和消磨，而在於精神上的打壓和摧殘。在「牛棚」中，巴金不僅經歷了極端疲勞和艱苦條件的切膚之痛，還面臨着精神危機與心理壓迫。精神上的摧殘主要來自於外界對其個人尊嚴的剝奪、思想自由的壓制，以及對未來的不確定性。這種經歷遠遠超越了肉體上的

10　王西彥：〈煉獄中的聖火——記巴金在「牛棚」和農村「勞動營」〉，陳思和、周立民編：《解讀巴金》，第 86 頁。

11　同上註，第 152 頁。

痛苦，觸及到了人的精神核心。因此，巴金在回顧這段歷史時，雖然語氣淡淡然，但其中蘊含的是對人的主體性及其生存意義的深刻反思。通過這種平實而深沉的敍述，巴金傳達了一種超越肉體痛苦的精神力量：即使在極端困境中，人的思想和精神仍能保持堅韌和清醒。用被打掉牙的友人王西彥的話說，「我們這些上了年紀的『牛鬼』，在接連的強迫勞動之下，連走路也已經是一跛一跛的，哪裏還有力氣『圖謀不軌』呢？」[12] 求死之心不可有，哪怕是有，也難尋求死的可能性。路途上的小溪幾乎見底，勞改的地方一條繩子都難求，「通宵的監督」那些動過求死想法的人，只能求助「比腦袋還堅硬的牆頭」。王西彥在敍述的最後使用了「……」，這省略號用得意義深重，是不堪的記憶，也是道不完的心酸，更是無法撫平的傷痕。

在時代的洪流面前，每個知識分子都在劫難逃，賈植芳也是如此。「除了管油印，還幹些重活，比如掃地、打掃公共廁所、通陰溝、搬運重物、拉勞動車等等，總之是些最累最髒甚至最危險的活」。[13] 更甚的例子還有很多，聖約翰大學的陳炳仁先生，因無法肩負扛木料一類的重體力活而狼狽不堪，還有平反後雖被聘為教授卻一貧如洗、雙目失明的朱錫候教授……。只能用省略號去收尾這些知識分子經歷過的心酸，因為這些悲傷的往事根本數不勝數。

當年一起被關在松江的孔羅蓀，在晚年也出現了神經系統和限制行動類的疾病：「一九八六年，羅蓀患了『小腦萎縮症』後記憶力逐漸退化，疾病折磨得他行動不便不能言語。年邁的巴金也先後患上帕金森氏症並跌斷腿骨兩度住院，行走艱難，只能在家養病

---

12 同上註。

13 賈植芳：〈我的後來者〉，《歷史背影》，第 109 頁

了。」[14] 巴金的帕金森氏症是在摔斷左腿後才被確診的，但從八十年代初的友人書信中，已露出「寫字困難」的端倪：

近年來身體不好，寫字困難，寫封短信也很吃力，實在無法題籤，請原諒。（1980 年 11 月 15 日）

信收到。我體力仍差，寫字還感到吃力，短文寫不了。（1980 年 11 月 25 日）

信早收到，時間不多，寫字吃力，因此未能早寫回信。……我在十二月寫完《創作回憶錄》，身體搞垮了。（1981 年 1 月 9 日）

我身體仍然不行，最惱火的是寫字困難，因此工作進行得很慢。（1981 年 3 月 30 日）

寫字仍感吃力，故久未寫信。（1981 年 8 月 31 日）

近來身體不好，寫字困難，沒有興致談搜書、讀書的甘苦，一切得拖到明年了。（1982 年 9 月 12 日）

文章請您選定，我無意見。寫字困難，請諒。（1983 年 9 月 8 日）

信收到。我寫字困難，不便多寫，請諒。（1984 年 8 月 2 日）[15]

14　陸正偉：〈生命之花〉，《永遠的巴金》，第 183 頁。

15　姜德明：〈巴金致姜德明書信〉，《與巴金閒談》，第 113—129 頁。

其中，1983 年下半年的書信尤為簡短，或許是由於巴金在被確診帕金森氏症之後身體狀態不佳。總體而言，巴金晚年所經歷的身體退行的症狀日漸明顯，從摔跤到骨折，使得他的寫作事業遇到了巨大阻礙。

二、寒影的顫抖

在巴金的晚年階段，「顫抖」是他肢體語言的主題詞。巴金在《病中集》常常提起與「疾病作鬥爭」，這最大的鬥爭，就是「寫字吃力」「寫字困難」了。他的字越寫越小，「老友看了很難過」，覺得比巴金外孫女端端的字還差。[16]

剛接受氨基酸治療的時候，效果還不錯。巴金嘗試着在鋪了枱布的縫紉機前寫作，起初一天還能用「三百字或兩百四十頁字」的稿紙去寫上百來個字，實際上是「寫滿一張稿紙可以把百分之七八十的字寫在格子裏」，但克服不住的「顫抖」，慢慢地，也就是一天幾十個，或者幾天十幾個字，「寫封短信也要花費一個上午，而且相當吃力」，「吃飯夾菜」用筷子手都會抖動個不停。[17]

對於患有帕金森氏症的人而言，手部震顫是一種常見的症狀，但對於巴金這位終其一生都在用筆書寫的作家來說，這個症狀尤其具有挑戰性，使他的寫作事業在晚年變得異常艱難。由於帕金森氏症導致的手部僵硬和無法控制的震顫，即使是最基本的寫作動作，如握筆、書寫字母，都變得困難重重。儘管手抖給他的寫作帶來了

16 巴金：〈病中（四）〉，《病中集：隨想錄第四集》，第 121 頁。

17 巴金：〈病中（五）〉，《病中集：隨想錄第四集》，第 136—137 頁。

巨大的困難，但巴金並未放棄。他的堅持不僅是對自己身為作家身份的忠誠，也是對生活的頑強抗爭，體現了他對文學的深厚熱愛以及堅韌的生命力。在此情況下，巴金晚年的寫作成為了一種超越身體限制的精神挑戰——是其生命歷程中「最後的抗爭」。

到了 1992 年 10 月，巴金在杭州的創作之家與夏衍的會面，呈現出了他在帕金森氏症影響下的生活境遇和創作狀態。儘管面臨身體上的極大挑戰，巴金依然保持着對文學創作的熱情，「要做的事情很多，手抖得厲害，所以寫得不多，用眼看的多些」[18]。在不可抑制的顫抖面前，這位堅強的老人儘管十分無奈，卻咬緊牙關堅持下來。儘管手部的震顫嚴重影響了巴金的寫作能力，但他的創作慾望並未減弱，他的《隨想錄》也成書於這一時期。巴金雖然受到帕金森氏症的限制，但他依然通過其他方式，如閱讀和觀察，來滿足他對知識和文化的渴望，以及與外界保持聯繫的需求。不得不承認，巴金的這種堅持是個人對抗疾病所取得的勝利，也是文學精神不朽傳承的一種體現。在身體陷入逆境的同時，他的心靈仍保有旺盛的生機。

1994 年，為了將自己一生的翻譯作品集結成《巴金譯文全集》（十卷本）並儘快與讀者見面，巴金不顧個人健康狀況，為譯文集的出版投入了大量的心血和努力。在這一過程中，他不僅忍受着帕金森氏症帶來的病痛，還因為不知道自己已患上了嚴重的骨質疏鬆症，繼續進行高強度的校對工作。巴金在校對過去的翻譯作品時，每天都要手捧重達十多斤的德文大詞典，逐一進行細緻的校對。這種長時間、高強度的工作，無疑對他的身體造成了巨大的負擔。最

18　陸正偉：〈四見夏公〉，《文匯報》2021 年 10 月 31 日

終，這導致了脊椎壓縮性骨折，使他不得不在醫院中平躺休養了三個多月。巴金對於《巴金譯文全集》的投入和執著，彰顯了他作為作家和翻譯家的專業精神，也是他對文學事業的熱愛的深情流露。即便在身體狀況日益惡化的情況下，他仍然堅持工作，希望能將自己的文學遺產完整地傳遞給後人——儘管病痛的折磨持續摧殘着這位老人。

巴金被確診患有帕金森氏症的具體過程，在《病中集》中有詳細的描述。巴金在 1983 年下半年因為左腿跌傷而長時間未能恢復，這引起了他的關注。在尋求一位傷科醫生的建議後，他前往神經科門診進行檢查，最終被正式診斷為患有帕金森氏症。這個診斷對巴金來說無疑是一個重大的轉折點，標誌着他生命中一個充滿挑戰的新階段的開端。值得注意的是，在帕金森氏症被正式診斷之前，巴金的大腦就已經開始發生變化——這種神經退行性疾病的特點是逐漸發展，早期症狀可能並不明顯，導致病情在被確診之前已經發展了一段時間。在巴金的情況中，跌傷的左腿可能是早期症狀之一，但在當時未被立即識別為帕金森氏症的跡象。如前文所述，帕金森氏症的早期症狀，如輕微的手部震顫、肌肉僵硬、運動遲緩等，在日常生活中不容易被患者或周圍人所察覺。隨着病情的進展，這些症狀日趨明顯，直至影響到患者的行為能力和生活質量。[19] 因此，巴金在被診斷為帕金森氏症之前，可能已經經歷了這種疾病的早期階段。「只要坐上一個小時，我就會感到跌傷的左腿痠痛」;「起初圓珠筆或自來水筆真像有千斤的重量，寫一個字也很

19 Joseph H. Friedman, *Making the Connection between Brain and Behavior: Coping with Parkinson's Disease*, p.17.

吃力，每天只能勉強寫上一百字光景」。[20]

對於大多數人而言，閱讀都是一項輕松愉快的活動，但對於帕金森患者來說，這個過程可能充滿了挑戰。首先，最顯而易見的是手部控制的問題，帕金森氏症會嚴重影響手部的精細動作，包括翻書頁。其次，帕金森氏症時常伴隨認知功能下降，如注意力減弱或記憶力衰退，因此保持專注於閱讀內容，理解和記憶所讀材料也可能變得更加困難。其三，帕金森氏症患者也會遇到視覺處理的問題，比如眼睛追蹤移動的困難等，這也會進一步增加閱讀時的挑戰。其四，這種疾病還可能導致疲勞感增加，使得長時間保持清醒和專注變得困難。對於依靠書寫來表達思想和情感的作家而言，被診斷為帕金森氏症無疑是一種極大的打擊，宛如晴天霹靂般的消息。這種疾病直接威脅到了巴金最核心的能力 —— 手部的協調和控制，彷彿命運之神特意要剝奪他們最為珍視和依賴的部分，對其心志和創作能力進行極端的考驗。

帕金森氏症的影響遠不止於身體功能的減退，它還會帶來心理和情感的負面影響。創作生命被突然剝奪，難免使人陷入對自我價值和身份的懷疑。同時，隨着疾病的進展，巴金不得不重新思考和適應自己的創作方式，甚至面臨無法繼續創作的嚴峻現實。這種挑戰不僅是對身體的考驗，更是對心靈的焠煉，需要作家展現出超乎尋常的堅韌，以及在逆境中保持創作的熱情和勇氣。

巴金對此泰然處之：「他始終把自己看做是一位普通的病人，每次來就診，就像幼兒園裏的小朋友似的隨着老師的口令不停地做着起坐、行走、雙臂擺動等動作，叫做啥就做啥，毫無厭煩之

20　巴金：〈病中（四）〉，《病中集：隨想錄第四集》，第 120—121 頁。

意」。[21] 巴金精神行為上的「互助精神」烙印依然存在着：他深知那時我國對帕金森氏症的研究與治療十分有限，時常會收集一些海外報紙上有關於帕金森氏症的信息，或者讀者寄來的剪報，託付護理員小吳交給邵醫生，期待着自己的「發現」能有些許的貢獻。然而，帕金森氏症並未就此放過巴金。

三、疲憊的軀殼

對於巴金來說，帕金森氏症的顯著病症還包括肌肉僵化、震顫、疲勞及睡眠干擾。帕金森氏症患者經常感到疲勞，這種疲勞不是突然產生的，也時常會被忽略。一般而言，被確診後，帕金森氏症患者很快就會在精神狀態、行動能力、記憶力和語言能力等多個方面出現明顯的退行性變化。其中，精神疲倦是最容易被忽略的，時常要等到患者發展出抑鬱或焦慮症狀後才能被診斷出。在行動能力方面，震顫、肌肉僵硬、動作遲緩和平衡失調將患者的日常生活完全打亂。部分人還會出現「記憶短路」的狀態，難以集中精神。有些患者到了後期，語言能力也會受到相當大的影響，語速緩慢、聲音變小，甚至發音咬字都會變得模糊不清。

臨牀醫學的相關研究表明，一半以上的帕金森氏症患者將疲勞視為最嚴重的三種症狀之一。帕金森氏症患者的疲勞感，是一種物理上的知覺。用臨牀患者的話來說，那感覺類似於——「睡醒之後感覺像臨睡前一樣的疲倦」。[22] 這是一種正常、健康的身體所無法

---

21 陸正偉：〈巴金身邊的保健醫生〉，《永遠的巴金》，276 頁。

22 Joseph H. Friedman. *Making the Connection between Brain and Behavior: Coping with Parkinson's Disease*. pp.23-25.

體會到的困境，無論休息與否，身體的整個狀態都處於渾渾噩噩之中，完全提不起精神。

尚未被確診帕金森氏症之前，巴金已有「走路腿無力，寫字手不便，字越寫越小，動作也越慢」的感受。他對友人說，雖然腦子相當清楚，「但手不聽話，想寫寫不出」。[23]《病中集》中，他再次痛苦談起自己不佳的狀態：「每天從清晨起我就感到疲勞」，同客人交談「不得不時時用力睜開眼睛」，他感到自己完全沒有「足夠的精力應付各種意外的干擾」。[24] 友人曹禺聞之忍不住感歎：「你已經是快八十的老人！」[25]「病中」的那段時間更是如此，因為摔斷了腿在醫院住了幾個月。回家後又發現「短了三公分」，疲憊感愈加嚴重，「精力不夠，在樓下太陽間裏來回走三四趟，就疲乏不堪。有時讓別人扶着下了台階繞着前後院走了一圈，勉強可以對付，再走一圈就不行了」。[26] 由於總是在疲憊不堪的狀態中，巴金被拖累得十分辛苦疲憊，一點力氣也沒有。

四、低谷的血壓

體位性低血壓是許多帕金森氏症患者都會遇到的病症，風燭殘年的巴金也遭受着這一症狀的折磨。體位性低血壓（Orthostatic Hypotension），多出現於中老年帕金森患者中，他們會在站立時血

23　巴金：〈致柴梅塵、周明鎮〉，《佚簡新編》，第 109 頁。
24　巴金：〈懷念均正兄〉，《病中集：隨想錄第四集》，第 104 頁。
25　曹禺：〈致巴金友人信〉，《沒有說完的話》，第 381 頁。
26　巴金：〈病中（四）〉，《病中集：隨想錄第四集》，第 119 頁。

壓驟降，症狀有頭暈、視力模糊、暈厥、意識模糊、惡心等。[27] 大多時候，老年人的「三高」等基礎病，會被醫護人員重點關注，而「血壓低」卻時常被忽略。體位性低血壓嚴重影響了巴金的正常作息與心情，他在與友人書信中，反覆提到血壓低的不適，甚至多過帕金森氏症本身來的不便：

> 天熱，日子不好過，血壓還是低，不過不算太低，據醫生講，患我這種病的人血壓總是低。[28]
>
> 我血壓低，大概不要緊。[29]
>
> 那幾天由於氣候變化無常巴老血壓時有波動，纏繞多年的慢性支氣管炎又犯了，每天咳嗽不止，所以白天只能坐在特製的可躺輪椅上應付突然的血壓下降。[30]
>
> 由於血壓偏低，他只能斜躺着在輪椅上，睜着雙眼望着天花板。[31]

對於巴金來說，體位性低血壓的原因大抵來自於治療帕金森氏症服用的藥物喹硫平及左旋多巴。喹硫平作為舒緩帕金森氏症的有效藥，可有效緩解帕金森氏症帶來的噩夢、焦慮等症狀；左旋多巴

---

27 Bradley JG, Davis KA. “Orthostatic hypotension”. *American Family Physician.*, Vol. 68, No.12, pp. 2393-2398.

28 巴金：〈1986 年 8 月 4 日巴金致冰心書信〉，李朝全、凌瑋清主編：《世紀知交：巴金與冰心》(團結出版社，2006 年)，第 151 頁。

29 巴金：〈1991 年 10 月 15 日巴金致冰心書信〉，李朝全、凌瑋清主編：《世紀知交：巴金與冰心》，第 185 頁。

30 陸正偉：〈夢之歌〉，《永遠的巴金》，第 145 頁。

31 陸正偉：〈當世紀的鐘聲響起時〉，《永遠的巴金》，第 114—115 頁。

則可以改善肌強直、震顫、運動遲緩等症狀。但它們的副作用在於都會導致直立性低血壓，造成患者站立時的血壓驟降、心悸以及眩目。同時，隨着年紀的衰退，心臟和頸部動脈附近負責調節血壓的特殊細胞也會逐漸老化、功能減弱。

不為人知的是，帕金森患者比常人需要更多的能量進行常規呼吸，因為病症會影響胸部和隔膜的肌肉。巴金在 1994 年脊椎壓縮性骨折之後，經歷着「呼吸都是痛」的同時，病情稍有好轉，就得「坐着輪椅，身穿塑料馬夾」抱病參加中國作家協會主席團會議。「已經九十高齡的巴金回病房後，由於過度的勞累，體位性低血壓又犯了，使他幾度昏迷。」[32]

五、褪色的記憶

令人無比悲痛的是，記憶也在消退。在帕金森氏症未完全確診以及確診的初期階段，巴金尚定義自己的記憶為「幸而腦子相當清楚」[33]，「我的腦子不肯休息⋯⋯好像它想在我的記憶力完全衰退之前，保留下一些美好的東西」。[34] 過不了多久，巴金逐漸開始意識到記憶力和語言的衰退：「現在像夢中一樣，不少兩三年前發生的事情在我的腦子裏都只剩下一片白霧」，「我沒有足夠的經歷應付各種意外的干擾，也無法制止體力和記憶力的衰退」。[35]

「記憶衰退」一詞開始頻繁地出現在巴金與親人和友人的書信中：「我一直靠藥物延續生命，雜事多，應付不了，記憶力又衰退，

32　陸正偉：〈生命之舟的航程〉，《永遠的巴金》，第 90—91 頁。
33　巴金：〈柴梅塵、周明鎮〉，《佚簡新編》，第 109 頁。
34　巴金：〈我的「倉庫」〉，《病中集：隨想錄第四集》，第 92 頁。
35　巴金：〈懷念均正兄〉，《病中集：隨想錄第四集》，第 96 頁、第 98 頁。

好些事一拖就忘記」「可惜體力、精力不增加，不能工作，也不便活動。更可怕的是記憶力衰退」。[36]

這當中還發生了一件小事：日本作家井上靖著的《孔子》出版之後，姜德明立刻寄給了巴金。但巴金到杭州之前一時找不到該書，又託人來電尋找，姜德明馬上又寄去一本。雖然這在外人看來屬於再正常不過地「老年人記不清瑣事」的小事，對於巴金而言卻是一種自責性的難過。到了上個世紀九十年代，巴金的病症更為明顯：

> 我一直在生病，去年在醫院住了八個月，九月底回家，還是不便走動，不能自理生活，成了大半個廢人。記憶力衰退，朋友來信，因手抖無法回信，常常一放就不記得放在甚麼地方，您的信我找了兩次都找不着……（1990 年 3 月 5 日）[37]

到了 1992 年左右，巴金在致山口守的書信中提及自己因記憶力的衰退，連平時很熟悉的小刊物名字也記不清楚了。與此同時，他雖痛苦不堪，卻拖着病弱的身體，全身心地投入編輯全集的工作，覺得自己「再過一年也得躺倒了」。[38] 後來，由於帕金森氏症持續嚴重，巴金連說話也十分費力，「只得靠家人作『翻譯』了」。[39] 有時候話說到一半，「坐在一邊的小林會把巴老沒說完的後半句補充完整」。[40]

---

36 巴金：〈致李舒 1986 年 4 月 20 日信〉，《佚簡新編》，第 128 頁。

37 巴金：〈致陳原 1990 年 3 月 5 日書信〉，《佚簡新編》，第 102 頁。

38 巴金：〈致劉秉文 1992 年 9 月 18 日書信〉，《佚簡新編》，第 70 頁。

39 陸正偉：〈夢之歌〉，《永遠的巴金》，第 146 頁。

40 陸正偉：〈當桂子飄香時〉，《永遠的巴金》，第 158 頁。

第二節「能書寫的手」和「能發聲的嘴」

身體退行的可悲之處，在於對身體控制權的喪失，以及隨之而來的意識消散和尊嚴的喪失。面對失去自主權的巨大困境，巴金並沒有選擇屈服，而是抓住一切時光與機會，始終堅守靈魂的自我，將文字作為心靈的出口，從苦難的土壤中開出花朵來。自雨過天青雲破處，道盡心底的聲音。

一、控制權的剝奪

每個獨立的生命個體，對自己的身體都有深入而又複雜的理解和認知。隨着歲月流逝和生活經驗的積累，大多數人會對自己的身體產生更為深入的感知。人們逐漸習得傾聽自己身體的需求和信號，對於感冒、發燒、細菌感染等日常的小毛病，也能游刃有餘地通過藥物治療來應對，比如抗生素、退燒藥、消炎藥等，可以有效地抑制病原體、減輕症狀，幫助人們恢復健康。然而，當面臨一些不可預測且難以控制的重大健康問題時，人們的反應往往會更加複雜。對於那些個體不可控型的疾病，如重大心血管疾病、癌症、帕金森氏症等，患者在身體狀況出現失調和失控時，往往會伴隨着強烈的焦慮和恐懼感。

這種情況下，患者一方面要應對身體上的挑戰，更要面對如影隨形的心理上的巨大壓力。與此類疾病抗爭時，患者及其醫療團隊通常需要採取更加全面和長期的治療策略，包括藥物治療、手術治療等醫學干預，以及心理支持、康復訓練、生活方式調整等多方面的措施。對於患者而言，學會適應這種新的生活狀態，並在醫療專業人員的幫助下管理自己的疾病，是一項重要而艱巨的任務。由此可見，個體對自己身體的理解和認知，始終處於不斷發展和逐層深化的過程中。在不斷認知疾病的過程中，人們通過生活智慧來更好地管理自己的健康，並在心理和情感層面上尋求更多的理解和支持。

又如一些無法根治的老年基礎慢性病疾病，如高血壓、糖尿病等，現有的醫學知識只能讓人們掌握部分控制和延緩病情的發展，患者仍需長期服藥並調整既定的生活方式。而那些患病機制複雜、尚無手段治療的病症，如帕金森氏症和阿爾茨海默症等神經性的退行疾病，即使少數症狀治療有方，仍舊無法治癒。這類疾病本身會帶給患者一定程度上的心理焦慮和精神絕望，在對身體及生活逐漸失控的過程中，人的整體狀態也會每況愈下。

在心理學層面上，焦慮被描述為一種伴隨不適感的情緒狀態，通常是由於預期即將發生不好的事情而產生。這種情緒狀態常常伴隨着一系列生理反應，如心跳加速、呼吸急促、出汗或腹瀉等。在帕金森氏症的情境下，雖然該病的主要症狀集中在中樞神經受損和運動障礙方面，但患者所經歷的心理壓力和焦慮也是不容忽視的一部分。帕金森氏症患者的焦慮症狀常被醫療專業人員和家屬忽略或未被充分重視，然而，這些心理症狀對患者的生活質量有着顯著影響。患者可能因為自身運動能力的喪失，疾病的不可預測性，以及對未來可能依賴他人的擔憂而感到焦慮。這種心理緊張和情緒波動，不僅影響着他們的心理健康，還與疾病的物理症狀有着密切的臨牀關聯。例如，焦慮和壓力的增加可能會導致運動障礙症狀加劇，反之亦然。因此，在治療帕金森氏症時，不僅要關注患者的物理症狀，還需要對他們的心理狀態給予足夠的關注和支持，比如心理諮詢、行為療法、放鬆技巧訓練等，以幫助患者管理焦慮和壓力，從而提高他們的整體生活質量。[41]

無論病情發展快慢，許多帕金森氏症患者時常都會感到沮喪和孤獨：因日常生活行為時常受阻，患者對自己身體的操控能力越來越弱。長期服用的帕金森氏症治療藥物，還會導致神經質不平衡，同時產生情緒低落、興趣喪失。巴金在晚年遭遇的帕金森氏症逐步加劇，逐漸剝奪了他對自己身體的基本控制能力。這種持續的身體衰退對於一個以書寫為生命核心的作家來說，意味着失去了其最根本的創作和表達工具。創作不僅是他職業生涯的基石，更是他個人身份和思想良知的重要體現。隨着病症的發展，巴金的語言表達嚴重受阻，賴以生存的文學事業也愈發岌岌可危。寫作是作家與世界溝通的重要通道，而手指的靈巧和言語的清晰度是這一溝通過程中不可或缺的部分。因此，帕金森氏症的影響延伸到了作家的社會交往和情感表達，限制了他們與外界的互動和分享自己的能力，從而可能導致孤立感和溝通上的挫敗感。他們不得不面對自己最基本的表達工具被剝奪的現實，同時尋找新的方式來繼續創作和與世界互動，從而「武裝」心靈，繼續追尋他們的文學夢想。儘管直面身心方面的雙重挑戰，巴金從未選擇放棄——他的希望是病榻上闌珊的微光，在痛苦中搖曳，卻從未停止閃耀。它是帶着溫度的火種，哪怕黑暗再長，寒夜再冷，都必有燎原之時。隨着似水年華流走，青春已不復往日顏色，生命也無法挽留。巴金晚年的書寫是他對文學的深厚熱愛，更生動描繪了他對生命的珍視和身處逆境的勇敢抵抗。

---

41 Joseph H. Friedman. *Making the Connection between Brain and Behavior: Coping with Parkinson's Disease*, pp.65, 72.

二、生活秩序的守衛者

巴金晚年的創作是其與疾病抗爭的真實見證。不論是迷茫、苦惱、荒誕，甚至是憤怒，維護日常生活的秩序有時也需燃燒生命，一點一點去丈量。正因有這般的無奈，個體需要在紛繁的塵世中覓得存在的意義。巴金以自身的抗爭經歷激勵着人們，在逆境中尋找新的表達方式，以智慧和勇氣應對生命的挑戰。

一方面，巴金的內心世界湧現着豐富的思想和深沉的情感，這些都是他渴望通過文字表達出來的。他的一生鍾愛文學，這種熱愛不僅體現在他對書寫的執著上，更深深融入了他的生命中每一個細節。對巴金而言，寫作不只是一種職業選擇，它更是他生活的核心部分，以及安身立命、與世界對話的重要途徑。在巴金的寫作中，我們可以看到他對於社會、歷史、人性等方面的深入思考和探索。他的作品不僅是他個人經歷和情感的反映，也是他對宇宙深邃星空的洞察與回應。無論是小說、散文還是隨筆，巴金都以其獨特的視角和敏銳的洞察力，向讀者展現了一個複雜且多元的世界。當帕金森氏症逐漸剝奪了他書寫表達的能力時，他仍然奮力找尋新的出口來繼續文學創作和表達，在人生的逆流中將生命的畫舫雕琢的流光溢彩，讓生命的火焰愈發濃烈。

另一方面，隨着帕金森氏症逐步侵襲巴金的身體，他不得不面對日益嚴重的身體局限性和心理認同危機。最為明顯的是，他逐漸失去了對「能書寫的手」和「能發聲的嘴」的控制。這意味着，他心中湧動的思想和情感，這些曾經可以輕易通過筆尖流淌出的靈感和見解，現在卻難以被順暢地轉化為文字。這令他失去了與外部世界溝通的橋樑，而這種溝通通道的喪失對巴金而言是一種深刻的心理打擊。書寫和言語是巴金表達自我、探索世界和構建與讀者關係的核心途徑。失去這些能力意味着失去了創作的自由，失去了向外界傳遞思想和情感的能力，這常常導致巴金感到孤獨、無助和沮喪。此外，巴金的身份和自我認同很大程度上是建立在他的創作能力上的，當這種能力被剝奪時，他很可能經歷了身份認同危機和自我價值的質疑。

巴金患病的過程不僅是一段與疾病鬥爭的歷程，更是一個深入探索內心世界和深刻體驗生命痛苦的機會。在面對身體的病痛和生命的脆弱時，巴金沒有逃避，反而將這些經歷融入到他的文學創作中，尤其體現在他的作品《病中集》裏。失之東隅，收之桑榆，巴金於重重苦難中掙扎出了新的道路。他的心胸寬廣如大海，他的智慧深邃如星空，他的靈魂純粹如水晶。他將生命淬煉得無比堅韌，從生活的失序中重新掌握生命的主導權，激勵並影響着身邊的親友，以及後世的廣大讀者。

第三節　用生命述說最後的「真話」

在《病中集》中，巴金不僅記錄了他與疾病的直接對抗，還深入反思了生命的意義、人的存在和苦難的本質等終極問題。他的矛盾、痛苦和煎熬，都在字裏行間化為有溫度的思想脈絡，以及不可磨滅的文學痕跡，構成了中國現代疾病書寫的重要部分。

巴金的文學是「講真話的文學」。學者周立民指出，巴金筆下這種「具有為了真理，敢愛，敢恨，敢說，敢做，敢追求」的「新文學精神」，與那種「將文藝當做高興時的遊戲或失意時的消遣」

的「舊文學」截然不同。[42]「新文學精神」可以概括為勇於表達真理，勇敢表達愛與恨，敢於坦率陳述觀點，有勇氣去實踐和追求的文學精神。新文學精神要求作家不迴避現實，而是積極地參與社會，關心社會問題，並在文學作品中反映這些關切。這種精神推動並 發展了文學的社會功能，使其成為社會變革和思想進步的重要工具。

一、苦難的轉化與超越

巴金以自己的病中經歷，展現了一個文學家如何在身體退行和衰老中堅持創作，最終將個人的苦難轉化為具有普世價值的人性探索的全過程。他的文字流露出的不僅是對疾病症狀的客觀描述，更是對人類在面對生命挑戰和身體機能衰竭時的堅韌抗爭。這些洞察超越了個人經歷的局限邊界，觸及到了人類共通的情感和體驗。

巴金在《病中集》中的訴說與表達，為讀者提供了一個了解、同情和思考人生重大議題的窗口。對於身患帕金森氏症的巴金來說，每一次提筆嘗試書寫都是一場與疾病的抗爭；同樣地，每一次不得不放下筆停止書寫，也是因病痛帶來的無奈。由於帕金森氏症導致的肌肉控制障礙，巴金在書寫時需要付出巨大的努力和集中力，這本身就是一種關於身體主權的鬥爭與宣誓——當身體狀況不允許繼續書寫時，巴金不獨自面對放下筆的挫敗感和失落感。

這種反覆的嘗試與停止，將巴金在病痛面前的堅韌與脆弱表露無疑。每一次動筆都是對疾病限制的挑戰，對創作熱情的堅持，而

42 周立民：《閒話巴金》（四川文藝出版社，2019 年），第 286 頁。

每一次停筆，則是對身體現實的妥協與忍耐。這個過程中，巴金不僅要與身體的限制作鬥爭，還要面對因疾病帶來的心理壓力，如對創作能力的擔憂、對未來的不確定性等。因此，帕金森氏症的隱喻並非僅僅是身體退行，它也深刻影響着巴金的心靈和情感世界，成為巴金晚年創作生涯中不可或缺的一部分。在這樣的艱難挑戰中，巴金用生命展現出了超乎尋常的創造力和適應力，以及對於文學理想的深情厚愛。

「他寫字時，腦海裏文思洶湧，可是握筆的右手卻僵硬在紙上動彈不得，他着急地要用左手去推」。[43] 此時正值巴金創作《隨想錄》之四《病中集》的時刻，他面臨的挑戰既是身體上的，也是精神上的。當巴金試圖書寫時，他的腦海中思緒洶湧，創作的靈感和思考充盈其間，但他的身體卻因帕金森氏症而受限——這種身體上的障礙與心中的創作熱情形成了鮮明的對比。巴金在這種情況下仍致力於繼續寫作，甚至倔強而近乎固執地嘗試用左手來推動右手，這真實地還原了他對文學創作的堅定執著和不屈不撓的精神。在將苦難熔煉成至誠之心的過程中，他完成了痛苦的轉化與超越。

二、疼痛體驗與社會病態

在《隨想錄》中，巴金通過自己的病痛體驗來呈現特定歷史時期的更為廣泛的社會病態。他並沒有將疾病描繪成一種刻板或過分負面的形象，而是通過自己敏感的觸覺和深刻的個人體悟來逐層呈現這個問題。在巴金的作品中，他結合自身因疾病變得虛弱和枯

43　陳思和：〈巴金《隨想錄》手稿本跋〉，《巴金晚年思想研究論稿》，第 99 頁。

萎的切身經歷，巧妙地將帕金森氏症作為隱喻，反映了整個社會的「疾病」狀態。這種比喻深刻地展現了個體在面對身體疾病時所遭受的挑戰和痛苦，也巧妙地指向了中國現代社會本身存在的更深層次的問題，如政治壓迫、道德退化、文化沙漠等。通過直抒胸臆式的娓娓道來，巴金將個體的身心狀況與整個社會的健康狀況相互交織，融為一體。

巴金在《隨想錄》中深刻地描繪了個人與社會之間的複雜關係，他認為社會的「疾病」不僅僅體現在政治環境的高壓和思想文化的退化等方面，還包括了人與人之間的疏離、信任缺失以及價值觀的混亂。而巴金期望通過自己的親身感受，勾勒出社會問題如何深入地影響個體的生活和心靈的軌跡。

在書中，巴金以一個疾病抗爭者和一個在社會逆境中尋求自我價值和意義的鬥士的形象出現。他的文字深刻揭露了個人在面對時代洪流和極端困境時的心理狀態，以及在這種狀態下如何保持人性的尊嚴和堅韌的內心。巴金通過自己的寫作，展現了一個知識分子在複雜社會環境中的思辨和抉擇。在面對個人疾病和社會不公時，他並沒有選擇逃避或沉默，而是勇敢地用筆作為武器，表達自己的觀點和感受。他的這種做法展現了他個人的勇氣和智慧，激勵着後人在面對困境時，保持獨立思考和積極應對的態度。巴金用自己的經歷作為一個隱喻，來探討更廣泛的社會和文化問題，展現了作家的社會責任感和深刻的文學洞察力。他思考的深度與廣度均已超越個人層面，還涉及到了更廣泛的社會語境和歷史視角。這種雙暗喻式的表達方式增強了作品的深度，也讓讀者能夠從個人記錄中看到更廣泛的社會背景與知識分子羣像。這也使得他的作品兼具文學價值與社會價值，並提供了對當時社會狀況深刻的反思和批判——

巴金不僅留下了真話，也以心血繪出了一幅歷史的畫卷。

蘇珊・桑塔格認為，「傳統疾病隱喻主要是一表達強烈感情的方式」，人們只是根據疾病造成的後果將其分類為「痛苦但可以治療的」與「可能致命的」兩種形式，藉以表達個體的悲憫與焦慮，它「暗示個人與社會間深深的不平衡」。[44] 巴金所患的帕金森氏症，作為一種「無法治癒」且「有可能致命」的疾病，使他開啟了一種特殊的觀察視角，來進一步探尋人生的意義以及對歷史的反思。這種疾病的長期性和嚴重性使得巴金不得不面對生命的脆弱和有限，同時也促使他在疾病觀念的框架內思考更深層次的哲學命題。首先，巴金通過自己與疾病的鬥爭，將疾病的個體經歷轉化為對人生、歷史和社會的深刻洞察。他在疾病中體會到的不僅僅是身體上的苦痛，更多的是生命的複雜和不可預測。這使得他能夠從一個獨特的角度來審視人類的存在，以及歷史進程中的各種社會和文化現象。其次，巴金的疾病經歷使他加深了對生命和死亡的理解，更激發出他對過去和未來之間的連結關係的深入思考，使其病痛體驗成為知識分子反思個人經歷與社會歷史之間關係的「媒介」。在巴金的文學作品中，這些深層次的思考和反思被巧妙地融入，使得他的作品不單是個人情感的宣泄口，也同時是對更廣泛意義上的人類宏大命題的深度探索。

巴金在《寒夜》中曾長歎過的讓人心碎的名言：「重病的人連一口痰也沒有力氣吐出來了，還能呼喚甚麼？」而在《隨想錄》的對照下，這種歎息反而顯得不過是一種無作為的悲憫。《隨想錄》的確是一部「平淡」而深刻的作品。在其中，巴金探討了暮年身體衰

44 ［美］蘇珊・桑塔格，程巍譯：《疾病的隱喻》，第 82 頁。

老帶來的嚴峻挑戰，也深入反思了個人與社會的關係，以及生命在逆境中的生存與抗爭。在巴金的晚年作品中，他的情感表達遠離了早年捶胸頓足或撕心裂肺的悲鳴這樣戲劇化的方式。相反，他採用了一種更加內斂和深思的風格，通過這種方式圓融而深刻地展現了他對生命的認識和對社會現狀的理解。巴金的文字就像是一股「湍急的激流」，雖然暗含着強烈的情感和深刻的思考，但卻以一種平靜而有力的方式流淌，映照出他對世界的深邃洞察，以及一個經歷過風霜的知識分子在面對生命衰竭和病痛時所表現出的堅韌與勇氣。在此意義上，他的作品已然超越了文學創作本身，凝結了他對生命意義、人類存在和社會現象的哲學智慧，也使得巴金的作品獲得了獨特的深度和廣泛的影響力。面對歲月的流轉與生命的無常，他選擇了一種堅毅而勇敢的態度，不再是「清醒地軟弱着」，而是勇敢地面對生命的終章，在訴不盡的滄桑往事中，頑強對抗着身體的退行與社會的病症。

三、關於生命的真言

在巴金的晚年作品《再思錄》中有一篇文章〈懷念振鐸〉，這篇文章被視為他身體失控崩盤隱喻的巔峯之作。這篇文章是巴金生命中的最後一篇作品，也預示着他個人生命旅程的終結。在完成《懷念振鐸》的幾天後，巴金因病情危重導致呼吸衰竭，不得不接受了氣管切開手術，也徹底失去了繼續寫作的能力。隨着身體機能的進一步衰退，巴金繼失去寫的能力之後，甚至連說話的能力也被剝奪。

這種雙重失能的經歷，對於任何一位摯愛創作的作家來說，皆是生命中邁不過去的坎兒。基於此，〈懷念振鐸〉成為了巴金晚年身體和精神狀態的象徵。在這篇文章中，他以豐沛的情感和冷靜的筆觸，渲染出生命的脆弱和世間無常，同時也展現了人在面對困境時的主體性和韌性。這篇文章不僅是巴金最後時光的歷史見證，也是對所有經歷身體退行和帕金森氏症的羣體的共鳴和激勵。文章的最後一段，體現出身體與精神同時「失控」的一種釋放與釋懷：

> 我已經住了四年多醫院了。
>
> 病加上病，對甚麼事都毫無興趣，只想閉上眼睛，進入長夢。到這個時候才知道自己是個無能的弱者，幾十年的光陰沒有能好好地利用，到了結賬的時候，要撒手也辦不到。……我感覺到記憶擺脫了我的控制，像騎着駿馬向前奔逃，不久就將留給我一片模糊。[45]

學者陳思和認為，這是「老人對自己在病中掙扎着思想和寫作最逼真也是最精確的感受」。[46] 這段話是對巴金晚年狀態的精細臨摹——在這裏，巴金晚年在病中的掙扎不僅僅是身體層面的，更是思想層面的。巴金在面對帕金森氏症所帶來的身體限制時，對自己的思想和創作過程的感受卻是「逼真」而「精確」的。儘管身體狀況每況愈下，巴金依然在思想和寫作上堅持不懈地進行真實的探索。在面對病痛的挑戰時，巴金沒有放棄自己的創作追求，反而在這個過程中呈現出了極高的真實性和精確性，並將他對生命、藝術、社會和歷史的深度思考融會其中。因此，不難想像，當巴金以口述

45　巴金：〈懷念振鐸〉，《再思錄》（作家出版社，2011 年），第 134 頁。

46　陳思和：〈讀巴金的《懷念振鐸》〉，《巴金晚年思想研究論稿》，第 191 頁。

（1998 年初他以口述的方式與女兒小林合作）的方式訴說出以下這幾行字的時候，回憶是何等地如同「過電影」一般，在他的腦海中飛馳而過：

> 一切自己曾經的過往已不再屬於自己，與失去運動機能、失控的身體完全一樣，記憶也在一同奔走，消散。[47]

巴金一生最後的這幾行字，像極了他年輕時喜愛的高爾基《草原故事》中的勇士丹柯——「他用手抓開自己的胸膛，拿出自己的心來。高高地舉在頭上」。[48] 巴金在放手萬馬韁繩的那一刻，也同樣，用最後的力氣剖開了自己「燃燒的心」，將其高舉在讀者的面前。

巴金在晚年面對身體的衰敗和溝通障礙時所展現出的掙扎和努力，證明即便在極端沉重的病痛陰影的籠罩下，人類不朽的精神力量依然能夠找到新的突破口。儘管身體的限制和言語的障礙阻礙了他以傳統方式進行創作，但這並沒有完全阻止他的創造過程，他堅持通過口述、與他人的合作或是內心沉思的方式，訴說着關於生命的真言。在塵埃落盡的日子裏，他的生命得到焠煉，眉眼之間，盡顯純淨的顏色。訴說，再訴說，披沙煉金，煉成真金——這或許就是巴金晚年以生命呈現給世界的最後一句「真話」。

47 陳思和：〈巴金的文學創作道路——《青少年巴金讀本》前言〉，《巴金晚年思想研究論稿》（復旦大學出版社，2014 年），第 262 頁。

48 同上註。

第六章

晚年的生命意識：以巴金和托爾斯泰為對照

儘管巴金和列夫・托爾斯泰來自不同的文化背景和時代，但他們的文學和思想在一些重要層面不謀而合，交相輝映。他們的文學作品被廣泛傳播，深受讀者喜愛，其思想也長久地影響着後世讀者和後繼的創作者。巴金與托爾斯泰的比較研究，有助於當代讀者理解不同文化背景下的文學傳統和風格，同時也有助於我們進一步發掘文學作品中共通的主題和價值觀。通過兩位作家對於健康與疾病、生命和死亡的態度的比較研究，我們可以透過作家對於生命意識的關照和審視，更好地還原作家在社會歷史語境中所扮演的核心角色，探索現代知識分子對於生命意義的深刻體悟。

本章以「晚年對待生命的態度」為切入點，嘗試探析兩位作家關於衰老、死亡、疾病觀念，以及更為完整意義上的「生命書寫」的理解認知與體驗感受。在暮年階段，托爾斯泰徹底否定自己早期的生活和思想，轉而追求一種純粹的精神生活，並將思想與信仰對象化，成為道德和精神上的領袖；而巴金則僅僅否定了六十年代的部分的行為和態度，他更加注重內心的平和以及與自我的和解。「大家都把心掏出來，我們又能夠看見彼此的心了。」[1]

第一節 暮年的生命軌跡與靈魂和聲

19 世紀以來，俄羅斯和中國都經歷了新舊對立、時代更替的社會挑戰。舊的社會、政治和文化體制與新的思想和理念之間的衝突產生了社會動盪和思想激蕩，這種衝突和動盪往往作為主題或背

1 巴金：〈說真話〉，《探索集：隨想錄第二集》，第 103 頁。

景，在文學作品中反映出來，並賦予了文學以社會使命。「19 世紀以來，也許只有俄羅斯作家的命運最與中國現代作家相近 —— 他們都面對過被『新』與『舊』分割得支離破碎同時又給人以巨大希望的現實人生。在資本主義統一了西歐，殖民主義統一了非洲和拉美之後，你很難找到另一個國家，如同『五四』以後的中國，生活得如此矛盾。」[2]

一方面，在情感和性格方面，巴金和托爾斯泰擁有許多共性。矛盾的性格似乎是諸多作家的一個共通點，托翁將作家的身份定義為「為寫作而存在」。同時寫作於他而言，亦是充滿矛盾與自我否定展現 ——「你無法想像，心情是甚麼意思」。他說，「有時是這樣的：你早上起來，精力充沛，精神煥發，頭腦清醒，你開始寫作，思維敏捷、連續地寫。可第二天，重讀一遍，又不得不全部刪掉，因為一切都很好，但是沒有主要的東西，沒有想像力，沒有才華，哪怕一點點，甚麼都沒有，沒有這些，你所有的才華都是沒有任何價值的」。[3] 這是次子伊利亞七歲時托翁常常和他分享的感受，不難看出托翁對文字有着近乎完美的執著。次子在形容伯父托爾斯泰時，談及他身上明顯的家庭特徵，來概括托翁也是恰如其分的，他們又都有着「想表達內心溫柔時堅決的自制。這份溫柔常常隱藏於自私冷漠之下，有時甚至意想不到的尖刻」。[4] 也許是因為托翁成長過程中沒有過母親的陪伴，又或許是天生的，他的性格中總有一

2　趙園：〈中國現代小說中的「高覺新型」〉，陳思和、周立民編：《解讀巴金》，第 198 頁。

3　[俄] 伊・托爾斯泰著，梁小楠等譯：《托爾斯泰次子回憶錄》（北京大學出版社，2016 年），第 68 頁。

4　同上註，第 107 頁。

種刻意的剛硬——認為流露柔情不符合他的本性。托爾斯泰的尖刻，並非是針對任何人，雖然在晚年時期這種刻薄在外人看來僅僅針對索尼婭，但歸根究底，它更多地是對自己的一種消磨與自我否定，以及徘徊於信仰內外的迷失。毫無疑問，這與巴金的矛盾性格有着異曲同工之處。

另一方面，寫作是兩位作家與生活抗爭的武器。巴金在 1931 年〈《激流》總序〉寫道，幾年前他流着淚讀完托爾斯泰的小說《復活》，在扉頁上寫下「生活本身就是悲劇」。接着他又寫道：「生活並不是悲劇。它是一場『搏鬥』。我們生活來做甚麼？或者說我們為甚麼要有這生命？羅曼・羅蘭的回答是『為的是來征服它』。……生活在這世界上，是為了來征服生活。」[5] 誠然如此。巴金的一生，尤其是晚年更是如此。寫作似乎成為了他的武器，是他生命「開花」的方式，更是他和命運搏鬥與征服生活唯一的選擇。巴金在晚年並沒有進入一種頤養天年的狀態，他始終覺得自己肩負着使命感。他也意識到人到暮年會進入到一中回顧的狀態，很多人甚至對歷史與曾經產生了無力的釋懷感。巴金同樣會忍不住回憶曾經：「人到暮年，對生死的看法不像過去那樣明白、敏銳；同親友分別，也不像壯年人那樣痛苦，因為心想：我就要跟上來了。」[6]

一、暮年的生命軌跡與思想轉變

巴金和列夫・托爾斯泰是兩位傑出的文學家，他們的暮年生

5 巴金：〈《激流》總序〉，《巴金論創作》，第 9 頁、第 10 頁。

6 巴金：〈悼念茅盾同志〉，《巴金六十年文選》，第 168 頁。

命軌跡存在一些相似之處與個性化差異。巴金作為中國 20 世紀初最為著名的文學家之一，其生平經歷了中國近現代歷史的巨變，涉足了文學創作、社會活動、政治和教育等多個領域。學者陳思和提出，巴金一生中有三個與信仰相關的重要時間節點：第一階段是「理想型的無政府主義戰士」（1920—1930 年）；第二階段是「一個充滿失敗感的作家」（1930—1935 年）；第三階段是「民間崗位知識分子」（1935—1949 年）。[7] 由此可見，巴金的生涯和作品展示了一個在理想與現實、信仰與社會角色之間不斷尋求平衡的知識分子形象。

托爾斯泰作為 19 世紀末 20 世紀初俄國最重要的文學家之一，出身於貴族家庭，他從小接受貴族家庭教育，其家族譜系可上溯至 16 世紀。他的一生經歷了俄國的農奴制度廢除、克里米亞戰爭、農民起義和俄國革命等重要歷史事件。托爾斯泰在他的生命暮年轉向了宗教和哲學思考，並提出了非暴力與和平主義的觀點。將兩位作家的晚年生命軌跡進行比較，可以發現其異同聚焦於知識分子的立場與信仰追求、寫作與文學活動、家庭生活三個方面。

（一）「知識分子」立場與信仰追求

作為在中國文學界和政治領域具有重要影響的作家，巴金的生平經歷了許多重大歷史事件，包括中國共產黨的早期活動和「文化大革命」的動盪時期。學者陳思和指出，巴金早年曾是一名無政府主義者，但並非「完整的」無政府主義者。導致這一情況的主要原因有二：第一，巴金僅在理論層面上接受了西方的無政府主義，

7　陳思和：〈巴金晚年著述中的信仰初探〉，《南方文壇》2020 年第 1 期，第 10 頁。

但並未與中國實際的無政府主義運動發生太多的聯繫（當時國內環境使然）；第二，巴金在 1940 年代很快轉型為一個作家、一個出版家，在民間崗位上作出了許多貢獻，但是在日常生活的消磨中，巴金逐漸離開早年的信仰所帶來的激情，無政府主義理想就像一個失去的夢，再也尋不回來了。[8] 這表明，巴金與無政府主義信仰之間的關係確實是複雜且微妙的。

巴金早年確實受到了西方無政府主義的影響，但他並未完全融入中國的無政府主義運動。其原因部分在於當時中國的政治和社會環境不利於無政府主義思想的廣泛傳播和實踐，部分則可以歸因於巴金本人更傾向於在文學和文化層面表達他的理念。他的作品，尤其是早期小說，體現了無政府主義的一些核心理念，如個人自由、反抗壓迫和對理想社會的追求。然而，到了 1940 年代，巴金的生活和工作重心發生了顯著轉變。自 1935 年擔任了文化生活出版社總編輯以後，巴金在精神上遠離了理想主義的焦慮。在這個崗位上，他逐漸適應並承擔起更多的文化出版事業的責任，「接近了以魯迅為核心的左翼文壇」，進入了「中國新文學的核心層面」，並在魯迅離世後接過了「新文學傳統的接力棒」，從而完成了「一個無政府主義理想戰士向民間崗位型知識分子的轉型」。[9]

巴金在民間崗位上作出的貢獻更多地體現在文化傳播和知識普及方面。隨着時間的推移，巴金逐漸遠離了年輕時的激情和理想，這在一定程度上反映了理想主義者在現實世界的生活中所面臨的普遍困境。理想和現實的張力，以及在這兩者之間尋求平衡的挑

8 同上註。

9 同上註。

戰，也成為巴金一生的主題。更為重要的是，巴金的生涯反映出一個更廣泛的主題：知識分子在追求理想與適應社會現實之間的掙扎。儘管他在晚年可能沒有繼續秉持年輕時的激進理念，但他的文學創作和文化貢獻依然是對他早年理想的一種傳承和變革。通過他的作品和生活，我們可以看到一個人如何在不同的社會角色和個人信仰之間尋找自我認同和價值實現的過程。在暮年時期，他繼續在文學作品中表達對社會不平等和不公正的關切，其文學作品也常常反映出他的社會關切和政治立場。他通過小說和散文探討社會問題、道德決策和個體與社會之間的關係，強調了社會正義和人權的重要性。

反觀托爾斯泰的創作生涯，不難看到與巴金相似之處。托爾斯泰是一位思想深刻的作家和社會活動家，他的政治立場與和平主義思想深刻影響了他的文學創作和社會參與。首先，他是一位重視道德的和平主義者和社會思想家，其關於靈魂、懺悔、道德自我完善、博愛的哲學思想也被稱為「托爾斯泰主義」，並在其最後一部長篇小說《復活》中展現得淋漓盡致。他關心社會的不平等、不公正和貧困，並主張改革社會體制以實現更大的平等和社會正義，反感沙皇制度和俄國社會的貧富差距。其次，托爾斯泰的和平主義思想體現在他的強調非暴力和和平抵抗的立場上。他認為，使用暴力來解決衝突只會導致更多的苦難和痛苦，而真正的改變應該通過和平手段來實現。其晚年的著作，特別是《天國在你們心中》，是其和平主義和哲學思想的集大成之作，深入探討了非暴力抵抗、基督教原則和個體道德責任等主題。

托爾斯泰在 1880 年後的作品與他早期的創作有着顯著的不同，這種轉變反映了他自身立場和和信仰追求的深刻變化。在他的早期作品如《戰爭與和平》和《安娜・卡列尼娜》中，托爾斯泰展現了對俄國社會、歷史以及個人命運的深刻洞察。這些作品在敘述技巧和文學價值上無疑是傑出的，但它們更多地聚焦於描繪個人的經歷和社會的現實。然而在 1880 年之後，托爾斯泰的作品開始展現出他個人哲學的深刻變化。他的思想開始更加集中於道德和宗教的問題，特別是非暴力、簡樸生活、個人道德完善等方面。在這一時期，他的作品和論述中體現了對現代文明的批判、對國家和社會結構的質疑，甚至是對於科學和文學形式的挑戰。需要注意的是，這種轉變雖然在他後期的作品中表現得最為明顯，但其實在他早期的作品中已有跡象。比如在《戰爭與和平》中，也可看到托爾斯泰對歷史進程、個人的道德選擇和生活的深層意義的探討。儘管托爾斯泰的這些早期作品更加注重敘述和人物塑造，但其背後已經隱含了他對生活意義和個人信念的深刻思考。

由此可見，巴金和托爾斯泰不僅是通過文學作品表達自己的政治立場和信仰追求的傑出文學家，更是具有社會良心和理想情懷的知識分子。他們在不同的歷史語境和時代背景下，堅定地追求社會正義、非暴力與和平，作為「時代的良心」對社會發展產生了深遠影響。

（二）寫作與文學活動

儘管兩位作家在晚年選擇了不同的道路，分別對思辨和宗教領域產生了強烈的興趣和重要的影響，但文學始終是他們與自我和世界對話的重要路徑。儘管巴金在文化大革命期間經歷了政治迫害和諸多磨難，但他堅定地繼續從事文學創作，創作了一系列重要作品，繼續為中國文壇貢獻心力。「文革」結束後，在生活環境和語境逐漸復蘇的同時，陸續有「文革」親歷者們為自己的歷史懺悔。這些學者在強調懺悔的重要性時，幾乎都會提到《隨想錄》，巴金也因《隨想錄》而被譽為「全民族道德與良知楷模」。

雅克・拉康（Jacques Lacan）曾指出，「（人的）主體的慾望是他人的慾望」。[10] 在拉康看來，完整無缺的自我並不存在，只存在屈從於他人的、受到顛覆的、受到壓抑的「奴隸」。「拉康理論中的大寫他者（Autre），指文化的他者，是社會規則的他者，是那個我雖然置身於其中卻不知的語言的他者，……正是時代形成的一種集體無意識。」[11] 當巴金拿起筆，他開始了自己的生命書寫，以及對於所處時代和社會的臨摹。而這支筆從《隨想錄》開始，便是情感流露和自我拯救的通道，是他在茫茫苦海中將心安放之處。傾吐一直是巴金寫作的第一初衷，當他回憶到「有時我走上人云亦云的大道，沒有寫作的渴望，只有寫作的任務觀念，寫出來的大概都是只感動自己不感動別人的『豪言壯語』」[12] 時，是自慚形穢的。自 1979 年到 1993 年，巴金先後多次在自己的文本中對《隨想錄》的性質進行自我定位：

> 一、我把它當作我的遺囑寫（1979 年 2 月 3 日）；
>
> 二、《隨想錄》其實是我自願寫的真實的「思想彙報」（1979 年 8 月 11 日）；
>
> 三、五本《隨想錄》將是我生活中探索的結果（1980 年 4 月 9 日）；

---

10 ［法］拉康著，褚孝泉譯：《拉康選集》（上海三聯書店，2001 年），第 12 頁。

11 李丹丹：〈歷史危機中巴金的主體轉換〉，《文藝爭鳴》2014 年第 9 期，第 121 頁。

12 巴金：〈再談探索 —— 隨想錄三十八〉，《巴金六十年文選》，第 117 頁。

四、我要履行自己的諾言，繼續把《隨想錄》寫下去，……給「十年浩劫」作一個總結」(1980年10月26日)；

五、我稱它們為「講真話的書」(1985年10月)；

六、我把這五本《隨想錄》當做我這一生的收支總賬(1986年7月29日)；

七、這五卷書就是用真話建立起來的揭露「文革」的「博物館」吧(1987年6月19日)；

八、五卷本的《隨想錄》，……它是我的「懺悔錄」(1992年9月)；

九、《隨想錄》是我最後的著作，是解釋自己、解剖自己的書(1993年1月5日)。[13]

不難看出，這十幾年中巴金除強調《隨想錄》對歷史的揭露與反思之外，更多的是自己內心及思想的剖析。它是巴金在思想解放運動背景下對於自我的深刻反思，更是個人自省精神與時代共鳴的綜合產物。他不斷地重複「我」和「自己」的說法，以個人化的剖析將社會問題帶入歷史，與此同時，也回歸到了五四新文化最精髓理念。在艱難時期，巴金展現了堅強和正直的一面。他沒有選擇圓滑妥協、追求利益或走捷徑。相反，正是在這些困難時刻，他的人格特質更加明顯地展現出來，成為他生命歷程中的亮點。他的這些品質在他的文學作品和公共生活中均有所體現，贏得了後世的尊敬和欽佩。

巴金持續關注着社會和倫理問題，例如《寒夜》和自傳體小說

13 羅四鴒：〈巴金的散文觀和《隨想錄》史書意識〉，陳思和、李存光主編：《一雙美麗的眼睛——巴金研究集刊卷三》，第262頁

《家》系列等。他通過文學作品探討了社會不平等、道德責任和個體與社會之間的關係，強調了社會正義和人權的重要性。此外，巴金的文學貢獻在其晚年依然受到文學界的高度認可。他的作品成為中國現代文學傳統中的一座高峯，其生命力不僅局限於中國，還在國際文學界獲得了讚譽。可以說，巴金是一位堅韌不拔的文學家，他在困難的政治時期依舊筆耕不輟，堅持文學創作，通過作品繼續探討社會現實和倫理問題，為中國文學傳統和社會思想留下了重要的遺產。

托爾斯泰在晚年也經歷了重要的精神轉折，他放棄了自己摯愛的文學創作和文學理論思考，將關注的重點轉向了宗教、道德以及哲學領域。儘管他是一位傑出的文學家，但他放棄了創作小說和散文的活動，並遺憾地認為這些作品無法解決人類最根本的問題。同時，他轉向了對宗教和哲學的深入研究，尋求關於生命的真正意義和道德價值觀的答案。他沉迷於基督教信仰、宗教經典和哲學文獻的遼闊書海中，以尋求心靈的平靜和精神的滿足。在晚年階段，托爾斯泰撰寫了一些重要的蘊含其宗教和道德觀念的著作，包括《復活》和《信仰之路》，這些著作呈現了他對基督教信仰和道德哲學的反思與重塑，重申了博愛、非暴力與和平的原則。這些思想對社會產生了深遠的影響，特別是關於非暴力抵抗與和平主義的理念。他強調基督徒應該拒絕使用暴力來解決衝突，而應該通過和平手段來實現社會變革，這些觀點繼續啟發着無數後人，特別是世界範圍內熱愛和平主義理念的人們。

從思想軌跡上來看，在經歷了深刻的人生危機和徹底的精神悲觀後，托爾斯泰在思想層面迎來了一次重生。他在這個轉折點上重新尋找到了宗教信仰，這種轉變被形象地描述為「二度降生」，標誌着他人生觀念和生活方式的根本改變。在這一過程中，托爾斯泰深刻懺悔了自己的過往罪孽，並發展出了一種包容和憐憫所有人的愛的理念。而這種對無條件愛的強調，即將「愛」視為人類得救和社會和諧的根本良方的觀念，構成了「托爾斯泰主義」的核心。該一思想逐漸顯現出了烏托邦的色彩，並設想建構出了一個基於愛和非暴力原則的理想社會狀態。托爾斯泰的這一理想並未局限於個人道德的層面，還擴展到了社會和政治結構的改革，勾勒出他描繪人類理想社會的觀念圖景。

由此可見，巴金和托爾斯泰在暮年的生活和文學創作中展現出了不同的方向，但他們都對文學和社會思想產生了深遠的影響，並於今日依然激發着人們對倫理、道德和社會正義的思考。日本學者阪井洋史曾提出：「一個敍述者面對現實而把它用文字來書寫出來，這時候凸現出來的敍述者的主體性問題、他的真實和虛構、文本和現實的關係（變形、歪曲 / 再現、表現等等）、聲音和文字的關係、文本的體裁（形式）和內容的關係」與「文學的現代性密切聯繫着」。[14] 通過強調上述內容與文學的現代性之間的聯繫，阪井洋史明確了文學作品如何反映和回應了其創作時代的文化、社會和思想背景的關鍵元素。這也進一步表明，文學的現代性不僅體現在技術和形式上的創新，還體現在其對於時代精神的捕捉和對人類經驗的深刻理解上。巴金與托爾斯泰兩位思想家，正是如此。

（三）家庭生活

兩位作家的家庭生活有着顯著的差異，這些差異也影響了他們

14 ［日］阪井洋史：〈巴金研究的幾個問題〉，《巴金論集》，第 230 頁。

晚年的生活方式和思想發展。托爾斯泰的家庭問題和他離開家庭走向簡樸生活的決定，是其晚年生活與思想觀念的顯著特徵；而巴金與妻子蕭珊於 1972 年的天人永隔，則使巴金沉浸於對二人幸福婚姻的懷念以及晚年的孤獨中，將妻子的骨灰放在臥室以寄託緬懷之情，並寫下了《懷念蕭珊》《再憶蕭珊》。

對於巴金而言，家庭曾是溫暖的避風港，妻子蕭珊一直是巴金的精神支柱。他與妻子的婚姻非常幸福和穩定，並在一起生活多年，確立了深厚的感情和互相支持的關係。巴金曾坦言：「這個時期我很可能走上自殺的路，但是我的妻子蕭珊在我的身邊，她的感情牽繫着我的心，而且我也不甘心就這樣『自行消亡』」。[15] 甚至可以說，若無蕭珊在側，巴金未必能熬過去「文革」十年。「這十一年中間我給毀掉了不少文稿、信件之類的東西。家裏卻多了一個骨灰盒，那是我愛人的骨灰。在『四害』橫行、度日如年的日子裏她給過我多少安慰和鼓勵。但是她終於來不及看見我走出『牛棚』就永閉了眼睛。」[16]

在巴金看來，蕭珊的過世是由於腸癌治療被拖延而導致的全身衰竭。癌症當然是致命且可怕的，但這其中的曲折與致命因素，巴金最清楚不過。巴金友人王西彥在紀念魏金枝的文章裏曾有過當病人被送到醫院急診室的描述。本來醫生看到是個氣喘吁吁的老人，態度尚可，然而待到機關去了人，知道病人的政治角色是個「靠邊的」，馬上態度就不同了。

15　巴金：〈文學生活五十年 —— 一九八〇年四月四日在日本東京朝日講堂演唱會的講話〉，《巴金論創作》，第 14 頁。

16　巴金：〈《巴金選集》後記〉，《巴金論創作》，第 146 頁。

> 蕭珊患腸癌在上海某醫院「動手術」，她一個人住院治病，卻需要動員全家的人輪流看護、照顧，晚上也得有人通宵值班。蕭珊病情惡化，我們要求醫院代請一位較有經驗的護理人員，醫院也毫無辦法。看來一個人生重病就可能拖垮一家。對「四人幫」之類搞的那種讓病人（或者及其家屬）自力更生的辦法，即使在當時我也想不通。我守在蕭珊的病榻旁邊，等待她需要我做甚麼事的時候，我幾次想起了一九四四年在貴陽醫院裏的一段經歷。
>
> ……今天是蕭珊逝世後六年零八個多月，想到她在上海醫院中那一段經歷，我仍然感到心痛。[17]

這大抵是蕭珊「全身衰竭」的最主要原因——病情被忽略，救治不及時。當時的情況大都如此。巴金和家人一直覺得蕭珊蒙在鼓裏，蕭珊是多麼冰雪聰明的人啊，她又怎麼會不了解自己的身體狀況，一天沒有解決問題，一天就依然被判了死刑。在沒有希望的情況下，甚麼樣的病，最終的結果都是以失敗而告終的。巴金在 1979 年 4 月 17 日的答法國《世界報》記者問時曾說「我的妻子才是這種種迫害的犧牲者，她因為缺乏適當的治療而死於癌症，只因為我戴上了『反革命』的帽子」。[18]

蕭珊在生命的最後階段經歷了甚麼，雖然在那十年中並無詳細記載，但於《隨想錄》巴金痛徹心扉的思緒中，卻可釐清些許蛛絲馬跡。李小林在《家書》的後記中做出如此描述：「我至今記得，

17 巴金：〈關於《第四病室》〉，《巴金論創作》，第 350 頁。

18 巴金：〈巴金答法國《世界報》記者問〉，《巴金論創作》，第 683 頁。

母親說這番話時由於激憤而變調的聲音，以及受到傷害後臉上流露出的那種痛苦和無奈」;「母親常常瞪着失神的眼睛，望着天花板，一呆就是好幾個小時」。[19] 失神地望着天花板，這是怎樣的一種絕望？曾有青年在「文革」期間看到她當年的樣子：「一位婦女出來了。她似乎身體不好，走得很慢，一級一級地跨下石台階，朝大門走來。」[20] 巴金於 1972 年致蕭珊友人柴梅塵、周明鎮的書信中，冷靜簡約地敍述了蕭珊去世的前後：「蘊珍患腸癌，已於八月十三日逝世。她常常想念你們，可是終於來不及見到你們的信，也來不及知道你們的近況。她病倒不過三個月，進醫院也只有二十天，自己並不知道患癌症，臨死也無大痛苦，像是睡覺一樣。」[21]

蕭珊離世後，巴金一邊痛苦地懷念着妻子和友人，另一邊也敲打着靈魂不斷拷問自我。在痛苦的懷念過程中，巴金幾度將「清醒」思考和「悲劇的死亡」聯繫到一起，他想到了葉以羣、老舍、傅雷……人性的泯滅，對生命的蔑視，還僅限於知道死因的死者們身上。「金仲華孤寂地吊死在書房裏，住在樓下的八旬老母只聽見凳子倒下的響聲。陳同生據說伏在煤氣灶上死去，因此斷定他『自盡身亡』。可是他在隔離審查期間怎麼能去開煤氣灶？而且他死前不久還寫信告訴熟人說明自己絕不自殺。……我也害怕重提叫人心痛腸斷的往事。但是二十年來一直沒弄清楚的那些疑問，我總得為它們找到一兩個解答。否則要是我在泉下遇見蕭珊，我用甚麼話去安慰她？！」[22]

---

19 李小林：〈一份遲到的禮物 —— 獻給母親的在天之靈〉，李存光編：《世紀良知 —— 巴金》，第 282 頁、284 頁。

20 矯健：〈到巴金花園去〉，李存光編：《世紀良知 —— 巴金》，第 435 頁。

21 巴金：〈致柴梅塵、周明鎮〉，《佚簡新編》，第 107 頁。

22 巴金：〈二十年前 —— 隨想錄一四六〉，《巴金六十年文選》，第 416 頁。

巴金的晚年陷入巨大的孤獨，也體現在他在家庭親子關係的孤立中。他在談及外孫女小端端的文章中說道：「我摔傷後從醫院回家，生活不能自理，我和孩子的兩張牀放在一個房間裏，每天清早她六點起身後就過來給我穿好襪子，輕輕地說聲『再見』，然後一個人走下樓去。……她不會想到每天早晨那一聲『再見』讓我的心感到多麼暖和。」[23] 這段描述揭示了巴金晚年的生活狀態，也展現了他對家庭溫暖的嚮往和依賴。這樣的情感體驗，對於一個經歷了多次社會變革和個人挑戰的文學家來說，彌足珍貴。

反觀托爾斯泰，其家庭生活較為複雜，晚年的他與妻子索尼婭之間存在着許多矛盾和爭執，這些矛盾主要源於他的宗教和哲學信仰，以及他試圖放棄財產和權力的決定。正如《托爾斯泰次子回憶錄》中所述，索尼婭對托爾斯泰的奉獻是深刻而全面的。她的青春、激情、溫柔和非凡的自我犧牲精神，都被毫無保留地投入到這段關係中。托爾斯泰在培養她時，按照自己的方式向她灌輸了他認為正確的觀念。這種「馴養式」的愛情，雖然在初期可能帶來了某種穩定性，但最終也成為了他們關係破裂的真正誘因之一。

> 父親用柔軟優質的黏土捏造了一個十八歲的索尼婭・別爾斯，他想讓她有甚麼她就有甚麼；她為他付出了全部，並一生為他而活。現在她發現他非常痛苦，他很痛苦，開始離她越來越遠了；那些他們曾經共同感興趣的事情，他現在也不感興趣了，並開始指責它們，並開始認為跟她共同生活是一種負擔。最終，他開始用分手和最終的決裂威脅她，然而當時母親

23 巴金：〈再說端端〉，《巴金六十年文選》，第 359 頁。

> 卻守護着一個龐大而複雜的家庭，從襁褓中的嬰兒到十七歲的塔妮婭和十八歲的謝廖沙。[24]

然而，這樣的婚姻模式，在托爾斯泰晚年的思想轉變中顯得格格不入。當托爾斯泰開始追求更加簡樸和精神化的生活時，他們之間的差異變得更加明顯。索尼婭的犧牲和奉獻並沒有得到相應的回應，這最終導致了兩人之間的疏遠。一方面，在思想精神層面，托爾斯泰的宗教觀點和對簡樸生活的追求導致了與家庭成員之間的衝突，特別是與妻子之間的爭執。另一方面，在物質生活層面，托爾斯泰試圖過一種簡樸的生活，他放棄了財產和權力，並獨自前往鄉村。而他的這一決定引發了家庭內部的緊張和矛盾，因為他的家人對這種生活方式持不同意見。最終，托爾斯泰離開家庭過上了簡樸和虔誠的獨居生活，並與他的家人分離了很長一段時間。托爾斯泰一生簡樸，他長居的雅斯納亞・波良納莊園樸素得令人吃驚。「這裏一點兒奢華也看不到，傢具相當簡陋，全都是很笨重的，餐桌上擺着普普通通的刀叉。」[25]

總體而言，巴金和托爾斯泰在暮年都面臨了政治、宗教和家庭方面的挑戰，但他們的人生選擇和生活方式卻有很大的不同。巴金堅守了自己的信念繼續寫作，而托爾斯泰則放棄了文學轉而尋求宗教和哲學的啟示。可以確認的是，兩位文學家都在他們各自國家的文學史上留下了不可磨滅的印記。

24　[俄]伊・托爾斯泰著，梁小楠譯：《托爾斯泰次子回憶錄》，第148頁。

25　[俄]塔・庫斯明斯卡婭著，辛守魁、董玲譯：《托爾斯泰妻妹回憶錄》（北京大學出版社，2016年），第193頁。

二、托翁的精神危機與離家出走

托爾斯泰的精神危機始於 19 世紀 70 年代末。在幸福的知識分子貴族家庭莊園無憂無慮地生活了幾十年之後，他逐漸倍感深陷「被動的沼澤」。那些他曾經熱衷的愛好，普通民眾看來無法想像的富足的物質生活，都不再能激起他對生活的興趣，反而成為思想的絆腳石之一。他倍感自己享受的生活是「可恥的奢侈生活」，尤其是在「周圍都是一片赤貧」的情況下，更讓他的心靈備受折磨。他開始變得「憂鬱、寡歡、垂頭喪氣、無精打采，無所事事地成天坐在那裏，往往一連幾周都是如此」[26]。更甚的是，托爾斯泰的宗教信仰追求也讓他陷入困惑，彷彿感受到的只有空虛、逐漸衰老、痛苦和死亡。對於信奉了大半輩子的東正教感到失望後，托爾斯泰進入了一種極度焦慮不安又痛苦不堪的自我摧毀時期。他從一家之主變成了無情的說教者——這是來自其家庭成員的最直接、最痛苦的感受。

他屢次重申的新信仰被家人視為是歇斯底里的胡鬧。在精神探索方面，他始終是孤單的。他在半夜難受得久久不能入睡，與夫人談到早上五點，一味想要放棄自己的私有財產和權利，想把這一切都交出，任憑政府處置。另一方面又想僅憑着一己之力設濟民食堂，接待災民來吃飯，要求家裏提供財力的資助。他的追隨者來自於五湖四海，由於種種原因誤入生活歧途，或貧困潦倒，或身弱病殘。他們紛紛來投奔托爾斯泰，聲稱信仰着他的學說。托翁細數着那些追隨者們的信件，把索尼婭做手工換取的盧布去買土豆和甜

26 ［俄］索尼婭・托爾斯泰婭著，張會森等譯：《托爾斯泰夫人日記上卷（1862—1900）》（中國社會科學出版社，1983 年），第 65 頁。

菜。[27] 托爾斯泰夫人索尼婭雖然表示對托爾斯泰提出的那些道德標準深表理解，卻不認為這些理論有在生活中實施的可能性。她也不贊成丈夫救助一切窮苦追隨者的理念，不同意他對俄國整個社會體制的否定，不支持他對私有財產、社會不平等現象的批判，他們出現了「不和」與「疏遠」。

經由一本《托爾斯泰晚年日記》，不難知道托翁晚年的生活極度痛苦，他個人將痛苦歸咎於與太太的不和諧。但這場親密關係裂變卻是有待觀察的，且需秉持辯證態度去看待。若橫向閱讀托翁晚年祕書布爾加科夫的日記、托爾斯泰本人日記、書信、索尼婭日記、回憶錄及同時代人的回憶錄等文本，托翁晚年狀態及家庭生活情況就會變得立體且複雜起來。不可僅僅用夫妻關係破裂或追隨者切爾特科夫的干涉，去理解這一長達數年的精神悲劇。在這個可怕的循環中沒有人是冷靜且理性的，索尼婭也是一樣，她在日記的後期將托爾斯泰的出走寫得膚淺且片面，並沒有將整件事情完全和真實的內容展現出來。[28] 布爾加科夫的日記中肯地講述這個悲劇的一些來龍去脈，在這早有苗頭、人事關係盤根錯節的時間中，托爾斯泰及其夫人的晚年一早就籠罩着層層陰霾，以至於後來「絕望的爆發」，使得「烈火般的風暴在臨終時驟然旋起」，結果「把他從家中拋到了亡命的路上」。[29]

凡此種種都讓托爾斯泰感到無比的痛苦，一方面自己存在於

27　同上註，第 208—212 頁。

28　[俄]C·A· 羅扎諾娃：〈崇高的使命〉，[俄] 索菲亞・托爾斯泰婭著、張會森等譯：《托爾斯泰夫人日記上卷（1862—1900）》，第 25 頁。

29　[俄] 瓦・費・布爾加科夫著，陳伉譯：《垂暮之年：托爾斯泰晚年生活紀事》（遠方出版社，2014 年），第 22 頁。

這現實的世界中，一方面卻痛恨着自己擁有的財富甚至存在本身。他把自己的思想訴諸於文字中，著書立說，但他的那些單純的構想卻不能夠付諸實施，他逐漸感到自己洪流中的的獨行者，不幸且孤單。倔強又任性的托爾斯泰在晚年後期甚將大量的時間與精力投入到體力勞動，他企圖用親身「體驗勞作」的方式來感受貧苦大眾，以此為內疚的心靈贖罪。但在體力勞作這件事情上，他大部分時間是孤立無援的，家裏大多數人不但不支持他，還將其的行為視之為怪異，覺得他把寶貴的精力浪費在繁重而無味的農活上。「不只是托爾斯泰夫人不理解，為甚麼這位天才小說家要去耕地，砌爐子，縫靴子——連托爾斯泰同時代的許多大人物都對此不理解。」[30] 唯有後來去世的女兒瑪莎能體會到他的孤獨，但很快女兒瑪莎也離世了。

布爾加科夫的日記中，曾這樣形容托爾斯泰晚年的孤獨狀態：「他的朋友和追隨者毫不憐憫地把他拖到鬥爭中去，唐突、粗魯地干預他的生活，把內訌、盲目固執、庸俗的原則性、無聊的屈辱和許多別的與托爾斯泰本人毫不相干的事情帶進他的生活中。」[31] 這種騎虎難下的感覺始終咄咄逼人地磨蝕着托爾斯泰的靈魂深處，這和一般老人到了晚年在精神上的空虛與無望又決然不同。類似地，俄羅斯作家果戈里的晚年，同樣有着如同托爾斯泰一般的絕望和失望。

「出走」意味着他與那個「被瘋狂包圍」的世界徹底決裂——那個他認為充滿謊言，以廣大民眾的痛苦和赤貧為基礎的世界。這

30 [俄]C•A•羅扎諾娃：〈崇高的使命〉，[俄]索菲亞・托爾斯泰婭著，張會森等譯：《托爾斯泰夫人日記上卷（1862—1900）》，第21頁。

31 [俄]瓦・費・布爾加科夫著，陳伉譯：《垂暮之年：托爾斯泰晚年生活紀事》，第28頁。

其中當然也包括逐漸成為他「心靈的枷鎖」的家庭和上流社會窮奢極侈的生活方式。托翁的晚年始終無法擺脫面對飢餓、勞苦、愚昧蠢鈍的農民而產生的痛心和自我恥辱感。在他自我矛盾的煎熬中，來自基輔大學學生鮑里斯・曼卓斯的一封呼籲他走出雅斯納雅・波良納的長信更加為托翁離家的念頭煽風點火起來——那位學生義正言辭地讓他放棄伯爵地位，把財產分給自己的親人和窮人。

這充滿熱血又毫無理智的倡導讓托翁更加陷入痛苦與煎熬。但這種痛苦當然是無解的，他一日還在固定模式的生活之中，一日就無法避免精神上的內疚與煎熬。托爾斯泰又何嘗不知道，離家出走絕不是解決問題的出路，而是一種逃避生活無解的無奈選擇。拋開一代文豪、思想家的光環，抹去生活中細枝末節的干擾，托翁選擇了一種看似勇敢卻實屬軟弱的方式，嘗試去消解自己靈魂的痛苦危機。

整體來說，托翁晚年的這一場信仰危機及最後引致的悲劇結果並不完全是「悲情萬分」的，他從思慮狂瀾地掙扎抗衡到選擇無作為地「不抵抗」，與他逐漸衰竭的身體與意識是成正比的。與此同時，托爾斯泰其實也深知這些都是一場空吆喝，他並無從真正地解決問題，雖然這些思想在他生命的最後幾年頻繁地出現波動，但是最終都是不了了之。

三、巴金晚年的抗衡與衝破

與托翁相比，巴金晚年的整體精神狀態與他當時所處的時代語境、身體狀況呈現出非常強烈的對比：越是衰竭他越是抗衡，越是限制他越是衝破！

十年浩劫後，巴金逐漸恢復人身自由和社會活動，他逐漸與一些友人恢復聯絡，他像拾起秋日落葉般一片片地重拾回憶。他越是細數越是一身冷汗，他越是思量越倍感精神淩遲。「巴金晚年長期患病，嚴重影響他的生活和工作，在病魔的折磨下，心緒也很煩躁，常常有種無力感，還有一種渴望理解和實際上得不到理解的深深孤獨」。[32] 不單單是孤獨，巴金其實不願或不甘於被視作病人。在醫院，無論被呵護得多麼細緻入微，人始終是躺在病牀上的。這時候巴金的狀態和所有老年人一樣，他覺得「老」是一件「沒意思」的事情，他不願意被當成病人。

晚年的封閉和寂寞往往是一個被忽略的狀態，無論是巴金還是托爾斯泰，在外界看來，他們時刻備受矚目，是社會的聚焦點，並不存在「孤寂」的問題。然而正是因為經歷如此多的風雨，他們的靈魂深處仍存有巨浪狂潮。「他晚年頻頻使用『煎熬』這個詞來表明自己的行徑，我們可以想像到他的靈魂所經受的磨難，也能夠感受到靈魂自我搏鬥的激烈程度。所以，在今天我們與其稱他為『大師』『泰斗』，還不如說他是一個孤獨痛苦的老人。」[33] 晚年的孤獨伴隨着一個個友人的逝去，變得越演越烈。一九九六年，收到曹禺去世的消息時，在巴金身邊的照顧者陸正偉這樣描述：

> 他對這突如其來的消息久久地一言不發，默默地注視着窗外，此時他的思緒也隨着視線早已飛到了一個很遠的地方，停了很久，只見巴老長長地歎了一聲，屋內再也沒有發出任何

32 周立民：《巴金書信中的歷史枝葉》(雲南人民出版社，2021 年)，第 483 頁。
33 周立民：《巴金的似水流年》(中國書籍出版社，2015 年)，第 1 頁。

的響聲。……已有很長時間沒有動筆的巴老，當他握住筆，面對已攤開了的稿紙時，淚水已從他的眼角緩緩流下，筆已抖得無法控制。[34]

與此同時，晚年的巴金經歷着另外一種類型的社會干擾。「公事纏身」帶來的繁雜紛擾，似乎成為了他恢復話語權之後最大的精神壓力來源。於 1977 年底開始，他與友人的書信中就開始不停地提及「開會」「忙碌」「活動多」「無法寫作」的問題。姜德明於 1978 年 3 月 15 日的日記中記載：「我發現他眼裏帶着血絲，他回答：『這幾天眼睛有點充血，不要緊，快好了。』顯然這是由於連續開會和不斷地接待朋友累的。」[35]1981 年左右，巴金有段時間決定不參加一切會議、活動，包括上海作協的大會，為此友人黃裳深表同意。「1981 年 6 月，巴老差兩年即八十週歲了。……這年年底日記的最後一行寫下：『疲勞，希望得到休息』這幾個字真是意味深長，令人同情。」[36]

儘管巴金曾在文化界擔任一些重要職務，但他的主要興趣依然集中在文學創作和思考社會倫理、道德和正義等問題上，而不是追逐政治權力或地位。這種不涉足官場的態度與他的文學作品中表現出的對社會問題和人類道德的關注，是互為表裏、一脈相承的。通過將更多的精力投入到文學和文化領域，他選擇以文字來激發公眾的思考，而不是通過政治途徑來改變社會。隨着巴金每一年的身體每況愈下，情況卻並沒有好轉。在《隨想錄》裏，他一再表示：

34　陸正偉：〈真情 —— 巴金與曹禺〉，《永遠的巴金》，第 78 頁。

35　姜德明：《與巴金閒談》，第 2 頁。

36　同上註，第 96 頁。

> 我不能按照自己的計划寫作，我不能安安靜靜地看書，我得為各種人的各種計划服務，我得會見各種人，回答各種問題。我不能做自己想做的事，卻不得不做自己不願意做的事。我說不要當「社會名流」，我只想做一個普通作家。[37]

像巴金這樣的文化名人，在晚年往往受到更多的關注和照顧，這是社會各界對其文學生涯和貢獻的一種尊重和感激的表達。然而，這種「聚光燈」效應也伴隨着一些人事層面的困擾，尤其是在他們的身體狀況較差、需要休養和平靜時。趙麗宏曾寫過巴金九十五歲的生日會場景，「全國各地很多人提着花籃湧到醫院裏為他慶賀，記者們用照相機和攝像機對準他，燈光灼眼，熱浪逼人。我很難忘記巴老當時疲憊不安的表情。對一位養病的老人來說，我覺得這真是一件糟糕的事情」。[38]

第二節 創作思想、疾病觀念與生命態度

在疾病書寫方面，巴金和托爾斯泰都對自身的身體狀況予以特別關注。他們的書寫體現了對醫療體系和傳統醫學的批判性反思，也印證並強調了身體和精神健康之間的互動關係。與此同時，他們的書寫也勾勒了其在疾病中尋求精神支持和道德反思的過程，以及

---

37 巴金：《病中集：隨想錄第四集》，第 3—4 頁。

38 趙麗宏：〈巴金的春天〉，陳思和、周立民編：《解讀巴金》，第 162 頁。

關於生命、時間、道德等核心觀念的探索。這些觀念為他們的文字思想提供了更為廣闊的時空舞台，也使讀者更易於從字裏行間之中體悟他們的哲學理念和人生態度。

一、整體創作思想觀念的異同

巴金和托爾斯泰兩位作家的文學作品都以其複雜的人物塑造、深刻的情感描寫以及精緻的敍述風格而著稱。在整體寫作風格上，他們的作品深刻地反映了人類的內心世界和複雜的人際關係。在寫作觀念層面，巴金和托爾斯泰擁有三個顯著的共性，即社會關注與社會意識、道德和倫理觀念、非暴力與和平主義。

（一）社會關注與社會意識

巴金和托爾斯泰兩位作家都關注社會問題和人類道德，他們的作品經常涉及社會不平等、道德困境和人性的探討，並進一步通過文學作品表達了對社會公平和正義的渴望。

作為中國現代文學的傑出代表之一，巴金的作品凝結着知識分子對於社會問題的現實關懷，特別是在中國 20 世紀初經歷的政治和社會動盪時期。例如，他的小說「激流三部曲」系列反映了中國社會不平等、封建道德觀念和家庭關係的變革。通過一系列的小說，他表達了對社會公平和正義的渴望，呼籲改革和革命。一方面，巴金的作品強調了個人與社會、家庭與國家之間的緊密聯繫，以及道德和倫理觀念在個體和社會中的作用。在巴金的作品中，家庭常常被視為國家和社會的縮影。他關注家庭內部的關係和價值觀，同時也論述了家庭如何在國家和社會的大背景下發揮作用。這種關注家庭與國家之間關係的方式，反映了他對中國社會變革的關切，同時也強調了個人和「小家」在國家建設中的作用。另一方面，巴金的作品中經常探討道德和倫理觀念對個體和社會的影響。他強調正直、誠實和道德責任的重要性，同時也思索着社會中的道德困境和挑戰。通過筆端流淌的文字，巴金試圖喚起讀者對道德、倫理以及人性觀念的追問。

作為 19 世紀俄國文學的偉大代表，托爾斯泰的作品反映了沙皇俄國末期的社會和道德問題。首先，托爾斯泰的作品深入探討了人類道德和家庭倫理的問題。他的小說《戰爭與和平》和《安娜・卡列尼娜》反映了個人的道德選擇如何影響家庭和社會關係，將個體的道德行為如何對社會產生影響進行了復原和呈現。其次，托爾斯泰的作品經常涉及社會貧富差距和封建主義的問題。他屢次對俄國社會的不平等現象和貴族特權進行深刻的揭示和批判。他的作品反映了貧困農民和工人與社會精英之間的衝突和不公。其三，托爾斯泰並不僅僅在文學領域表達他的社會關懷，他還積極參與社會活動，關注農民和工人的境遇。他試圖通過社會改革來改善貧困人民的生活，特別是在他的莊園中實行的農村改革實驗中。其四，托爾斯泰提出了社會主義和非暴力的理念，這些理念在他的文學作品和社會活動中都有所體現。他主張社會資源的共享和對窮人的關懷，同時將非暴力視為推動社會變革的有效路徑。

整體而言，巴金和托爾斯泰的作品反映了他們對社會不公、人性問題和道德挑戰的深度關切。他們通過文學作品表達了對社會公平、正義和改革的渴望，強調了道德和倫理觀念在塑造個人和社會行為中的重要作用。

（二）道德和倫理觀念

巴金和托爾斯泰兩位作家都對道德和倫理價值觀有着深刻的思考，他們的作品始終關照着個人的責任、家庭的重要性以及道德決策對生活的影響。巴金的作品一向關注道德價值觀在個人和社會生活中的重要性。首先，巴金的文學作品常常圍繞家庭關係展開，以家庭成員之間的倫理和道德問題為焦點。他通過自傳體小說「激流三部曲」系列，生動地描繪了家庭中的喜怒哀樂、責任和矛盾。其次，他密切注視着家庭成員之間的互動，以及道德選擇如何影響家庭的命運。巴金強調個體的道德責任感，特別是對親人和社會的責任，因此他樂於通過不同人物的故事展現道德決策如何塑造個體的命運。每個人都應該對自己的行為負責，並為自己的選擇承擔後果。其三，巴金的作品也呈現了中國社會的倫理和道德變革，特別是在 20 世紀初的社會動盪時期。

托爾斯泰更是以深切的道德思考而著稱。首先，托爾斯泰認為個體的道德選擇對於生活的方向至關重要。他強調每個人都有道德責任來選擇正確的道路，並認為這些個體的道德決策將影響他們自己以及他們所處的社會。其次，托爾斯泰的小說如《戰爭與和平》和《安娜・卡列尼娜》探討了倫理決策和家庭關係之間的衝突。他通過複雜的角色和情節，展示了倫理決策如何塑造人物的命運以及如何影響家庭的命運。其三，托爾斯泰的哲學觀點中，強調個人的道德責任和對窮人和弱者的關懷與同理。他認為基督教的核心是「愛」與「關懷」，重申個人應該在社會中關心那些需要幫助的人。與此同時，他試圖通過弘揚非暴力和社會主義理念來實現這些道德價值觀的體現。托爾斯泰倡導一種社會主義的理念，強調財富的平等分配和社會正義。他認為私有財產和不平等是社會問題的根源，並主張建立一個更加公正和平等的社會。他的社會主義觀點與他的道德原則相一致，認為社會應該更關心弱者的需求。

總體來說，巴金和托爾斯泰都通過文學作品探討了道德和倫理價值觀的重要性。通過細緻描繪人物在道德抉擇中的複雜心理，他們的作品顯現出對於人性的現實關照和深刻洞察，使作品本身帶有一種「社會實驗」的意味，從而為後世提供了關於現代社會中生活、道德和倫理的重要參考材料。

（三）非暴力與和平主義

托爾斯泰以其非暴力與和平主義的思想而著稱，而巴金也在一定程度上受到了這些思想的浸潤影響。兩位作家都反對戰爭和暴力，並主張通過和平手段解決衝突。托爾斯泰是非暴力與和平主義的堅定支持者。一方面，他強烈反對戰爭和暴力，呼籲基督徒應該拒絕使用暴力來解決衝突，並以和平手段來實現社會變革；另一方面，他的作品和思想在推動和平主義和非暴力原則方面產生了深遠的影響，不僅限於俄國，也在國際舞台上引起了廣泛的關注。例如，印度的聖雄甘地將托爾斯泰的非暴力原則應用到印度獨立運動中，這一事實顯示出托爾斯泰的影響力已經超越了國界，對世界範圍內的和平運動和社會變革產生了積極影響。其和平主義和非暴力思想在 20 世紀的社會運動和國際政治中扮演了重要角色，繼續影響着許多人的倫理和道德觀念。

巴金是一位早期的無政府主義者，但其政治思想也包含了一些托爾斯泰式的非暴力和構建理想社會的理念。首先，巴金強調個體的道德責任，反對使用暴力來解決衝突，並主張理想化的社會應當更加公平。這些觀點與托爾斯泰的和平主義和社會關懷觀點相一致。其次，巴金的文學作品帶有鮮明的和平主義的基調。他通過小說和故事探討了戰爭、家庭關係和社會變革的主題，以強調和平、道德和社會正義的重要價值。其三，巴金的文學作品也反映了他對社會變革和道德決策的關注。他通過角色和情節刻畫了不同人物在面對倫理困境時的選擇，強調了道德決策如何影響個體和社會的命運。進一步地，其作品呈現了和平、道德和社會正義的重要性，也反射出中國社會在 20 世紀初的社會風雲和思想變革。

由此可見，托爾斯泰和巴金都是和平主義的倡導者，他們共同反對戰爭和暴力，主張通過和平手段化解一切社會衝突，呼喚道德與正義的時代的到來。儘管這一觀念帶有強烈的理想主義的色彩，似乎是人類永遠無法抵達的「烏托邦」，但其蘊藏的對於真善美、和平與大愛的不懈追求，依然在經過歲月的洗禮後歷久彌新，震人心魂。

二、疾病書寫中的身心健康互動

在疾病書寫方面，兩位作家的創作都映射出其對身體和心靈的高度關注，以及他們在疾病中尋求精神支持和道德反思的過程。例如，巴金在自傳體小說《第四病室》中詳細記錄了自己的疾病經歷。他圍繞自己的健康狀況，尤其是疾病帶來的身心變化，進行了坦誠和細緻的描述。他悉心描寫了一個患者在一個空氣污濁的三等醫院中度過的日子，以及他與醫生和病友之間的互動，而這些描寫可說是當時中國社會的縮影，也同時傳達了巴金對醫療體系和疾病治療的觀察和思考，對人間情懷和人道主義的呼喚。

與之類似地，托爾斯泰在他的日記和信件中記錄了他的健康問題，尤其是晚年的身體疾病。他在日記中詳細記敘了頭痛、心臟問題等健康方面的困擾。值得注意的是，托爾斯泰的健康問題與他的精神探索和道德考量相互交織。他認為身體健康和精神健康之間存在密切聯繫，並嘗試通過改變生活方式來改善自己的整體健康狀況。整體上來說，兩位作家疾病書寫的異同主要體現在以下三個方面：一是對於疾病觀念及其社會意義的理解，二是身心健康的互動關係，三是關於精神支持與醫學哲學思考。

（一）對於疾病觀念及其社會意義的理解

巴金和托爾斯泰的疾病書寫都強調病人與社會間的互動關係，故而真實反映了他們對當時疾病觀念的理解與反思。在托爾斯泰看來，許多疾病的根源在於不道德的生活方式和社會結構，而非單純的生物或生理因素，這也影響了他對所處時代的醫學實踐以及人與自然關係的態度。他相信，惟有通過道德的自我完善和簡樸的生活方式，人們可方能達到更高的身心健康狀態，而這一觀點在當時被認為過於激進而引發了廣泛的爭議。以《伊凡・伊里奇之死》為例，這部作品通過主人公伊凡的生活和死亡過程，深刻揭示了現代都市生活的虛偽和人性的異化。在這部作品中，伊凡・伊里奇是一個高級法官，他的一生看似成功和光鮮，但實際上充滿了虛偽和孤獨。他的病痛不僅是身體上的折磨，更是精神上的煎熬。他逐漸意識到自己的生活是多麼的空洞和無意義。他的家庭關係、社會地位，以及他為之努力的一切，在疾病面前顯得微不足道。伊凡的妻子和女兒對他的病痛漠不關心，只關注自己的社交活動；他的同事則在等待他的位置空出來；即便是醫生，也只是例行公事般地對待他，並慫恿他逃避疾病本身。

與都市人的虛偽形成鮮明對比的，是小說中唯一的鄉村人物蓋拉西姆。在伊凡・伊里奇在生命的最後階段，周圍的人都在用虛假的安慰和假象來對待他，只有蓋拉西姆給予了他真誠的關懷和陪伴，以純樸的真誠之心溫暖了他。蓋拉西姆的行為展現了人與人之間的純粹關懷和溫暖，與伊凡生活中的虛偽和假象形成了鮮明的對比。通過蓋拉西姆這個角色，托爾斯泰展示了鄉村生活的純淨和活力，以及與之形成對比的都市生活中的虛偽和病態。伊凡・伊里奇的生活在很大程度上代表了資本主義上流社會的典型生活方式，而蓋拉西姆的存在則象徵着一種更為純粹和健康的人際關係和生活態度。

疾病扮演了一種獨特的角色，它不僅是導致伊凡痛苦的原因，更是推動他內心變化和成長的催化劑。對於伊凡來說，疾病不僅是一種身體上的痛苦，更是一種精神上的覺醒。在疾病的折磨下，伊凡逐漸從自我中心的生活方式中覺醒，開始深刻反思自己的生活選擇和價值觀。伊凡的最終覺醒和心靈的解脫，是在他終於放下了自己的虛偽和執念，原諒了周圍的人，並且接受了死亡的事實之後實現的。在這個過程中，他從一個只關心物質和地位的人變成了一個更加深刻和有洞察力的人。「最重要的是，他變得比活着時更莊嚴。他臉上的表情像是在說，該做的他都做了，而且做得很到位。除了這個，他的表情還顯示出對活人的責備和警告。」[39] 托爾斯泰通過伊凡的病患經歷描繪了一種靈魂的旅程，這種旅程允許伊凡從自我中心的虛偽生活中解脫出來。在病痛中，他逐漸認識到了自己生活的

39 ［俄］列夫・托爾斯泰著，傅蔚譯：《伊凡・伊里奇之死》（外語教學與研究出版社，2012 年），第 10 頁。

空虛和表面的幸福。伊凡的疾病成為了一種啟示，使他能夠看到自己生活的真相，從而使他能夠在生命的最後階段實現真正的自我認識和精神上的救贖。托爾斯泰在此傳達了一個強烈的信息：人類應該追求真誠和愛，而不是虛假和物質的慾望。

對於巴金而言，疾病的隱喻更為明顯。結合親友與自身的患病經歷和情感體驗中，他愈發意識到疾病背後映射出的個體、他人和社會的象徵之網，並在通過與疾病抗爭來完成自己的人生搏鬥與生命書寫。正如福柯（Michel Foucault）所言：「疾病能夠抹去一些東西，也能突出一些東西；它在一個方面廢除，卻是為了刺激另一個方面；疾病的本質不只是存在於它挖出的空洞中，也存在於用來填滿這個空洞的替代活動的積極完滿中。」[40]

疾病不僅僅是一種消極的、破壞性的存在，它同時也具有激發和促進個體在其他方面發展的作用。疾病能夠「抹去一些東西」，這意味着它可以剝奪人的某些能力或者改變人的某些生活方式。例如，一個人因疾病而失去了行走的能力，或者由於健康問題不得不改變其日常生活習慣。這種「廢除」的過程通常是痛苦和挑戰的。與此同時，疾病也能「突出一些東西」，即在某些方面激發人的潛能或創造性。這種「刺激另一個方面」的過程可能促使個體發現新的生活方式、新的自我認知或者新的創造力。例如，一些因疾病而導致身體局部功能受損的人，可能會在其他方面展現出非凡的能力，例如藝術創作或心理承受力等。

由此可見，對於巴金和托爾斯泰而言，疾病的本質不僅僅在於

40 ［法］米歇爾・福柯著，王楊譯：《精神疾病與心理學》（上海譯文出版社，2014年），第16頁。

它所帶來的損失和痛苦，也在於它激發出的新的活動和能力。儘管兩位作家的理解與應對措施並不相同，但他們對於疾病的理解都已經超越了傳統醫學的認知，並提供了一種更為複雜和深刻的視角，將之視為一種在人的生命歷程中發揮催化和變革作用的關鍵。

（二）身心健康的互動關係

巴金和托爾斯泰兩位作家的疾病書寫，都強調了身體和精神健康之間的互動關係。例如，巴金熟識的帕金森患者面臨的由肌肉僵硬帶來的身體失控，以及隨之而來「無法解釋的心理壓力」[41]，而托爾斯泰晚年感到世界「被瘋狂所包圍」，甚至因妻子索尼婭的神經敏感和情緒失控而離家出走。首先，結合巴金和托爾斯泰的親身經歷和作品，身體健康和精神狀態之間存在一種確切的聯繫，這種觀點反映了他們對維護身體和精神健康平衡的重視。這意味着他們相信身體的疾病或不適，會對人的心智健康產生影響。疾病可能導致情緒波動、心理壓力和精神健康問題，而這些問題可能對個體的思考、情感和精神生活產生深遠的影響。反之亦然，精神健康也能夠作用於人的身體健康。換言之，精神狀態良好的個體更有可能保持身體的活力。這是由於積極的精神狀態有助於增強免疫系統、提高生活質量，因此有助於應對疾病等突發狀況。

關於身體與心靈的關係的討論，可以追溯至 17 世紀法國哲學家勒內・笛卡爾提出的身心二元論以來。這一理論認為心靈（或精神、靈魂）和身體（或物質）是兩種完全不同的實體，彼此本質上

41　Joseph H. Friedman. *Making the Connection between Brain and Behavior: Coping with Parkinson's Disease*. pp.11-13.

是分離的。這種劃分忽略了心靈和身體之間複雜的相互作用，以及現代神經科學中關於大腦與意識關係的發現。隨着時間的推移，身心二元論在某些方面被更為整合的觀點所取代，以身心一元論為例，該理論認為心靈和身體是不可分割的，相互作用構成了人的整體經驗。此外，隨着心理學、醫學和神經學的不斷推動，研究者愈發認識到心理過程和身體狀態是互相依賴、相互作用的，這些新的發現的揭示了思考、情感、意識等心靈過程，與大腦和身體過程之間的緊密聯繫。

對於巴金和托爾斯泰而言，這種身心健康的互動關係，也在一定程度上反映了疾病與精神支持和道德反思之間的關係。面對疾病，他們都傾向於從思想上尋求精神支持，並持續進行深刻的道德反思，從而進一步思考生命的意義以及人的痛苦與尊嚴。在 1990 年 3 月 31 日巴金致冰心書信中，巴金如是寫道：「一段時間又像流水似地過去。我還在想悲觀的問題。我感謝您的好意，但是我以為您對我的『悲觀』有誤解。我悲觀，因為我有病不能工作，寫字動不了筆，寫字不像字。我悲觀，因為我計劃做的事大半成為空話，想寫的文章寫不出來，……我最大的痛苦就是言行不一致，我想向托爾斯泰學習，可是只能做到：通過受苦淨化自己。」[42] 不僅如此，巴金與此同時也深度地感受到了托爾斯泰晚年的痛苦。他在 1991 年致姜德明的書信中寫道：「我近兩個月自我感覺並不良好，一動就疲乏不堪，只好坐在椅子上閉目養神。想寫信、寫文章，都沒有時間和精神，因為雜事不少。我最不高興的是被人當做『名人』，彷彿很了不起，其實空無所有。好像很受人尊敬，其實誰也不了解

42 李朝全、凌瑋清主編：《世紀知交：巴金與冰心》，第 174 頁。

你。托爾斯泰晚年的痛苦我現在了解了。」[43] 這是一種感同身受的體悟，也是一種身不由己的無奈。

毋庸置疑的是，身體和精神健康之間的互動關係在巴金和托爾斯泰的疾病書寫中都扮演了重要角色。這一組互動關係對於我們進一步理解兩位作家對於疾病和生命的本質的認知而言具有重要意義，並在他們的文學作品和思想著述中屢次浮現，同時也為他們的作品增添了更多的深度和人性化。

（三）精神支持與醫學哲學思考

在患病期間，巴金和托爾斯泰最大程度地探求了精神層面的支持，包括宗教信仰、人際關係兩個層面，以期幫助他們應對疾病所帶來的痛苦和挑戰。一方面，在宗教信仰層面，巴金並沒有明確的宗教信仰，他的思想主要受到了中國傳統文化、西方文學和思想，特別是俄國文學和無政府主義思想的影響；托爾斯泰的早年生活深受東正教的影響，但隨着時間的推移，他開始對教會的禮儀、象徵主義以及對權威的盲從採取批判態度，指出東正教與國家權力的結合背離了基督教的真正精神，特別是關於非暴力和愛的教導。1901 年，他因為這些異端觀點被東正教會正式剝奪了教籍。取而代之的是，托爾斯泰發展出了自己的宗教哲學，這種哲學更加注重個人的道德責任和精神自省，強調簡樸的生活方式、非暴力抵抗以及對所有生命的尊重。另一方面，在人際關係層面，兩位作家在晚期患病期間，都曾尋求親朋好友的支持和陪伴。來自親友的鼓勵與陪伴為作家提供了不可或缺的情感支撐，幫助他們度過疾病時期的孤獨寂寞和精神焦慮。

43　姜德明：〈巴金致姜德明書信〉，《與巴金閒談》，137 頁。

在哲學思考層面，巴金和托爾斯泰都通過哲學的智慧來重新審視疾病對於人類自身與社會的重要意義，並達到了醫學哲學的深度。他們在書寫的過程中反思生命的意義、倫理道德和人生價值觀，尤其是在面對生死問題時，而哲學的深入思考也有助於他們找到內心的平靜和答案。美國醫學哲學家埃德蒙・佩萊格里諾（Edmund D. Pellegrino）曾呼籲，醫學哲學應當「關注的是圍繞人類與健康、疾痛、疾病、死亡的會遇而發生的種種現象，以及對預防和治療的渴求」。[44] 這一論斷準確地描繪了醫學哲學的核心關注點，即醫學實踐中的倫理、哲學和社會問題。這不僅需要我們從生物學、心理學和社會學的層面，關注人類體驗疾痛和疾病的方式，以及這些經驗如何影響個人的生活和福祉，還涉及到對生命終結、死亡的本質以及如何面對死亡的探討。與此同時，在身患疾病期間，巴金與托爾斯泰都進行了深入的自我剖析與道德反思。面對生命的脆弱和有限，他們持續向內心更深之處探尋、思考着人生的道德和倫理問題，以及個體在社會中應承擔的責任。這一反思有助於他們更深入地理解生命的意義和價值，使他們在面對疾病的挑戰時能夠確認自我身心的平衡和道德的高尚，亦為他們的文學作品提供了更加豐富深厚的思想內涵。

總體而言，巴金和托爾斯泰的疾病書寫不僅是對個人健康境況的記錄，還是他們文學作品和思想的重要組成部分，更蘊含着他們對生命和人性的深刻關切。相關研究為我們提供了更全面理解這兩位傑出作家的機會，也勾勒了兩位作家所處時代思想的基本面貌，

44 E.D.Pellegrino, "What the Philosophy of Medicine is", *Theoretical Medicine and Bioethics*, Vol.19, No.4, p.327.

為理解現代思想史提供了更豐富的背景。基於這些書寫，我們得以更為深入地追蹤兩位作家的生命歷程，考察身體健康對其創作和思想體系形成的影響，體味他們對生命和人性的深刻洞察。

三、暮年情感轉向與生命哲學反思

縱覽西方哲學史的發展脈絡，躍然紙上的是兩條鮮明的線索：一條是明線，即人類文明和理性精神，通過將知識、思想及道德等獨特價值與「理性」緊密融為一體，使其成為人類區別於其他物種的基本標准；另一條是暗線，即被前者所壓制和扭曲的人類本能與激情。實際上，在人類社會現代化、工業化以及思想啟蒙的過程中，兩條線索相互交織，同時並存。但在崇尚理性的整體文化氛圍中，理性主義作為現代社會乃至西方啟蒙運動以來社會發展的思想源泉和理論基石，傾向於將動物、身體以及情感這三者視出同源，並賦予其「病態的」「非正常的」甚至是「瘋狂的」的不良色彩，將其視作應當被鏟除和壓制的洪水猛獸。然而，對身處任何時代的人而言，自由與壓抑、文明與野蠻都是交織在一起的。

在托爾斯泰和巴金兩位作家的創作過程中，這種理性與感性、客觀與主觀、精神與身體的衝突、對立與調和，同樣顯著存在。反思現代文學中的情感問題，必然要追問一個更為根本且古老的哲學問題：人類究竟是理性的動物，還是感性的存在？當然，這並非本文能夠詳細闡述的議題。實際上，無論是馬克思、尼采、海德格爾和薩特等先輩們發動的哲學革命，還是現象學、存在主義、現代神經科學等學術思潮，皆已對西方的理性主義哲學傳統進行了深刻的批判和反思，並有力捍衛了人類的感性存在。這些理論資源不僅為當下人文社科的「情感轉向」奠定了堅實的思想基礎，也使我們更為清晰地意識到，理性和感性並非完全二元對立，而是相互補充、相互影響的互動關係。

（一）托爾斯泰的暮年：精神純粹與道德完善

暮年的托爾斯泰經歷了一場顯著的精神變化與情感轉向，極大改變了他對生命和倫理的看法。出於對莫斯科的貴族社會的厭惡，托爾斯泰摒棄了物質財富和貴族生活，度過了一段精神重生和禁慾主義的晚年生活。貴族社會的生活方式是物質主義的、奢侈的、人造的，是由「惡臭、石頭、奢侈、貧窮、墮落」和「惡棍」在人民身上掠奪而來的。基於此，他強烈譴責私有制、剝削勞動力和暴力行為，轉而呼籲以理性和良心為導向的生活，而非被人本能的慾望所驅使。

那麼，生命的意義在何處？在托爾斯泰看來，生命之意義恰恰在於服務他人，依循着非暴力、謙遜和同情心等道德的真理。真正的偉大不在於「我們是甚麼」，而在於我們「為了道德完美而不懈付出的每一分努力」。晚年的托爾斯泰摒棄了自己卓越的文學天賦，認為藝術僅僅是「生命的誘餌」，無法使自我得到滿足，並轉向了宗教哲學。在宗教信仰層面上，他逐漸意識到東正教會的腐敗、庸俗與歪曲，並吸收了一些來自東方的佛教思想和修行方法，最終形成了一種對於生命意義的獨特關照，即通過個人道德的完善與對於生命無限性的認識。真正的信仰是對待生活和生命本身的態度，而非對於教條和儀式的簡單效仿。在此意義上，生命的本質在於擺脱慾望的束縛，服從理性與道德，服務他人，過有意義的精神生活。他以博大的胸懷呼喚着利他主義和博愛主義，將「人類之愛」視為基本的倫理原則。總體而言，摒棄世俗的依附，過簡單的生活，服務他人以及追求道德和精神完美，共同構成了托爾斯泰晚年的生命哲學。

（二）巴金的暮年：理想主義與自我和解

與托爾斯泰相比，巴金雖然受到無政府主義思想的影響，但並未如托爾斯泰一般摒棄世俗生活，而是通過文學創作來表達對社會的批評，抒發精神懺悔和呼喊。晚年的巴金愈發重視內心世界的表達，將《隨想錄》視為自己的「遺囑」，用筆來傾吐埋藏在內心深處的話。儘管疾病纏身，身體每況愈下，但他的內心始終懷抱這理想主義信念，並以智慧的方式將內心獨白娓娓道來。

暮年巴金的生命哲學觀點主要圍繞着理想主義，關注內心平和與自我和解。如前文所言，巴金深受無政府主義的影響，秉承互助是人性的道德本能的觀點。已有學者指出「無政府主義」(anarchism) 翻譯得不佳，建議音譯為「安那其主義」，為保持最大範圍的通用性，本文選擇使用無政府主義。巴金自青年時代留學法國時便接受了無政府主義，他是心懷理想和政治抱負的。但 20 世紀 20 年代後，無政府主義在中國已成為「過去式」，這使得巴金失去了志同道合的朋友和陣營，遭逢了理想的破碎。這種理想的破碎和掙扎體現在他的作品中，比如出版於 1947 年的《寒夜》裏的汪文宣，平凡、渺小、善良、懦弱，得了肺病，沒有熬過寒冷的夜晚便殞命。到了「文革」階段，巴金便再也不提這理想了。出於自我保護，巴金不斷檢討自己、批評自己，悄悄埋葬了自己的理想。等「文革」結束後，這種因放棄理想而困於心中的痛苦又被無限放大，使他背負了「理想的債」，這種壓在心頭的苦悶不吐不快，最終又在筆下「開出生命的花來」。正如陳思和先生所言：

> 巴金晚年為甚麼還要寫西湖之夢，為甚麼寫煙霞洞敬愛的友人呢？他還念念不忘當年的理想。但是這個理想，對於巴金來說，已經消失了，政治上的理想早已經沒有了，但他還想把理想堅守在倫理的範疇裏。……我們常常把混亂狀態歸之於無政府狀態。但是這是對安那其的最大誤解。真正的安那其主義者不是這麼認為的。他們有一個哲學理論的，他們相信人是美好的，每個人的人性本質是有道德的，只是在私有制的社會裏被追求金錢、無限的佔有慾望等等扼殺了。[45]

巴金崇尚的理想主義，是人與人之間的互助本能，是支撐人生的堅韌力量，更是生命的「愛」的底色。經由文學創作的方式，巴金終於在暮年時分與青年時期的自我遙遙相望、握手言和，經過多年的沉澱與反思後，這位溫柔敦厚的老人與藏於心底的理想達成了和解。

（三）生命的思考：以「愛」為良方

可以說，人們對待生命的態度，決定了世界各地不同文化傳統的基調。生命從何而來，生命的意義與價值何在，生命與死亡的關係何為？對於這些終極問題的不同回答，使得人們形成了各種各樣的世界觀和人生觀。有的觀點認為世界由「神」來創造和管理，人的世界自然也體現了造物主的意志；也有觀點主張關注於人們所生活的現實世界本身，而非基於現實世界創造出的另一個「彼岸」。

45 陳思和：〈巴金晚年的理想主義〉，《名作欣賞》2016 年第 7 期。

對於暮年階段的巴金和托爾斯泰而言，「愛」都是人類解救自我的良方妙藥。但二者又有所區別：托爾斯泰在晚年時通過對早期自我的徹底否認，轉向了純粹的精神和至高的道德，基於超脫世俗、服務他人以及道德和精神的不懈追求，形成了獨特的生命哲學。而巴金在對於六十年代的言行進行反思的基礎上，尋回了曾經失散的理想主義，在晚年的平和中與自我達成和解。

這些閃爍着人性光芒的思想菁華，融會於他們創作的文學作品裏，凝聚在他們塑造的生動的人物形象上，向世人展現人性的深度與藝術的高度。兩位作家以裹挾着泥土和煙火氣的文字，構建出理想與世俗、詩意和醜惡並存的文學世界。我們看着書中的少年時而肆意揮灑熱血，時而受困於世俗的牢籠，他們在慾望的淤泥裏掙扎，轉眼又從生活的困頓中突圍，在不斷的抉擇中，一步步更靠近理想和信念。

第三節　對於死亡終結的知覺感受

有關死亡的描寫，一直是現實主義文學中最具感染力的筆觸。在文學中，「死亡」常常被認為是現實本身的一種失敗，是生命體不可逾越的極限，也是希翼的幻滅與消亡。在生命末期，人體的各個系統逐漸失去活力，這包括感覺、大腦、肌肉和內臟。這一過程是自然的一部分，是生命的不可逆過程。最終，心臟的停止跳動被認為是死亡的標誌，由於心臟的正常跳動對於供應氧和養分至關重要，一旦心臟停止，各個器官將無法繼續正常運作。

19 世紀的諸多文學作品中都不厭其煩地討論過死亡：戈雅筆

下野蠻而哀淒的死亡，格列柯筆下觸目驚心的、顯露肌肉的雕塑式死亡，德拉克洛瓦筆下火光中放蕩的死亡，拉馬丁筆下平靜似水的死亡，波德萊爾筆下惡的死亡等。福柯認為，死亡感知是構成獨特性的因素，正是在對死亡的感知中，個人逃脫了單調而平均化的生命，實現了自我發現；在死亡緩慢的半隱半顯的逼近過程中，沉悶的共性生命最終變成了某種個體性生命。[46] 每個生命獨立的個體，在面對生命衰竭及病態的時呈現的生命稀釋狀態，才最為獨顯其人格。對托爾斯泰和巴金而言，亦是如此。在關於生死問題的終極追尋和晚年病痛的切身體驗中，他們將覺醒的生命意識注入文字，譜寫出充滿詩性和智慧的悠揚樂章。

一、關於死亡和衰老的討論

（一）托翁的孤獨、夢魘與恐懼

托翁在晚年與友人的對話中，很多次涉及到死亡。塔妮婭在回憶錄中提到於 1864 至 1868 年間，「列夫・尼古拉耶維奇常常談到死」。[47] 托爾斯泰在 1868 年 11 月 7 日《閱讀園地》一書中說過這樣的話：「生活就是夢，死亡就是夢醒，死亡是另一種生活的開始。」[48] 次子伊利亞曾經回憶起書房裏書櫃之間的大方木時，忍不住提起，他至今都懼怕見到那塊方木，因為知道父親有段時間很想在上面上吊。一方面，托爾斯泰無法遏制住自己思想不停地有自殺的念頭出

46 ［法］米歇爾・福柯，劉北成譯：《臨牀醫學的誕生》（譯林出版社，2022 年），第 193 頁。

47 ［俄］塔・庫斯明斯卡婭：《托爾斯泰妻妹回憶錄》，第 421 頁。

48 同上註，第 489 頁。

現；另一方面，他又深深地知道這並不是他想要結束生命的恰當的方式。

起初，托爾斯泰並未直接了當地戳開天窗，只隱約地在談話中間流露一點。在他拿給高爾基和列・阿・蘇列爾席次基的日記中頻繁地暗示「有些東西」。高爾基認為，這是人在不可救藥和無限絕望中的一種孤獨感和對死亡的恐懼。托爾斯泰的靈魂深處，始終是孤寂清冷的。與此同時，他又具備着極強大而堅韌的精神力量，他在眾人之上卻不在他們的靈魂之中，他始終不願直接面對死亡的恐懼與憎恨，卻又忍不住全心全意地去探究那個「最主要的東西」。為何如此呢？巴金在高爾基著的《回憶托爾斯泰》中如此解釋道：

> 托爾斯泰曾在一八六九年於阿爾扎瑪斯城過夜的時候，經歷過一次與「死亡」的對話。當時屋子裏一片漆黑，他極度地想一睡了之，卻無法動彈。他體驗到一種抽離自己軀體與靈魂的感受之後，卻始終被死亡的感覺糾纏着，一整夜，他都無法入睡，在與這個恐怖的幻影作鬥爭。[49]

這是一次非常惡性的體驗，托爾斯泰無法忘記這次痛苦的經歷，這個感覺在幾年以後再次出現。以現代科學的解釋來說，這應該被稱之為「夢魘」，即人在半夢半醒中感到肢體不能動彈後產生的一系列的幻覺。實際上，人在夢中驚醒的時候肌肉神經還未全部喚醒，常常伴隨強烈的壓抑感及胸悶，甚至呼吸困難，多由疲勞過度、消化不良或大腦皮層過度緊張引起。

---

49 ［蘇］馬克西姆・高爾基，巴金譯：〈一封信〉，《回憶托爾斯泰》（人民文學出版社，2020 年），第 79 頁。

托爾斯泰在面對死亡這一議題時，一直是有備而來的。他生性倔強，體魄強壯，在步入暮年後依然本能地與衰老和死亡抗衡：臨近七旬的他，還會買來啞鈴做啞鈴操，在白天滑冰、掃雪。但讓他感到傷心的，是他逐漸感到腦子的不靈敏。關於死亡，托爾斯泰一直都心懷恐懼，所以會更加刻意地與這種畏懼作鬥爭，直至不再害怕為止。在托爾斯泰看來，對死亡的恐懼有四種類型：「一是對痛苦的恐懼，二是對地獄磨難的恐懼，三是對失去生活樂趣的恐懼，四是對滅亡的恐懼。」[50] 托翁在晚年生病期間說過很多關於死亡的話題，他甚至經常「盼望」着，想要堅定地、有意識地迎接這「最偉大的聖禮」，「好好地死去」。其實這都是說給自己聽的，他一直在嘗試克服恐懼，想要順從並平和地等待那一刻的來臨。

托爾斯泰在晚年初期對於死亡的態度，與他觀點中的第三、第四條頗為相符。在後來逐漸意識到自己腦力衰退後，從對生活感到失控及「無法作為」的恐懼，逐漸轉化為一種對世俗的厭倦和無能為力的絕望。1900 年初期，托爾斯泰的身體狀況每況愈下，他被診斷為肝硬化、心臟衰弱和腸遲緩，並時常發作因肋膜炎引致的心絞痛。一開始是反覆的鬥爭和對抗，接着便開始順從，直到逐漸絕望。

（二）巴金的無力、不捨與留戀

如前文所述，托爾斯泰晚年焦慮的生活環境、逐步衰竭的身體與想放棄一切的精神狀態幾乎是同步的。相比之下，對於巴金而

---

50 ［俄］索尼婭・托爾斯泰婭著，張會森等譯：《托爾斯泰夫人日記上卷（1862—1900）》，第 385 頁。

言，無論是對於死亡的態度還是個人的精神狀態都與身軀的年邁衰老呈反比。

死亡作為一個宏大的文學主題，通常涵蓋了人的存在、時間、意義和命運等議題。通過描述死亡，作家能夠在最大程度上喚起公眾對於這一亙古不變的話題的深層共鳴，並傳達一系列哲學和道德觀念。巴金的早期作品中，曾多次談及死亡。例如，在巴金 1944 年發表的小說《憩園》中，有關於目睹了一位素不相識的青年因溺水死亡而憋成紫色的屍體的描寫。實際上，巴金是一個無神論者，而他這一生也目睹了太多的死亡。楊嫂、母親、二姐、父親、祖父、大哥、三哥……他看到親人們一個個離他而去。陳範予、衛惠林、馬宗融、陸聖泉、魯彥、黎烈文、方令孺、鄭振鐸……一個個朋友也遠他而去。

在《神・鬼・人》的序中，他談及了見證死亡的體驗：「在我們那所空闊的公館裏，我看見了死。死使我了解了恐怖，死使我了解了悲痛。死帶走了一些我所愛的人。死甚至帶走了愛我而又為我所愛的母親。」[51] 他在二三十年代的日記和文章中，也多次涉及「死」。1937 年，他專門寫過一篇關於死的文章，題目便叫《死》：「像斯芬克司的謎那樣，永遠擺在我眼前的一個字 —— 死」，「死並不使我害怕。可怕的是徘徊在生死之間的那種不定的情形」，「永久的安息是一點也不可怕的，可怕的倒是等死」。「世間不知道有多少人因為怕死，甘願低頭去做種種違背良心的事情。真正視死如歸的勇士是不多見的……」[52]

51　巴金：〈《神・鬼・人》序〉，《巴金六十年文選》，第 708 頁。

52　趙蘭英：《感覺巴金》，第 197 頁。

在年輕時，巴金更傾向於對生命的脆弱和有限產生心靈的連結和共鳴，因此更加強調通過燃燒生命、為社會貢獻來實現自我價值的想法。這種觀點體現了一種積極的生命態度，即在有限的時間內充分珍惜生命，在死亡截點之前儘可能多地為社會和人類作出貢獻。然而，隨着年齡的增長和生命經歷的豐富，人們看待生死的態度常常隨之發生變化。在晚年，巴金看待死亡時有了更寬容和平靜的眼光，他不再恐懼死亡的「倒計時」，反而更加珍惜生命中美好的當下。這不僅彰顯了他生命意識的覺醒和轉變，也流露出他對生命的珍視、留戀和慨歎之情。巴金晚年對生命的留戀狀態，是呈波動的曲線的。這一點，與托爾斯泰十分相似。托翁在晚年與高爾基的對話中，曾經提及生命：「我們得到生命的時候附帶有一個不可少的條件：我們應當勇敢地保護它一直到最後一分鐘。」[53] 這是一種對生命的呵護與不捨，也是心有餘而力不足的感慨。

巴金一向比較坦然地直面自己的肢體的衰老與機能退行。他在過去並沒有太注意到身體的老化，一直相信只要精神足夠充沛，就足以應付生活的各種挑戰。然而隨着時間的推移，他逐漸感受到了身體上的不便，包括手腳不再靈活、動作變得遲緩等。這種感覺並非驟然出現，而是逐漸積累的。

> 肉體的衰老常常伴隨着思想的衰老，精神的衰老。動作遲鈍，思想僵化，這樣密切配合，可以幫助人順利地甚至愉快地度過晚年。我發現自己的思想和精神狀態同衰老的身體不能適應，更談不上「密切配合」，因此產生了矛盾。我不能消

53 ［蘇］馬克西姆・高爾基，巴金譯：《回憶托爾斯泰》，第 47 頁。

> 除矛盾，卻反而促成自己跟自己不休止地鬥爭。我明知這鬥爭會逼使自己提前接近死亡，但是我沒有別的路可走。[54]

這段描寫之真實感，與谷崎潤一郎的《瘋癲老人日記》中的一段記載十分類似。谷崎筆下的老人因為常年用藥，總被診斷出各種病症，他的表現往往不以為然。但是當他決定去做一次重大的手術的時候，讀者卻不難從日記的行文中看到其膽怯與瑟縮。此乃人之常情，大多數的情況下，我們寧願選擇「賴活着」也不願意選擇離開這個世界。而周圍的人往往對此是忽視的，家人或者醫護人員的眼光多聚焦於病症上面，彷彿治好了這個病，再處理下一個病，就是拖延生命的最佳方式。尤其是那段摘下假牙的描寫，老人褶皺如核桃一般的臉龐躍然於紙上。年輕一代可能無法理解，人到晚年最大的悲哀並不是病痛，而是這屬於自己的皮囊日漸消散的失去感。

儘管如此，巴金始終帶有一種「不甘心感」。他希望像他年輕時候那樣，做一位精神上的戰士。「我也在走向死亡，所以在我眼前十年浩劫已經失去它一切殘酷和恐怖的力量。我和他不同的是：我的腳步緩慢，我可以在中途徘徊，而且我甚至狂妄地說，我要和死神賽跑。」[55] 隨着年齡的衰退和長期的健康隱患，人便容易思考死亡的問題。後來巴金不得不拔掉了剩餘的幾顆下牙，導致他只能攝入流質食物，食慾也不是很好，身體狀況也較差。儘管經歷了這些問題的反覆磋磨，但他對死亡未曾感到任何恐懼，唯獨就是不捨之感，覺得時間不夠用，覺得自己做的事情不夠多，滿懷留念又倍

54　巴金：〈思路〉，《巴金六十年文選》，第 225—226 頁。

55　巴金：〈沒甚麼可怕的了〉，《巴金六十年文選》，第 147 頁。

感無力。這條曲線最低谷的期間，要數 1982 年至 1983 年。對於巴金來說是一個非常低靡的狀態，因摔斷左腿，被診斷出帕金森氏症，在醫院住了大半年回家卻發現「腿短了」，被牽引架長期禁錮，無法動彈。牽引架撤下後，巴金的噩夢少了許多，思想卻更多了：「只要摔斷的骨頭長好，能夠活下去，讓八十歲的人平安地度過晚年，即使是躺在牀上，即使是坐輪椅活動，已經是很『美好』的事情，很『幸福』的晚年。」[56] 這是巴金生命留戀曲線波動很大的一段時期，精神上他無論如何做不到安度晚年的狀態，越是感到時間緊迫，他就越是焦慮。而身體在另一方面不停地拖垮他，每況愈下。

但 1984 年巴金到訪香港接受香港中文大學榮譽博士之後，曲線又逐漸上揚了起來。他稱自己不願等待死亡，曾多次提及自己「靠藥物控制疾病、延續生命」。而這「生命的留戀」與他作為知識分子的使命感從未分離過，他不停地強調要多活、多奉獻，說給別人，更是說給自己。

尋覓 1985 年開始的書信痕跡，不難感受出巴金的痛苦與無力。令他痛苦的絕不只是身體上的苦楚，更多的是憋屈在心底一定要寫給後人的決心：

> 我身體不好，講話吃力，行動不便，不想見客談話。[57]

> 我早就想給您寫信，只是我身體差，精力不夠，寫字十分吃力，因此至今還未寫出一個字。我是病人，靠藥物控制疾

56 巴金：〈病中（二）〉，《巴金六十年文選》，第 263 頁。

57 巴金：〈1985 年 12 月 24 日書信《致林立》〉，《佚簡新編》，第 132 頁。

病，維持生命，只有不斷地跟疾病作鬥爭，才能寫成一篇短文或一封信。[58]

我一直靠藥物延續生命，雜事多，應付不了，記憶力又衰退，好些事一拖就忘記。[59]

前些天我很疲勞，每天只寫文章一百多字，就感到吃不消，寫信也很困難……」[60]

上樓一次實在吃力。請原諒。[61]

總算把心裏話說了出來。[62]

我仍在病中，寫信吃力，沒有勇氣拿筆，因此一直拖到現在。[63]

1987 年中旬之後，巴金又再次提起了自己的鬥志。巴金一向喜歡用序和跋來表達態度（見巴金全集代跋）。1987 年應當算得上巴金晚年思想的另一個澎湃期，結束了《隨想錄》的寫作，開始進入全集的校改階段，他有很多話想說，思想上卻又矛盾而憂慮。

58　巴金：〈1985 年 12 月 30 日書信《致梅志》〉，《佚簡新編》，第 135 頁。
59　巴金：〈1986 年 4 月 12 日書信《致李國炯》〉，《佚簡新編》，第 128 頁。
60　巴金：〈1986 年 5 月日書信〉，《巴金書簡》，第 172 頁。
61　巴金：〈1986 年 11 月 18 日書信〉，《巴金書簡》，第 180 頁。
62　巴金：〈1987 年 2 月 5 日書信〉，《巴金書簡》，第 182 頁。
63　巴金：〈1987 年 3 月 10 日書信〉，《巴金書簡》，第 183 頁。

我對那些不太遠的未來似乎還抱着希望，但要我具體地講出來卻又感到為難。這說明我也並不樂觀。[64]

《全集》出的快或慢都無關係，總之，我們盡力而為。倘使印不出來，就由它去吧。[65]

我的身體不算太壞，我還可以為《全集》做點事情。……《全集》甚麼時候出齊，我不在乎。我只希望在我活着的時候幫忙你編好它。[66]

你說這個時候出《全集》不是時候，的確是如此。……我們能走到哪裏就停在哪裏。[67]

目前我生活相當亂，身體不太好，無法查書。[68]

我近來記憶力衰退，寫信時常常忘記一些事。[69]

當然我要爭取多活，活下去，還可寫本小說，更深一點解剖自己。[70]

除了日漸衰老的感覺，他在 1991 年的一場感冒引致了氣管炎。「這次幾乎要在精神上垮掉了，不能吃東西，沒有力氣，上樓

64 巴金：〈1988 年 3 月 26 日書信〉，《巴金書簡》，第 217 頁。
65 巴金：〈1988 年 6 月 16 日書信〉，《巴金書簡》，第 224 頁。
66 巴金：〈1988 年 7 月 30 日書信〉，《巴金書簡》，第 229 頁。
67 巴金：〈1988 年 10 月 28 日書信〉，《巴金書簡》，第 236 頁。
68 巴金：〈1988 年 12 月 25 日書信〉，《巴金書簡》，第 242 頁。
69 巴金：〈1990 年 8 月 17 日書信〉，《巴金書簡》，第 293 頁。
70 巴金：〈1991 年 4 月 21 日書信《致姜德明》〉，《佚簡新編》，第 118 頁。

也很困難，似乎走到盡頭了。」[71] 不單單是因為身體抱恙而出現「知天命」的悲觀感，巴金還有不被理解的孤獨感：「李致他們不了解我，我比較急，只是因為我沒有多少時間了。」[72]

1992 年時情況略微好轉，是巴金對讀者的責任心與對生活飽含的熱愛，使他從一次次深陷低谷的狀態中再次崛起：「不認真校改，就對不起讀者。我打算負點責任，校完這兩卷」，「但我自己估計身體比上兩次差多了。我不悲觀，我仍熱愛生活」。[73]「爭取多活」似乎是 1992 年巴金一直在內心深處發射給自己的信號，而「告別」則是到了 1993 年左右，他給自己留下的另一課題。「我在講告別的話，我在做總結，因此需要理解。」[74]

整體來說，1993 年可以算是情況尚好的一年：「我前一個時期疲勞不堪，現在稍好一些，全集的架子搭起來了。明年我看一遍，就放手了。」[75]《巴金全集》的工作接近尾聲，巴金漫長的告別，也接近結束。「現在走到了生命的盡頭，我可以挺起胸膛把心掏給讀者。……我的感情是有生命的，它要長期存在。我引以為驕傲的正是我未寫出一件商品，因此也未出賣過自己。」[76]

到了 1994 年更是尤為明顯，巴金在年初與年末的書信中的狀態簡直是大相徑庭。1994 年 1 月 4 日，巴金這樣對蕭乾說到：「我不願死在書桌上，我倒願意把想做的事做完扔開筆，閉上眼睛。我寫文章，為了完成自己的任務，我說封筆，也可以再拿起筆。我絕

71　巴金：〈1991 年 6 月 12 日書信〉，《巴金書簡》，第 323 頁。
72　巴金：〈1991 年 11 月 7 日書信〉，《巴金書簡》，第 337 頁。
73　巴金：〈1992 年 4 月 30 日〉〈9 月 29 日書信〉，《巴金書簡》，第 352 頁、366 頁。
74　巴金：〈1993 年 1 月 4 日書信〉，《巴金書簡》，第 372 頁。
75　巴金：〈1993 年 6 月 21 日書信〉，《巴金書簡》，第 386 頁。
76　巴金：〈1993 年 7 月 25 日書信〉，《巴金書簡》，第 388 頁。

不束縛自己。」[77]這字裏行間裏，湧動着一種強烈的鬥志感。「我始終忘記不了出書是一場戰鬥，要看到全集出齊還得爭取多活，希望永遠在前面，這大概就是我的長壽祕訣了。」[78]

1994 年 5 月 9 日致冰心的信中寫道：「我很累，不寫下去了。想不到寫着短信也很吃力。看，我的腦子有毛病。但信總是要寫的。即使寫字不成形，我還是不能丟掉我這支禿筆。」[79]「我腦子有毛病」顯然是一種無奈的自嘲，但自嘲之後，他仍然選擇繼續寫下去，娓娓道出他在經年歲月裏摸索出的，藏於心底的答案。

到了 1994 年 5 月 24 日，再次致信王仰晨時，巴金明顯地有了「力所不能及」的心情波動，「寫這信，只是告訴你下個月起我就開始譯文集的工作。……我的時間有限，怕等不及了」。[80]9 月 12 日，巴金的狀態繼續每況愈下。到了 1994 年底，12 月 9 日致文穎寫到：「生活不能自理，離了別人，動也動不了，可以說我已成了社會的累贅。……日常瑣事就夠麻煩了。我現在才明白老之可怕。……目前拿起筆就感到有氣無力，只希望有一天病情好轉。」[81]

實際上，1994 年距離巴金真正去世時間還有將近 11 年，但巴金在那時午夜夢醒後就已經開始擔憂後事的問題，顯然是對自己的身體情況產生了非常大的擔憂。他覺得自己在與時間賽跑，每時每刻都在爭分奪秒。

---

77 巴金：〈1994 年 1 月 4 日書信《致蕭乾》〉，《佚簡新編》，第 202 頁。
78 巴金：〈1994 年 3 月 22 日書信《致王仰晨》〉，《佚簡新編》，第 176 頁。
79 巴金：〈1994 年 5 月 9 日書信《致冰心》〉，《佚簡新編》，第 98 頁。
80 巴金：〈1994 年 5 月 24 日書信《致王仰晨》〉，《佚簡新編》，第 178 頁。
81 巴金：〈1994 年 2 月 27 日書信《致文穎》〉，《佚簡新編》，第 190 頁。

> 因為病，以後我很難發表作品了，但是我不甘心沉默。我最後還是要用行動來證明所寫的和我所說的到底是真是假，說明我自己究竟是一個怎樣的人。一句話，我要用行動來補寫我用筆沒有寫出的一切。[82]

二、死亡體驗與生命書寫

「瀕死體驗」是指一個人在臨近死亡的時刻，徘徊於臨牀死亡或死亡的邊緣地帶，所經歷的一系列非尋常的心理和生理現象。這些經歷可能包括離體感、光明感、生命回顧與逝去親人見面等。瀕死體驗的性質和內容因個體而異，但它們通常被認為是非常強烈、不可磨滅的。由於這種體驗觸及到生死邊緣，常常使人重新思考生命的意義、死亡的本質以及宗教或哲學信仰。這些思考和感受，往往蘊藏於作家的文學作品中，影響他們的創作主題、風格和觀點。

關於巴金和托爾斯泰是否有過瀕死體驗的確切記錄，並無從考證。然而，即使他們沒有親身經歷過瀕死體驗，概念和主題上關於死亡和生命邊緣體驗的思考仍然在他們的作品和思想中發揮了重要作用。可以確定的是，巴金和托爾斯泰都在晚年對死亡有着深刻的知覺和體驗，但他們的態度和表達方式略有不同。

托爾斯泰在晚年對死亡有着深刻的哲學和宗教思考，他強調了個人道德責任以及對窮人和弱者的關懷，並試圖通過弘揚非暴力和社會主義理念來實現這一人類偉大的事業。在他的著作中，死亡也

82　李輝：〈雲與火的景象 —— 我所理解的巴金〉，李存光編：《世紀良知：巴金》，第242頁。

是一個重要的主題，他的非暴力和和平主義觀點與對死亡的哲學思考相互交織，共同構成了他晚年思想的重要核心。托爾斯泰在生命最後的這一年，身體明顯變得虛弱。有好幾次，他不明原因地出現突發性昏迷，直至翌日才恢復，而且還會暫時地完全喪失記憶。雖然他出走罹病的悲傷結局，令大部分人將其最後的死亡原因歸咎與離家出走與精神上的脫鉤，但不得不承認的是，其實他的身心狀態在 1910 這一年已與整個外部世界疏遠。

布爾加科夫的日記中有一段關於托翁晚年面對死亡感知的記錄。和托夫人頗為情緒化的記錄不同，他清晰且理智地記錄了托翁生命晚期的衰竭狀態 —— 因胃液毒化了腦髓、動脈硬化而變得「死人般蒼白、皺眉作慍、神色執拗」，這副軀體在昏厥中不停地與恐懼做鬥爭，彷彿「靈魂與肉體在告別」。[83] 布爾加科夫以克制、冷峻的筆觸，記錄了這一生命衰竭和人生落幕的全過程。他提到托爾斯泰痛苦而扭曲的面容、眉頭緊鎖的執拗神態，彷彿在昏厥中與死亡的恐懼進行着鬥爭。這無疑再現了托爾斯泰身體和精神層面的雙重痛苦，以及他在生命最後時刻不得不面臨的死亡與生命的告別。這種觀察記錄提供了一種理解托爾斯泰晚年生活的旁觀者視角，將其在面對死亡時的內在體驗顯現出來。

對比而言，巴金在晚年面對死亡時，更多地體現了對生命的留戀和對人生的慨歎。年輕時的宏偉志向和遠大抱負，在歲月的洗練之後歸於寬容與平和。也許終其一生，人尋找的是與世界和解，與自我和解，與時間和解。最終原諒一切，也得到所有的「被原諒」。

---

83 [俄] 瓦・費・布爾加科夫著，陳伉譯：《垂暮之年：托爾斯泰晚年生活紀事》，第 288 頁。

在晚年時期，巴金願意與死神賽跑——並非逆轉生命，而是在精神上勝過祂。他深知將個人的命運與民族的命運聯繫在一起，須將個人的生存置於人類羣體的生存之中，並相信惟有堅持創作才能抒發心聲，通過思想的代代相傳，方能超越生命的無常而戰勝死亡。

但通往死亡的進程，會剝奪人的一切尊嚴。在 1982 年巴金摔斷腿做了兩個多月的牽引後，他提到了最保守、最保險的治療方法。躺在病牀上只能「仰望一個固定的地方」的巴金，感受到了「死亡」的可能性，在他入院後的不到二十天內，原本去四川和西安遊玩的李健吾突然離開了人世。在 1998 至 1999 年巴金病重期間，他也徘徊於病痛與掙扎中。1998 年 10 月巴金在杭州修養時期曾與張光年、陸文夫見面。當時巴老身上蓋着薄薄的羽絨被，與大夥一同欣賞煙花，未料到巴老回到上海就得了肺部感染，威脅着老人的生命。「巴金犯病不久，心情一直不是最好，習慣於用筆抒發情感的人，此時卻手不能寫，腳不能走，自己想做的事有做不了，只能每天與病牀為伴，這對於巴老來講是多麼痛苦和不安啊！他幾次拒絕吃藥。」[84] 可想而知他所承受的精神壓力及折磨，一個一生除了筆桿子「一無所有」的人，躺在病牀上甚麼都做不了，只盼望着死亡。

> 1999 年 2 月，巴金病重。8 號，醫院決定在他喉部作個手術。術前，他對醫療組崔世貞主任說：「不要用藥了，讓我安樂死吧。」[85]

84　陸正偉：〈當桂子飄香時〉，《永遠的巴金》，第 163 頁。

85　趙蘭英：〈安樂死〉，《感覺巴金》，第 197 頁。

> 3月1日，巴金轉回病房。這時，久未開口的他突然說道：「謝謝大家！我要為大家活着。」[86]

「要為大家活着」這句話一度成為文壇大家討論的話題，倘若深思這背後的苦衷與緣由，則令人動容。臨終前的「尊嚴喪失」，是指在生命的最後階段，個體可能會面臨身體健康的衰退、疾病的折磨以及生活質量的急劇下降。在這一階段，個體逐步失去日常生活中的自主權和尊嚴，需要他人的照顧和幫助。這種情況極有可能加劇身體和心理上的痛苦疊加，也讓人不得不面對身體的脆弱和生命的有限。

晚年時期的托爾斯泰和巴金，都結合各自的切身體驗和親生經歷，通過探討生老病死的話題，來反思人類生命的短暫、無常以及人生意義的獲得方式，並完成了自己的「生命書寫」(Life Writing)。生命書寫通常包括作者對自己生活經歷、回憶和思考的書寫。這種文學形式可以涵蓋多種文體，主要包括五種形式：首先是自傳 (Autobiography)，作者以自己的名義記錄自己的一生，包括成長經歷、重要事件、個人觀點和價值觀等；其次是回憶錄 (Memoir)，類似於自傳，但通常關注生活中的特定時期、事件或主題，而不是整個一生；其三是日記 (Diary)，作者以日期為基礎記錄日常生活、思考和情感，通常是一種私密的書寫形式；其四是信件和通信 (Letters and Correspondence)，即作者的書信、電子郵件或其他通信記錄，可以反饋其與他人的交流、友情、愛情和人際關係；其五是親筆傳記 (Biographical Memoir)，即作者以第三人稱視

86 陸正偉：《世紀巴金》(遠方出版社，2000年)，第174頁。

角書寫關於他人生活的故事，通常是家人、朋友或其他重要人物的傳記。

「生命書寫」的首要目標在於記錄和分享個人經歷、思考和情感體驗，旨在充分探索人類生命的各個維度。作家通過生命書寫來記錄自己的生活經歷和思考，分享自己的人生故事，將思想的火種傳遞給更多讀者，與此同時這些書寫也構成其文學遺產的一部分。更為重要的是，生命書寫通常具有情感深厚、高度真實性和個人化的特點，能夠直抵人心，在坦率地還原特定歷史時期的社會環境之餘，留下人類對於生死宏大命題的叩問與迴響。

綜上所述，托爾斯泰和巴金的生命書寫，承載着知識分子對於個人經歷、情感體驗以及社會問題的深刻思考，折射了他們通對於生命本身、日常生活意義的理解以及對於正義與道德價值觀念的關切，恰似雪泥鴻爪在世界文學史的脈絡上留下了珍貴的印記。而他們傾注心血的生命書寫，也時刻提醒着後人應當回歸「人」的主體性，維護個體在面對死亡時的尊嚴和自主權，反思社會對待臨終者的態度，從而為未來的疾病書寫、生命意識研究、醫療倫理學等深刻議題提供新的啟發。

結語

自我、身體與社會的象徵之網

個體對於疾病的感受屬於病患的主觀體驗，它與症狀（symptom）和徵候（signe）並存，時刻處於社會文化建構的影響之下。在此意義上，病症是自我、身體、社會三者構成的象徵之網在個體身上的呈現：對於個體而言，關於病症的體驗是私密的、個人的，卻也是與時代和社會共通的；對於羣體而言，集體記憶的建構不僅僅依靠理性和秩序集體性建構，也依託於人和人之間的情感流動。「病症」，作為「突發性」的異象，打破了人們的日常生活秩序，使得原本的常規化世界驟然陷於非常態的混沌之中。不論在身體層面或是心靈層面，關於疾病的療愈、身體的退行或好轉，都與人們對於日常生活秩序的回歸息息相關，這使得我們得以洞察作家的生命書寫、個體與社會文化的關係、個體與他者之間因情感碰撞而產生的對歷史的叩問等問題。通過考察巴金晚年書寫中的「病症」，我們能夠辨明文學書寫與作家個人成長、情感歷程、社會歷史環境之間的密切關係，並從文本中找到與疾病本身相關的映射和線索。

作家書寫是一種面向自我與他人的敍事手段。作為於生活的混沌狀態中奮力發掘秩序與意義的探索者，他們借由書寫將內心感受及情感體驗轉化為外顯的、能夠被他人所感知的符號。由於書寫內容來自於日常真實的體驗，因此其情感的表露不僅能勾勒出其個人的生命歷程，還能為個體與他者的相互理解提供橋樑。在個體與他者的互動過程中，個體獨特的生活經驗與情感體驗得以被確認、認同和理解。而作家與讀者之間產生的情感聯結，一方面在一定程度上使雙方集體獲得了情感療愈和心靈撫慰；另一方面，也使個體內在的情感體驗得以外化，釋放了個體對於生活不確定性的恐懼與焦慮，以及伴隨病痛而來的孤獨與苦悶情緒，從而為生活重新賦予意義。

第一節「痛症」的瞥視與解剖

「痛症」在文學中，向來有承載隱喻及體現價值判斷的意味。疾病是由文化建構而成的。在跨文化比較的基礎上，凱博文進一步提出了「軀體化（somatization）」的概念，他指出中國人在面對疾病時候，其所處的文化背景「決定了中國人採用一種身體性術語來表達個人和社會的苦痛」[1]。換言之，在理解中國文化背景下的個體疾病的同時，需要首先了解作家所處的時代及文化語境。它既是作家書寫的「病」，又是作家內心的「隱痛」；它又有可能是作家切身經歷的病患，又同時是作家藉此隱喻的痛症。

與西方文學作品中病痛承載的「神與人的二元對立」「靈與肉的衝突」「身體政治的隱喻」[2] 等文化內涵截然不同，中國作家書寫中的疾病與病痛，不可單純地被視為一種生命體徵的改變，它是交匯於社會問題與個人表達中的。日本學者阪井洋史先生在巴金研究中，將其痛症背後的隱患逐一闡述：

> 文本生成的困難就是圍繞文本的諸多現實困難之隱喻：巴金寫自己的手顫抖而不能執筆，那就隱喻着讓巴金不能執筆的現實壓力；寫自己患了感冒，那就隱喻着讓他患感冒的「冷氣」的存在即政治氣温的降低。[3]

1　[美]凱博文著，郭金華譯：《苦痛和疾病的社會根源：現代中國的抑鬱、精神衰弱和病痛》（上海三聯書店，2008年），第52頁。

2　賈偉：〈「病之花」：略談西方文學中「疾病」的文化內涵〉，《甘肅高師學報》2008年第13卷，第21頁。

3　[日]阪井洋史：〈《隨想錄》和歷史的記憶〉，《巴金論集》，第152—153頁。

阪井的觀點強調了《隨想錄》中巴金人格的複雜呈現方式，以及其作品對讀者的不同影響。當讀者在《隨想錄》中尋找強化個體記憶的材料時，會發現這部作品展示了巴金現時的痛苦。而當讀者試圖認同巴金的痛苦和憤慨時，作品卻通過隱晦的敘述策略避免了簡單的認同。阪井認為，巴金將自己的人格忠實地反映在作品中，而其在現代社會轉型和個人健康挑戰中的不懈鬥爭，本身也帶有某種更深層次的意義。

《隨想錄》的書寫過程，是層累展開的。巴金不僅進一步將「人的底線」的概念清晰化、明確化，更是將這場思想之旅置於七八十年代各種思潮及意識形態的變化張力之間，對歷史過往及當下社會語境進行一場自行剖析的臨牀診斷。哲學家福柯曾經把臨牀醫學誕生時的診斷方法分類為「凝視」與「瞥視」。凝視，意指在一個開放的場域，連續性地讀解，它是隨時變化的，也是穿梭於空間之中的。福柯用瞥視的比喻來定義臨牀醫學中醫生的局部觸診，將之形容為「觸探深層的食指」。因為瞥視並不是掃視一個場域：它切入一點，且直奔其對象。《病中集》中對疾病的書寫的過程，正是一個對疾病的「思想瞥視」診斷過程。因為「瞥視選擇的是能夠立即分辨出本質事物的路線」，「它會超越它所看到的東西」——巴金談論着「病」卻超越着「病」。瞥視「不會被直接的感覺形式所迷惑」，皮肉上的痛苦，不是呻吟的原因。它沿着筆直的方向鋭利地挺進——「它打碎、掀翻和剝離表象」。瞥視是沉默的，「像一個手指在指點着那樣，默默地揭發着」。瞥視屬於無言的接觸，可能是一種純粹想像的接觸，「更有衝擊性，因為它能容易地穿透到事物內部更深之處」。[4]

4 ［法］米歇爾・福柯著，劉北成譯：《臨牀醫學的誕生》，第 136 頁。

當然，除了本研究聚焦的四個病症之外，一些其他病症也值得關注。以「囊腫」為例，《病中集》的開篇就是以巴金背後的「囊腫」與「文革」記憶的關聯開始。巴金於 1982 年背部生瘡，因感染發炎動了手術，導致他睡眠一直不好，「心裏越來越煩躁，一直無法安靜下來」。[5]「背部囊腫」大多指的是真皮內含有的角質囊腫，會緩慢增大，如若壓迫會產生壓迫性的疼痛並繼發感染，這在民間常稱之為「癤子」，是不容易恢復的皮膚病變。這場病，被記錄在 1982 年 7 月 14 日的〈「干擾」〉文章中：「我不知道該怎樣躺才好，向左面翻身不行，朝右邊翻身也不好。」[6] 發病期應該正值上海的初夏時節，那時巴金其實已患有尚未被診斷出的帕金森氏症。對於帕金森患者來說，難以入睡是長期伴隨的病症。因為平躺時，他們時常會感到翻身困難、睡夢中無法控制的僵硬、突然的肢體震顫，……這些病症使他們在深夜時常常被迫過度清醒。[7] 本身平躺就難找到舒適姿勢的老人，恰逢在後背的位置做了手術，讓翻身和移動都變得難上加難，更不用提睡眠了。

熬過了兩周無端的煩躁之後，傷口終於愈合，但他不由感歎道：「醫生說等到秋涼再去醫院動手術把囊腫取出，不會有麻煩。我也就忘記了那些難熬的不眠的夜。人原來就是這樣健忘的。」[8] 很明顯，在這裏「囊腫」所指的已經不僅僅是那兩周經歷的切膚之痛。身體痛症引致的煩躁不安，讓無法入睡輾轉反側的夜，變成了更深

5　巴金：〈「干擾」〉，《隨想錄》（人民文學出版社，2018 年），第 2 頁。

6　同上註。

7　Joseph H. Friedman. Making the Connection between Brain and Behavior: Coping with Parkinson's Disease. Demos Health, 2013. p.52.

8　巴金：〈「干擾」〉，《隨想錄》，第 3 頁。

層次的思考：「我只有煩躁，只有恐懼。我忽然懷疑自己會不會發狂。我在掙扎，我不甘心跳進深淵去。」[9] 此時這個「囊腫」已經不是簡單的纖維瘤，它變成了一個背負在「背部」的病症，累積而成的念，久病成疾化成膿——讓人痛不欲生。而「健忘」除了形容人對於痛楚的遺忘之快，當然也暗喻了對歷史的遺忘。

需要注意的是，並非所有疾病都是隱喻，研究者還需做到具體問題具體分析。誠然，現實中的痛症始終貫穿於巴金與友人的書信中，例如 1989 年 7 月 27 日寫給冰心的信中他寫道：「最初痛得連朋友也無法想念，後來疼痛減輕，才常常想到您，當時還不能寫字，只好口述幾句，讓小林記下來。」[10] 這裏的痛不是任何隱喻，是切膚的身體疾患，讓巴金這個把友誼看得比生命還重要的人，痛得到連朋友都無法想念。寫這封信的時候，他已在醫院住了五個月之久。

第二節　巴金晚年疾病書寫的三重隱喻

暮年的巴金，經歷着個體生命對抗疾病的內在體驗，同時又把自己的情感表達與精神思想從歷史情境、社會現狀抽離與割裂出來，將之化為屬於自己獨立而思辨的精神之旅。需要闡明的是，本文所指「病的隱喻」並不完全等同於蘇珊·桑塔格提出的「懲罰性

9　同上註，第 1—2 頁。

10　巴金：〈巴金致冰心書信 1989 年 7 月 27 日〉，《世紀知交：巴金與冰心》，第 168 頁。

的隱喻」[11]。桑塔格所指的「隱喻」，主要是疾病名詞後背主觀的負面指向，類似個人或社會主流意識由明面到暗湧的發展過程。

米歇爾・福柯認為，在 18 世紀的醫學傳統中，疾病就以症狀和徵候兩種方式呈現：所謂「症狀」，即疾病呈現的形勢，也是疾病性質的「最直接譯寫」[12]，比如咳嗽、呼吸困難可以視為胸膜炎的基本症狀；而「徵候」卻是宣告性的，它「藉助看不見的事物顯示了將要消退、隱藏在下面和將要出現的情況」，且在症狀和徵候之間存在一定的距離，例如發青的指甲預示着死亡將至。[13] 在福柯看來，症狀和徵候本質上都指向相同的事物 —— 即疾病本身，但徵候所訴說的恰恰是症狀。唯有通過「被看到」和「被說出」，疾病終將在「現象的真實」中得到處理與溝通。[14] 換言之，病痛的各種形象「在身體與目光交匯的空間裏被重新分布」，而現代臨牀醫學的確立需要醫生通過觀察（regard）來確定疾病發生的部位或空間，並將真實的觀察用醫學話語加以描述表達出來。[15] 巴金晚年對疾病的書寫，正是這樣的一個過程：他通過「徵候」來訴說「症狀」—— 一方面客觀而理智地描寫晚年生命中面對的種種疾病，另一方面通過生理感知、切膚的痛苦，來暗喻歷史殘痕、當下社會問題。他期待着人們通過對過往慘痛「徵候」的理性解讀，讓歷史「被看到」和「被說出」。在此意義上，巴金晚年筆下疾病的多重隱喻，是逐層遞接的，他由敍述病症的表象開始，以承受身心痛苦的代價慢慢滲透，按圖

11　[美] 蘇珊・桑塔格著，程巍譯：《疾病的隱喻》，第 55 頁。

12　[法] 米歇爾・福柯著，劉北成譯：《臨牀醫學的誕生》，第 98 頁。

13　同上註，第 99 頁。

14　同上註，第 105 頁。

15　同上註，「前言」第 3 頁。

索驥地擠迫疾病與社會的毒瘤，為後人拓展出相對鬆動的思想與言論空間。

一開始，《隨想錄》中的疾病書寫總圍繞着日常生活失序。在非常態的情景下，人們的正常生活被打亂的同時，也比常態環境中更容易患有各類疾病。由於病人處於別無選擇地、被迫喪失日常秩序的被動處境，故而其身體的退行也導致了個體對於當下和未來生活的不確定性的擔憂和焦慮。早在六十年代初期，巴金的身體已顯露出少許的帕金森氏症徵兆。「關節炎」「頻繁跌倒」，以及夜間吼叫的「噩夢」連連，在精神遍體鱗傷的狀態下並沒有被給予重視，過度的精神壓迫和焦慮反而加速了身體病症的發展。帕金森氏症的初期症狀，僅僅是小幅度的手抖、身體肌肉突然僵硬和行動能力變得遲緩。隨着病情的發展會影響整個身體平衡能力、行走能力和基本生活能力。《隨想錄》的完成階段，正是巴金帕金森氏症的迅速發展期。當他左腿骨折，在「牽引架」上不能動彈，漫長的夜裏無法入睡，稍稍小憩就會產生「噩夢」的時候，他將這身體痛楚的描述推向憂思未來的疑問：「在病牀上，在噩夢中，我一直為私心雜念所苦惱。以後怎樣活下去？我不能回答這個問題。」[16] 然而，在《隨想錄》的每一個篇章中，巴金一直在回答與強調着這個問題：他保持着對歷史反思的覺醒性，一次又一次地提醒人們要警醒自己，也切勿割捨對過去和現在時代整體的審視與判斷。他說，「我們更有責任、更有意思『再活下去』」，「因為可以做的事更多了」。[17] 身體的失控並沒有牽絆住他的思想，這位無法安度晚年的老人依然

16　巴金：〈願化泥土〉，《病中集：隨想錄第四集》，第 31 頁。

17　巴金：〈「掏一把出來」〉，《病中集：隨想錄第四集》，第 51 頁。

完成了作為知識分子最勇敢的擔當。

其次，巴金的書寫與生活中始終有以家庭與社會關係為軸心的疾病隱喻。「傳遞」性的家族憂思現象，一方面說明了家族遺傳性精神疾患的可能性；另一方面，不乏隱喻着封建社會體制下對人壓迫的共通性結果。如果說，大哥的精神崩盤和自盡是因為這個溫室裏成長的少爺天性懦弱，外加經歷父母雙亡、妹妹早逝、兒子夭折的刺激，和家庭及社會制度的壓迫，那麼祖父因五叔李道沛吃喝嫖賭、在外借錢揮霍家產而致的精神失常自殺，就不難順理成章地成為這個家族精神疾患的另一證據。誠然，「瘋癲」與「肺病」，是現代社會也是現代文學中最典型性的兩種疾病，它們在不同的年代所具有不同寓意，也頻繁地浮現於現代文學的作品中。肺病，在文學作品中時常隱喻着脆弱、多情、病態與被救贖。而「瘋癲」則在一定程度上象徵着「被壓迫後的崩潰」。巴金早期作品中一個又一個憂慮成疾、性格偏執、生性敏感的人物，在無法改變的社會環境中，走向瘋癲的死亡。巴金幼時家裏的用人楊嫂也是以瘋癲致死為結局——她最後「吃蝨子、咬裹腳布，一面吃，還一面笑，滿口胡話、怪叫」。[18] 這足以證明，「瘋癲」這個病，無論是「激流三部曲」中大家庭，還是巴金這個家族命運衰亡的映射，在當時社會中僅僅是一羽鴻毛。太多的家庭與生命在讓人無法喘息的舊制度中，被摧殘與碾壓，走向癲狂。

另外，有關集體文化記憶建構的隱喻，總能在巴金對疾病的描述中顯露痕跡。任何一種疾病都有自己專屬的「時代性」，共通性的疾病又常常成為人與人之間的情感流動紐帶，人們在「相同」與

18　陳思和：《人格的發展——巴金傳》，第 19 頁。

「相異」中建構集體性的文化記憶。雖說作家的書寫是個人化的，但它始終構成於作家本人的人生際遇和思想交鋒中，總會遺留着屬於他的特有時代的痕跡與味道。這正是《隨想錄》跨時代的意義，它既是歷史的控訴，又是此刻的吶喊，更是未來的憂思。貫穿於肌體的「病痛」感，一反面將巴金的內省的情感體驗轉化為可被他人所感知的、外顯的認知信號；另一方面，喚起同時代相同閱歷背景的生命體驗，為下一世代的人去建構出集體性的記憶的橋樑。因為「個人」這個話題，在很長的一段時間裏，是以「羣體」而存在的，它沒有任何生存的空間甚至是「羞恥」的。而「羣體」才是唯一可被承認和強調的載體。[19] 經歷過浩劫的人，不可能不知道甚麼是「五七幹校」，同樣邁向衰老的人，也對步入年邁後的體力不支與記憶力衰竭有着感同身受的體會。這些蘊含着複雜個體經歷的疾病，在被記錄的同時也實現了作者與他者的互動。巴金的個人情感體驗和生命經歷，在被寫出和被閱讀的過程中，也在被記錄與被解讀。即便是沒有患同等疾病的讀者，在閱讀中仍會產生強烈的情感共鳴。巴金的晚年深受各種類型疾病的困擾，比如骨折、囊腫、結膜炎、氣管炎等，病痛之苦總是縈繞在他周圍。這些病症描繪了巴金所處年代的一抹濃重的陰影，或是暗指生活條件貧瘠造成的營養不良、社會動盪引致的顛沛流，或是隱喻社會性疾病給大眾帶來的精神恐懼和肌體壓力。疾病不僅給這一代人帶來了情緒和思想的變化，更使得他們在忍耐病痛、尋求治療和嘗試生存的過程中，形成了深層次的情感共鳴和精神連結。正因如此，文學創作成為以巴金為代表的現代知識分子療癒心靈、紓解心緒的重要途徑。

19 周立民：《閒花有聲：當代文學札記》（海豚出版社，2015 年），第 192 頁。

綜上所述，病症是自我、身體、社會三者構成的象徵之網。通過對巴金晚年疾病書寫及其背後的隱喻的抽絲剝繭，我們得以勾勒出身體病症、精神人格與社會環境之間相映的緊密關係，從而論述疾病的社會建構與意義生成過程。巴金的晚年疾病是他暮年後精神苦楚的另一種表現，它複雜地交織在當時的社會環境與文學語境中。他在真實地書寫個體生命經驗，字字珠璣的文字裏滲透着強烈的干預意識和憂患之心，也正是《隨想錄》與《再思錄》成為流傳多年，形成獨立的思辨精神，成為時代遺響的真正原因。

此外，對於人類整體而言，疾病依託病人的主觀經驗以及人與人之間的情感流動，共同構築了社會的集體文化記憶，故而「病的表徵」本身具有不可替代的、深厚的歷史文化意蘊。一方面，症狀的傳達過程起源於病人的主觀感覺經驗，包括對某種不適或身體異常的感知。這些感覺不僅是生理上病痛的客觀呈現，也承載着心理和社會層面的豐富含義。正是基於對「自然」與「不自然」的共同經驗，社會逐步形成了對於症狀的共通理解。在此背景下，若要充分理解症狀所具有的文化意義，須充分考慮身體觀念、自我認知與社會環境三者之間的關係。另一方面，症狀的文化意義是影響特定歷史時期的人們如何理解和處理病症的重要因素。不同文化羣體對疾病和症狀的理解和反應各不相同，因此文化背景的差異能夠對患者的心理感受和社會體驗產生深遠影響。疾痛不僅僅指代身體上的生理不適，還可能附着特定的「文化標籤」，而這些標籤可能加深患者的心理苦痛和生活上的困擾。在此意義上，未來關於疾病及其文化意義建構的研究，仍存在長足的發展空間。

後記

香港連續下了一周的雨，我在書桌電腦上敲下「後記」二字之後，扭頭看着窗外的雨勢，忽大忽小，突然天空又露出了一線馬上要放晴的意思，瞬間又是一陣瓢潑。像極了我行至今日的求學之路。

很小的時候，有一次語文課上老師要求我們用「偶爾」造句。我寫下，「回家的路上，我撿到了一個大偶爾」。語文老師當時在我作業本上打了一個很大的紅色叉子，評語是「偶爾」使用不當。當時的老師，並沒有告訴我「偶爾」到底該如何使用，甚麼才是「不當」。如果說我們這個年代的人，出生就有起跑線和父母設計的賽道之說，那我大概屬於出生就被抱着跑了 100 米之後，自行選擇了站在賽道之外的選手。我從未成為過「別人家的孩子」—— 成績優秀、體育拔尖、楚楚大方、聽話懂事。我也從未對教科書上的內容有過任何強烈的求知慾。我總是靠着小聰明把考試混過關，總是有一系列和學習無關的稀奇古怪的想法，總是在不適宜的時間提出令人瞠目結舌的問題。大人愈是告訴我，大雨後路面泥濘坑窪，不要弄濕鞋子，我就一定會在第一時間找到水坑，拼命地踩出水花。我的母親，多年一直在掩耳盜鈴中堅信着我的優秀和有一天我會成功這個定律；而我呢，也從未放棄過告訴她，「我就是我，不一樣的煙火」。現在看來，我大概從小就執著地迷戀着體驗感這回事，幸虧那個年代的資訊沒有現在這麼發達，不然我可能真的會做出比在懸崖蹦極，在北極點的冰面上倒立，攀歐洲最高峯更誇張的事。語文老師也許是對的，我的前半生從未理解「不當」和「恰如其分」的真正意思，喜歡甚麼，就掏心掏肺地付出，不喜歡了，就毫不留戀地扭頭離去。大概正是因為如此，在求學的歲月裏，老師們的青睞與認可從來都是遙不可及。

走進文學這道門，對我來說真是個「大偶爾」。從喜歡上寫作，到每天無法按捺住豐沛的情緒噼裏啪啦地在鍵盤上抒發，再到成為一個文字工作者，這一路沒有任何的規划，純屬隨心而行。我至今還清晰地記得，當時決定去報考復旦這個衝動的決定，還有在陳老師辦公室面試時的場景。懷着一腔自以為是的「孤勇感」，以熱愛為求學目的，我這樣一個毫無中文基礎的跨學科學生，就這樣橫衝直撞地進了泰斗級老師的師門。跨進這道門，我才知道自己真的是白紙一張，無知者雖無畏，但這始終掩飾不了她的淺薄與愚鈍。

我說不出甚麼「覺醒與幻滅」這類高尚的詞彙來烘托自己的抉擇，但我想認真地，為自己的選擇買個單。從小到大的求學路，一直在「應該和必須」的軌道中混吃等死，這是我第一次感受到強烈的熱愛和渴望。我的導師是巴金研究一位非常資深的學者，任何一個時候你和他提及巴老，他都會馬上滔滔不絕地和你講起來，眼裏閃着光。在那閃光裏，我感受到滾燙的熱愛，一種未能言盡的深邃，和一個堅守在崗位上 42 年的知識分子始終如一的薪盡火傳。

巴金先生的人與字，對於我這張文學白紙來說，堪比一場初戀。懷着對他的癡迷與熱愛，我一遍又一遍地去閱讀他的著作，迫不及待地想要了解他的一切過往，細微瑣事。上海、鐮倉、香港、成都，再到巴黎。遺憾的是，在塞納河畔沒有找到巴老文中的舊書攤，聽着聖母院的鐘聲，我幻想着他年輕時冒着微雨手捧着《骷髏的跳舞》回家的樣子。回港後和友人一起坐 15 號巴士到山頂，再步行至摩星嶺道的福利別墅，我想一步一腳印地感受他曾走過的路線。感恩的是，先生曾吹拂着同一個味道的海風，和我一樣站在小山坡上，俯瞰着海邊的風景。在成都嘗試先生喜歡的肉醬面，我特意加了平日並不喜的荷包蛋。通過網絡聯繫到先生來港時曾經和他通過信的港大學生，約她喝茶聆聽她訴說往事，也到滬探訪了晚年陪伴在他身邊的家人與朋友。這一切的一切，都讓我萬分欣喜，欣喜之餘，又會產生想要知道更多的貪念。

閱讀完幾遍《隨想錄》之後，我決定去研究巴金先生的晚年書寫和疾病。提到巴金，大多數人熟悉的，是他早年成名作「激流三部曲」，說到他的晚年，人們知曉的也不過是《隨想錄》《再思錄》。這樣一個充滿大愛、懷揣理想，始終惦念着人民，憂思着時勢，檢討着自我，在臨終前還在發光發亮的一位作家的晚年，值得被更加用心地去探析。我想要大家知道，這看似辭藻平實，表面上僅是位老人在絮叨地感歎過往的《隨想錄》，是一個帕金森患者在縫紉機小桌上，用左手推着右手，一筆一畫在顫抖中而完成的，它歷時八年。我想要大家知道，先生為了《巴金譯文全集》可以早日和讀者的見面，每天捧着十幾斤重的德文大詞典，因過度疲勞而引致脊椎壓縮性骨折，在醫院望着天花板躺了三個月。我想要大家知道，巴金先生在晚年不僅飽受帕金森氏症的百般折磨，還有一系列的老年性疾病都讓他痛苦不堪。我蒐集先生晚年與友人和家人之間所有已出版書信，儘最大可能地了解和整理他每一次就醫和入院的因由，與李國煣老師多次會面與攀談，愈發刻骨地體悟出，一邊受着精神折磨一邊與疾病做着鬥爭，這字字珠璣的文字是多麼地來之不易。用周立民老師的話說，巴老不是聖人，但他真正做到了知行合一，值得每一位研究者去深愛。

呈現於此的，不是囉嗦冗長的文獻綜述和誇耀研究者在這個領域如何創新與不同，我想呈現給大家的是一個患病的憂思老人在病榻上的最後時光。讓讀者們可以看到他生命之火逐漸在熄滅，看到他竭力地與時間爭分奪秒，看到他對生命的百般依戀，更加看到，他對文學的那股熱情，始終火光燭天。他用顫抖的筆聲嘶力竭地嘶吼着未竟的願望，用力地寫着一個大寫的「人」字；他的思緒如脫韁的野馬，奔向生命的盡頭，卻因對過於與未來的重重擔憂，一步一回眸。

最後，我想引一段巴金先生 1937 年書信中的話：「路是有的，每個人面前都橫着一條到光明去的路，只需要有勇氣去走，有銳利的眼光，去看清楚路上的絆腳石。黎明的未來猶如一座在修造中的大廈，我們每個人都得帶些石子加上去幫助它早日完成。」這段話，陪我度過幾次長達 21 天的隔離和一個個自我懷疑的不眠之夜，讓我在迷失中看到光，看到自己，重拾勇氣。

寫到此刻，淅淅瀝瀝的雨停了。天空果然晴朗起來，傍晚的光從一朵朵棉花糖般的雲朵縫隙中照射下來。這一束束的光，穿透力極強，絲毫沒有「只是近黃昏的」的微弱，它有它的十足力量、熾熱且頑強。

2024 年 8 月 6 日於香港
8 月 27 日改於溫哥華
9 月 6 日再改於維多利亞島

附錄

序號	作者	書名	具體篇目	具體的病因	因病引致的其他狀況	摘錄	勘誤
1	巴金	《巴金書簡——致王仰晨》	一九七四年十二月二十九日書信	牙病、感冒	眼睛時常有淚水	這兩個多月我也鬧過三個星期的牙病和兩次感冒，現在算是應付過去了。現在只有眼病治不好，不過視力倒沒有衰退，只是眼裏經常有點眼淚水，叫人感到不大適意罷了。	
2	巴金	《巴金書簡——致王仰晨》	一九七五年十一月十二日書信	眼睛不適		我這兩天眼睛充血，不大好，這大概是晚上看書較遲，休息兩天，滴點眼藥，今天已好多了	
3	巴金	《巴金書簡——致王仰晨》	一九七五年十二月四日書信	眼睛不適		我的眼睛問題，的確需要注意。三年前到眼耳鼻喉科醫院去看過，毫無結果。	
4	巴金	《巴金書簡——致王仰晨》	一九七五年十二月三十日書信	淚管堵塞		眼睛已去檢查過了，説是淚管堵塞，沒有別的毛病	
5	巴金	《巴金書簡——致王仰晨》	一九七六年三月二十四日書信	「衰老」	記憶力衰退、多淚、腳容易挫傷	我説的「衰老現象」，一是記憶力衰退；二是眼淚較多；三是有時腳挫傷，看來都是不要緊的。	
6	巴金	《巴金書簡——致王仰晨》	一九七七年八月八日書信	拔牙		最近幾天天氣暴熱，身體有點吃不消。拔了一顆牙齒，倒相當順利。	

（續表）

序號	作者	書名	具體篇目	具體的病因	因病引致的其他狀況	摘錄	勘誤
7	張弘	《世紀良知——巴金》	〈巴金的書和我〉	感冒		我患感冒，病了兩個星期，現在漸漸好了（巴金致張弘信）。 信是 1977 年 12 月 8 日寫的，當天就收到。	1977 年 11 月底感冒。
8	巴金	《巴金書簡——致王仰晨》	一九七八年一月十二日書信	不詳		我最近小病一次。	
9	巴金	《巴金書簡——致王仰晨》	一九前年三月二十三日書信	感冒	咳嗽、失音、疲勞	我十九日返滬，就因感冒病倒了。病並不厲害，只是疲勞、咳嗽、失音。	1977 年 3 月 19 日感冒。
10	巴金	《與巴金閒談》	〈巴金致姜德明書信〉	感冒	嗓子啞了	我這次在北京上車時患了感冒，嗓子啞了。返滬後在家休息了將近兩個星期，現在基本上好了。	感冒時間應該是 1978 年 3 月中。
11	巴金	《巴金書簡——致王仰晨》	一九七八年四月二十二日書信	休息不夠引致的感冒反覆	感冒	我的感冒好了又患，至今還有點不舒服，主要原因是未能休息。	
12	巴金	《與巴金閒談》	〈巴金致姜德明書信〉	感冒	全家感冒、很不舒服	最近我們全家感冒，最後輪到我，這兩天很不舒服。	
13	巴金	《巴金書簡——致王仰晨》	一九七八年十月六日書信	感冒	身體不適	我最近患感冒，身體不大好，因此沒有早寫回信。	

序號	作者	書名	具體篇目	具體的病因	因病引致的其他狀況	摘錄	勘誤
14	巴金	《巴金書簡 —— 致王仰晨》	一九七九年七月二十七日書信		咳嗽	我返滬後身體一直不大好，但也只是咳嗽痰多罷了。	
15	巴金	《佚簡新編》	〈致潘耀明〉	結膜炎	疲勞、身體吃不消，常感不適	我患慢性結膜炎，但不嚴重，視力還未減弱，目前可以不用放大鏡。……我近兩個月身體不太好，事情較多，《隨想錄》第一集編好了，這一段時間裏寫了將近四萬字，看了一千頁的校樣，整天工作，身體有點吃不消，因此常感不適，十月文代會後打算休息一個時間，不然這副老機器就得報廢了。	
16	巴金	《與巴金閒談》	〈巴金致姜德明書信〉	發高燒	入院十二天	我因發高燒在醫院住了十二天，十四日出院，現在家休養……	7 月 1 日入院，12 天，14 號出院。
17	姜德明	《與巴金閒談》	〈安靜的早晨〉	感冒	發燒	小林説，這次出國，父親從上海一到北京就發燒，感冒了。真不知該怎麼辦才好。可是父親説，還是走吧。到了瑞典，大使館的同志們給找來醫生看過了，吃了點藥，就這樣支撐着，直到回來。	巴金去瑞典出席第 65 屆國際世界語大會。

（續表）

序號	作者	書名	具體篇目	具體的病因	因病引致的其他狀況	摘錄	勘誤
18	巴金	《佚簡新編》	〈致柴梅塵、周明鎮〉	無力	帕金森氏症明顯，尚未被確診	我身體不好，走路腿無力，寫字手不便，字越寫越小，動作也越慢。幸而腦子相當清楚。但手不聽話，想寫寫不出，這矛盾使人感到痛苦。但我並不悲觀，只要活着就得往前走，我也願意奮鬥到底。	因未談及囊腫手術及跌傷，預測為 1982 年初。
19	巴金	《病中集》	〈「干擾」〉	囊腫	因病引致的情緒煩躁	在我的右背上忽然發現了囊腫，而且因感染發炎化膿，拖了一個月，終於動了小手術，把膿擠乾淨，一切似乎都很順利。可是晚上睡在牀上，我不知道該怎樣躺才好，向左面翻身不行，朝右邊翻身也不好。我的牀上鋪着軟墊，在它上面要翻個身不碰到傷口，實在不容易（對老人說）。 我只有煩躁，只有恐懼。我忽然懷疑自己會不會發狂。我在掙扎，我不甘心跳進深淵去。我一個人順着自己的思路回憶那些不眠的長夜，我知道它們來自我十年中所受的人身侮辱和精神折磨，是「文化大革命」給我留下的後遺症。	手術時間應該在 5 月左右。姜德明 6 月 18 日探訪日記，已完成手術。（《與巴金閒談》）

序號	作者	書名	具體篇目	具體的病因	因病引致的其他狀況	摘錄	勘誤
20	巴金	《病中集》	〈願化泥土〉	摔斷左腿	失眠、噩夢、苦惱	我沒有想到自己還要經受一次考驗。我摔斷了左腿，又受到所謂「最保守、最保險」方法的治療。考驗並未結束，我也沒有能好好地過關。在病牀上，在噩夢中，我一直為私心雜念所苦惱。以後怎樣活下去？我不能回答這個問題。	
21	巴金	《病中集》	〈病中（一）〉	摔斷左腿	恢復慢、噩夢	我是去年十一月七日晚上在家裏摔斷左腿給送進醫院的。在好心的醫生安排的「牽引架」上兩個月的生活，在醫院內漫長的日日夜夜裏，我受盡了回憶和噩夢的折磨，……情況似乎在逐漸好轉，「牽引」終於撤銷，我也下牀開始學習走路。半年過去了。	推斷是1982年11月7日在家中摔斷腿。註：「巴金1982年11月7日在書房摔跤住院直到次年5月14日方出院。」（《巴金書信中的歷史枝葉》419頁編者按）

（續表）

序號	作者	書名	具體篇目	具體的病因	因病引致的其他狀況	摘錄	勘誤
22	陸正偉	《永遠的巴金》	〈巴金身邊的保健醫生〉	摔斷左腿、左股骨骨折	恢復期慢、左腿短了三公分、行動不便、雙臂不能伸展自如	一九八二年十一月，巴老在書房裏不慎跌跤，造成了左股骨骨折，住院治療了八個月，病癒後左腿卻短了三公分，這使他的行動更為不便了。一年前，他就感到動作遲緩，走路也不由自主地慢了起來，雙臂不能伸展自如。	
23	沙汀	《巴金與友朋往來手札・沙汀卷》	〈致李濟生〉	摔斷左腿		讀罷八日手書，震驚不已！萬萬沒料到芾甘兄也跌傷了！而且還比我摔得厲害，以致骨折，而且恰巧是在您轉告他我的跌跤情況的當天夜裏！	也就是說，巴金於 11 月 7 日晚於家中跌傷後胞弟李濟生於 8 日致沙汀書信已告知。
24	巴金	《病中集》	〈病中（一）〉	PTSD	噩夢、夢魘	我常常講夢話，把夢境和現實混淆在一起，有一次我女婿聽見我在牀上自言自語：「結束了，一個悲劇……」	

序號	作者	書名	具體篇目	具體的病因	因病引致的其他狀況	摘錄	勘誤
25	巴金	《病中集》	〈我的噩夢〉	感冒 發燒	噩夢、夢魘	更可怕的是，去年五月我第一次出院回家後患感冒發燒，半夜醒在牀上，眼睛看見的卻是房間以外的夢景。為了照顧我特意睡在二樓太陽間的女兒和女婿聽見我的叫聲，吃驚地來到牀前，問我需要甚麼。我愣愣地望着他們，吞吞吐吐半天講不清楚一句話。我似清醒，又似糊塗，我認得他們，但又覺得我和他們之間好象隔了一個世界。四周有不少柵欄，我接近不了他們。我害怕他們走開，害怕燈光又滅，害怕在黑暗中又聽見虎嘯狼嚎。我掙扎，我終於發出了聲音。我説「小便」，或者説「翻身」，其實我想説的是「救命」。但是我發出了清晰的聲音，周匱刀劍似的柵欄馬上消失了。我疲倦地閉上了眼睛，孩子們又關上燈放心地讓我休息。 第二天午夜我又在牀上大叫，夢見紅衛兵翻過牆，打碎玻璃、開門進屋、拿皮帶打人。一連幾天我做着各種各樣的噩夢，以前發生過的事情又在夢中重現。一些人的悲慘遭遇集中在我一個人身上。	寫作時間 1984 年 1 月 9 日，「去年 5 月」即 1983 年 5 月。

（續表）

序號	作者	書名	具體篇目	具體的病因	因病引致的其他狀況	摘錄	勘誤
26	巴金	《病中集》	〈病中（一）〉	噩夢、夢魘	精神不好、食慾不振、消瘦、恐懼	我甚至把噩夢也帶回了家。晚上睡不好，半夜發出怪叫，或者嚴肅地講幾句胡話，種種後遺症迫害着我，我的精神得不到平靜。白天我的情緒不好。食慾不振，人也瘦多了。 我非常害怕黑夜，害怕睡眠，夜晚躺在牀上，腦子好像一直受到一個怪物的折磨。	
27	巴金	《病中集》	〈病中（二）〉		噩夢、夢魘	在病房裏我最怕夜晚，我一怕噩夢，二怕失眠。入院初期我多做怪夢，把「牽引架」當做邪惡的化身，叫醒陪夜的兒子、女婿或者親戚，要他們毀掉它或者把它搬開，我自己沒有力量「拿着長矛」跟「牽引架」決鬥，只要求助於他們。怪夢起不了作用，我規規矩矩地在「牽引架」上給栓了整整兩個月。	
28	巴金	《病中集》	〈病中（三）〉		噩夢、夢魘	我激動起來，滿頭冒汗，渾身發顫。那種「非人生活」是從哪裏來的？它會不會再來？我抓住這個問題，想窮根究底，一連想了好幾個晚上，結果招來了一次接一次的人與猛獸鬥爭的噩夢。我沒有發燒，卻說着胡話，甚至對眼前的人講夢中的景象（當時也懷疑自己是在做夢，卻又無法突破夢境），讓孩子們替	

序號	作者	書名	具體篇目	具體的病因	因病引致的其他狀況	摘錄	勘誤
29	巴金	《病中集》	〈我的哥哥李堯林〉		入院	以上的話全寫在我住院以前。腿傷之後，我就不可能再寫下去了。（在此之前再次入院）	
30	巴金	《病中集》	〈為《新文學大系》做序〉		1983年10月23日再次入院		
31	巴金	《病中集》	〈我的「倉庫」〉			我第二次入院治療，每天午睡不到一小時，就下牀，坐在小沙發上，等候護士同時兩點鐘來量體溫。我坐着，一動也不動，但並沒有打瞌睡。我的腦子不肯休息，它在回憶我過去讀過的一些書，一些作品，好像它想在我的記憶力完全衰退之前，保留下一些美好的東西。 我現在跟疾病作鬥爭，也從各種各樣的作品得到鼓勵。	
32	巴金	《病中集》	〈懷念均正兄〉		對近兩年病的總結	「文革」期間遺留下的後遺症終於發了出來。我一病就是兩年，沒有再去過北京。一九八二年我起初行動不便，寫字困難，後來生瘡，再後跌斷左腿，住進醫院。半年後瘸着腿回到家中。最近我又因「帕金森氏症」第二次住院治療。	

（續表）

序號	作者	書名	具體篇目	具體的病因	因病引致的其他狀況	摘錄	勘誤
33	巴金	《病中集》			狀態不佳	每天從清晨起我就感到疲勞。同客人交談，不得不時時用力睜開眼睛。我沒有足夠的精力應付各種意外的干擾，也無法制止體力和記憶力的衰退。	
34	巴金	《病中集》	〈病中（四）〉	摔斷腿	感到「腿短了」、精力衰退	五月中旬我回到家裏，已經在醫院住了半年零幾天了。瘸着腿到了家中，我才發覺傷腿短了三公分。 精力不夠，在樓下太陽間裏來回走三四趟，就疲乏不堪。有時讓別人扶着下了台階繞着前後院走了一圈，勉強可以對付，再走一圈就不行了。	推算是 1982 年 11 月入院。
35	巴金	《病中集》	〈病中（四）〉		腿傷未康復、焦慮不安	只要坐上一個小時，我就會感到跌傷的左腿酸痛，坐上兩三個小時心裏便煩躁不安，彷彿坐在針氈上面。	
36	陸正偉	《永遠的巴金》	〈巴金身邊的保健醫生〉		腿傷未康復、確診中度帕金森氏症	出院後，這些症狀非但沒有緩解，而且似乎比以往更重了。於是，巴老在小林的陪伴下來到華東醫院神經科就診，……巴老患上了中度帕金森氏症。	
37	巴金	《病中集》			確診為帕金森氏症	我才第二次去看神經科門診，最後又作為「帕金森氏症」的病人住院治療。	

序號	作者	書名	具體篇目	具體的病因	因病引致的其他狀況	摘錄	勘誤
38	巴金	《病中集》	〈病中（四）〉	拔牙		我回家的時候剛剛拔光了剩餘的幾顆下牙，只能吃流質，食慾不振，體質差。	
39	巴金	《病中集》	〈我的噩夢〉	腿傷未恢復		但是腿傷尚未治好，我又因神經系統的病住進醫院了。	
40	巴金	《病中集》	〈病中（五）〉			第二次入院治療已經三個月。當初住進醫院，以為不到一個月便可回家。前幾天我女兒在院內遇見上次給我看過病的一位醫生，他聽說我又因「帕金森氏症」住院……	
41	巴金	《病中集》	〈再憶蕭珊〉	耳鳴		在數九的冬天哪裏來的蟬叫？原來是我的耳鳴。	
42	巴金	《無題集》	〈幸福〉	耳鳴		從香港回來又是十八天了，我坐在二樓太陽間的書桌前，只聽見一片「知了」聲，就是說我耳鳴相當厲害，可是我的頭腦十分清醒，我拿着筆，一邊在回憶前一個「十八天」的事情。	
43	巴金	《無題集》	〈「創作自由」〉	失眠	咳嗽、失眠	最近我還在家裏養病。晚上，咳得厲害，在硬板牀上不停地向左右兩面翻身，總覺得不舒服，有時睡了一個多小時，又會在夢中被自己的叫聲驚醒。	

（續表）

序號	作者	書名	具體篇目	具體的病因	因病引致的其他狀況	摘錄	勘誤
44	巴金	《世紀知交：巴金與冰心》	巴金致冰心	帕金森氏症	血壓低、寫字困難、行動不便、疲勞	天熱，日子不好過，血壓還是低，不過不算太低，據醫生講，患我這種病的人血壓總是低。我的痛苦在於：一點力氣也沒有，寫字十分困哪，行動非常不便，稍微動一下便感到萬分疲勞。	
45	姜德明	《與巴金閒談》	〈秋日漫話〉	耳鳴	右耳聽力差	他讓我坐在他的左手，這是為了聽話方便，因為他的右耳聽力較差。他說：「老是聽到有蟬鳴，可是冬天怎麼會有蟬叫呢？」原來是耳朵出了毛病，現在還是這樣。	
46	巴金	《佚簡新編》	〈致劉秉文〉	狀態低靡	寫字困難、記憶衰退	近三個多月我身體很不好，寫字困難，記憶力衰退，甚麼事也做不了。	
47	陸正偉	《永遠的巴金》	〈晚年巴金年表〉	摔倒	右胸肋骨軟組織輕度挫傷	早晨在書房不慎摔倒，造成右胸肋骨軟組織輕度挫傷。	
48	巴金	《佚簡新編》	〈致山口守〉	摔倒		我患病在家療養，行動困難，寫字十分吃力。 我的病情慢慢地在發展，行動越來越不便，不過心臟和胃都好，單是震顫麻痹還不會要我的命。《隨想錄》五卷寫完，我就放心了。四月第二次摔跤，給抽屜擋住，未倒下去，也不曾骨折，痛一個月就好了。	跌傷時間為1987 年 4 月。

序號	作者	書名	具體篇目	具體的病因	因病引致的其他狀況	摘錄	勘誤
49	巴金	《巴金書簡 —— 致王仰晨》	1987 年 10 月 29 日書信	疲勞	嗓子啞了	每天都有活動，雖然不多，但興奮之後也感到疲勞，回到上海，第二天早晨講話嗓子也啞了。	
50	余思牧	《世紀良知 —— 巴金》	〈一顆比鑽石珍貴萬倍的心 —— 我所認識的巴金〉	壓縮性骨折	伴有老年氣管炎	不料在他九十一歲來臨的前四天（11 月 21 日），他因老年自然性脊椎壓縮性骨折，住進了上海市華東醫院。	
51	沙汀	《巴金與友朋來往來手札・沙汀卷》	〈致李濟生〉	膽有問題		昨天，李致同志來，他也提到芾甘兄膽有問題，正診查中，還不知道究竟。奉讀手書後，算放心了。	
52	巴金	《巴金書簡 —— 致王仰晨》	1988 年 12 月 19 日書信	感冒		我這幾天患感冒，不能做事，因此也未寫信。	
53	周立民	《巴金書信中的歷史枝葉》	〈「一切夢都消失了」之後〉	摔傷		1989 年 1 月 26 日，他在家中的客廳不慎摔倒，背部軟組織挫傷，疼痛難忍，不得不於 2 月 9 日（正月初四）入院治療。	
54	巴金	《巴金書簡 —— 致王仰晨》	1989 年 3 月 3 日書信	摔傷		因為我一月二十六日摔了一跤，至今仍感到十分疼痛。不過這兩天似乎開始有轉機，寫這信告訴你，我大致還可以活下去。	

（續表）

序號	作者	書名	具體篇目	具體的病因	因病引致的其他狀況	摘錄	勘誤
55	巴金	《佚簡新編》	〈致劉秉文〉	摔傷入院	行動受限、渾身疼痛	我今年一月又摔了一跤，相當厲害，不但不能行動，而且渾身疼痛，很難忍受。在醫院已住了三個多月，好多了。	
56	巴金	《佚簡新編》	〈致李舒〉	摔傷後		我這次摔傷，在醫院住了將近八個月，最近回家，已不能適應過去的生活方式，連寫字也沒有辦法。	
57	黃裳			跌傷入院後	胃口不佳、精神萎靡	巴公前些時因服口服青霉素，胃口不佳、精神委頓，近已復原。我勸他少吃藥，多注意營養，他也以為是。	
58	巴金	《佚簡新編》	〈致劉秉文〉	摔傷	摔傷後未康復，生活無法自理	我這次在醫院住了將近八個月，九月底出院，半個月後又因服藥反應病了幾天，現在走路還要靠人攙扶，寫字還無法制止手抖。	
59	巴金	《巴金書簡——致王仰晨》	1990 年 11 月 11 日書信	聽力衰弱		我沒有直接對他講話，只是因為我聽力衰弱，聽長途電話不清楚，已經兩三年不接電話了。	推算 87、88 年左右已經開始聽不清。
60	巴金	《巴金書簡——致王仰晨》	1991 年 2 月 22 日書信	感冒		我患輕感冒，得休息幾天。	
61	巴金	《巴金書簡——致王仰晨》	1991 年 5 月 18 日書信	熱感冒引致的氣管炎	咳嗽厲害	不過回來接待日本朋友後，因熱感冒發了氣管炎，咳的厲害，不大舒服。	

序號	作者	書名	具體篇目	具體的病因	因病引致的其他狀況	摘錄	勘誤
62	巴金	《巴金書簡 —— 致王仰晨》	1991 年 6 月 12 日書信	感冒 / 氣管炎	身體虛弱、不能進食、沒有力氣、悲觀	這次小感冒拖了好久。 這次幾乎要在精神上垮掉了，不能吃東西，沒有力氣，上樓也很困難，似乎走到盡頭了。有點悲觀。	
63	巴金	《世紀知交：巴金與冰心》		氣管炎		我住進醫院，住了 16 天，又出院了，還是為了那老病（氣管炎），醫生怕轉成肺炎，現在現在不要緊了。	推算 1991 年 6 月初入院。
64	趙蘭英	《感覺巴金》		感冒	咳嗽、胃口不好、睡不好	巴金從杭州回來不久，由於天氣變化，這幾天咳嗽得厲害，胃口不好，睡不好覺。醫生囑他馬上住院，他卻賴着不肯。於是，大家勸他，還是住院好。巴金「理直氣壯」：「胃口不好，醫院伙食更糟，在家裏還能調劑調劑。」大家還是勸他，伙食不好可以從家裏帶點去，主要是治病，老是咳下去不是回事。說到這裏，巴金道出了真話：「我是怕進去後出不來了，還有許多事要幹。」	
65	巴金	《世紀知交：巴金與冰心》		體位性血壓低		我血壓低，大概不要緊。	
66	巴金	《佚簡新編》	〈致山口守〉		記憶力衰退	（註）這十幾年來由於我的記憶力衰退，平時很熟悉的這小刊物的名字也記不清楚了。	來自信件（作者註）。

（續表）

序號	作者	書名	具體篇目	具體的病因	因病引致的其他狀況	摘錄	勘誤
67	巴金	《巴金書簡——致王仰晨》	1992年11月14日書信	感冒		我從杭州回來，沒有想到又在上海染上感冒。	
68	巴金	《佚簡新編》	〈致劉秉文〉	帕金森氏症	説話吃力	我寫信很困難，因此還是沒有給您寫信。我沒有時間，也沒有精力。……現在連講話也十分吃力。甚麼事也做不了。	
69	巴金	《世紀知交：巴金與冰心》		感冒、帕金森氏症		生日後患小感冒，累得不得了。甚麼信都寫不成。整天打瞌睡，甚麼事也做不了。……很想多寫幾個字，手指動不了，請原諒，寫不下去了。	
70	巴金	《佚簡新編》	〈致歐陽小華〉	帕金森氏症	無法寫作，説話吃力	很抱歉，我無法寫出懷念翰笙的文章，不是我沒有感情，而是我沒有力氣，沒有精力，寫完一張紙我就勞累不堪，半天講不出話來。	
71	巴金	《佚簡新編》	〈致王仰晨〉		對死亡的恐懼、疲憊、無力。	我最近身體不好，身心勞累，痛苦不堪。閒下來又想動動，稍微一動就需要休息。午夜夢醒總是為後事的安排着急，我總要做到不會對不起誰。	

序號	作者	書名	具體篇目	具體的病因	因病引致的其他狀況	摘錄	勘誤
72	陸正偉	《永遠的巴金》	〈生命之舟的航程〉 〈《英雄兒女》幕後的故事〉	骨質疏鬆症	脊椎壓縮性骨折	巴金為了讓一生的譯作編輯成《巴金譯文全集》(十卷本)能早日同讀者見面，忍着病痛忘我地工作，在校閱以往的譯作時，由於渾然不知自己已患上了嚴重的骨質疏鬆症，仍每天手捧十多斤重的德文大詞典對着譯作逐一校對，結果不慎引起脊椎壓縮性骨折，在醫院足足平躺了三個多月。 一個月前，巴老因夠脊椎壓縮性骨折，醫生根據病情要他謝絕會客，三個月平臥在牀。	1994 年底。
73	巴金	《佚簡新編》	〈致冰心〉	骨後	臥牀、無法動彈、端端代筆	我躺在牀上，不能看書、看報，不能寫字，整天看着頭頂上的天花板。醫生說還得再這樣躺一個月。	
74	陸正偉	《永遠的巴金》	〈生命之舟的航程〉	過度疲勞引致的體位性血壓低	幾度昏迷	病情剛有好轉，得知已中斷多年終未開成的中國作家協會主席團會議將移師上海召開的消息時，為了讓這次會議開得成功圓滿，他忍着病痛，親臨會場，……已經九十高齡的巴金回病房後，由於過度的勞累，體位性血壓低又犯了，使他幾度昏迷。 當巴老坐着輪椅，身穿塑料馬夾，抱病出席會議時……	1995 年 4 月 9 日蕭乾探訪前期，1995 年 3 月 25 日。

（續表）

序號	作者	書名	具體篇目	具體的病因	因病引致的其他狀況	摘錄	勘誤
75	陸正偉	《永遠的巴金》	〈夢之歌〉	體位性血壓低、慢性支氣管炎復發	只能躺臥，咳嗽不止	一九九五年十一月一日下午，我按慣例來到巴金寓所探往病中的巴老，那幾天由於氣候變化無常，巴老血壓時有波動，纏繞多年的慢性支氣管炎又犯了，每天咳嗽不止，所以白天只能坐在特製的可躺輪椅上應付突然的血壓下降。	
76	陸正偉	《永遠的巴金》	〈巴金身邊的保健醫生〉	呼吸道及內科疾病		一九九五年秋，巴老又因上呼吸道感染住進了華東醫院北六樓病房。邵醫生感到巴老的病正在發生着變化，主要病症已不再是帕金森氏症，而是呼吸道和內科的疾病了…… 她看到巴老由於年老體衰抵抗力差，容易患上感冒而後又引發肺部感染和別的疾病。	
77	陸正偉	《世紀良知——巴金》	〈散布知識，散布生命——巴金贈書記〉	因感冒引致的輕度肺炎	咳嗽不止，無力說話，面色憔悴	幾天前，由於氣候突變，老人患感冒而引起了輕度的肺炎，每天咳嗽不止，連說話的氣力也沒有了，臉色顯得憔悴、蒼白。	

序號	作者	書名	具體篇目	具體的病因	因病引致的其他狀況	摘錄	勘誤
78	陸正偉	《永遠的巴金》	〈當世紀的鐘聲響起時〉	體位性血壓低		一九九七年十月二十九日下午，由於血壓偏低，他只能斜躺在輪椅上，睜着雙眼望着天花板。 護士告訴他：「巴老，你現在血壓偏低，不能馬上坐起來寫字。」最後，他只得讓姪女國煣為他在扉頁上寫上他要寫的字。	1997年10月29日。
79	趙蘭英	《感覺巴金》	〈徐鈐呢？〉	高燒	缺氧、呼吸衰竭、病危	1999年2月8日，農曆正月初二。早晨，護理人員在給巴金測量體溫時發現，他發燒了。3天前，他有點感冒，醫生作了處理。正月初一，前來拜年的人絡繹不絕。中午時，老人家就感到不適，疲倦。下午仍堅持着接待了一批客人。 崔主任來了、王院長來了……醫院立即組織了會診。下午，巴金的體溫沒有下來。晚上8點，體溫升到39度，呼吸也加快。醫院隨即做血清等檢查，發現缺氧，呼吸衰竭。當夜，醫院發出病危通知。	

（續表）

序號	作者	書名	具體篇目	具體的病因	因病引致的其他狀況	摘錄	勘誤
80	趙蘭英	《感覺巴金》	同上			第二天早晨，巴金被轉到重症監護室。	
81	陸正偉	《永遠的巴金》	〈當桂子飄香時〉	高燒	引起肺部感染、心情不好	沒想到，巴老回到上海華東醫院不久就突發高熱，引起了肺部感染，病魔威脅着老人的生命…… 巴金犯病不久，心情一直不是最好，習慣於用筆抒發情感的人，此時卻手不能寫，腳不能走，自己想做的事有做不了，只能每天與病牀為伴，這對於巴老來講是多麼痛苦和不安啊！他幾次拒絕吃藥……	杭州返滬不。
82	陸正偉	《永遠的巴金》	〈夢之歌〉	高燒		由於感冒引起的高熱持續不退，情狀十分危急，院方只得將巴老從普通病房轉入重症監護。	

序號	作者	書名	具體篇目	具體的病因	因病引致的其他狀況	摘錄	勘誤
83	陸正偉	《永遠的巴金》	〈生命之舟的航程 —— 巴金與蕭乾〉	手術		還有四天就要過年了。 我同巴老的親屬小林、小棠、國烼和作協的老徐等，都在醫院的休息室裏的沙發上默默地坐着，焦急地等待着隔壁病房裏為巴老做完手術後的消息。 只有一牆之隔的重症監護室裏卻出現了另一番景象：戴着口罩、穿着大白褂的醫生正有條不紊地給躺在病牀上的巴老做着麻醉、引流解危的手術，護士在其間來回穿梭忙個不停，牀邊的呼吸機、心電圖機、專用點滴機控制板上的液晶顯示儀不停地閃爍着各種數據，整個樓層顯得十分寂靜。	

（續表）

序號	作者	書名	具體篇目	具體的病因	因病引致的其他狀況	摘錄	勘誤
84	陸正偉	《永遠的巴金》	〈巴金身邊的保健醫生〉	呼吸道感染引致的肺炎	高熱不退	二月八日，因上呼吸道感染而引發了肺炎，高熱持續不退。……晚上九時，巴老的體溫升至三十九攝氏度，病情越來越嚴重了，崔醫生會同搶救小組立即作出了急救措施——氣管插管，通過呼吸機引流痰液，改善通氣功能，緩解心臟壓力。 隨即，打針、插管、裝呼吸機、連接心電圖監測儀、抽血化驗，一件件有條不紊地進行着，當結束全部手術時已近凌晨二時了。 二十天後，巴老轉到了十七樓普通病房，久未開口的巴老突然對正在查房的崔醫生説：「謝謝大家，我要為大家活。」話音雖然微弱，但大家聽得仍十分真切。	此處與趙蘭英版本的「我要為大家而活」在時間段上略有出處。若按照此處的時間應為1999年2月28日。
85	趙蘭英	《世紀良知——巴金》	〈情牽讀者——巴金病中記〉			「從2月份起，肺部嚴重感染，使他極度病危。一次次與病魔搏鬥，九十六歲的他，越來越衰弱。」	

序號	作者	書名	具體篇目	具體的病因	因病引致的其他狀況	摘錄	勘誤
86	趙蘭英	《感覺巴金》	〈安樂死〉			8 號，醫院決定在他喉部作個手術。術前，他對醫療組崔世貞主任說：「不要用藥了，讓我安樂死吧。」 所以，他在術後從搶救室出來後，對身邊醫護工作者說的第一句話就是：「謝謝大家，我要為大家活着。」	
87	陸正偉	《永遠的巴金》	〈巴金的最後時日〉	病危前期	・腎的肌肝、尿素氮的指標都已大大超出了正常範圍 ・血壓在一百二十／五十	可能要做血透。 心率保持在七十跳左右，血壓在一百二十／五十，氧飽和度為一百。 巴老腎的肌肝、尿素氮的指標都已大大超出了正常範圍，而且還在發展。由於腹中那可惡的間皮細胞瘤在作怪，不斷地產生腹水，使巴老原本虛弱的身子更難以支撐了……當天上午，院方向中央保健辦等有關單位發出了「病危報告」。	
88	陸正偉	《永遠的巴金》	〈巴金的最後時日〉	病危前期	・心率和血壓極度不正常的現象 ・有低燒	十月十六日，我一早來到醫院。張志國對我說，巴老昨晚又出現了一陣心率和血壓極度不正常的現象，而且還伴有低燒。 昨天深夜（十月十六日），巴老的病情又出現了反覆……	

（續表）

序號	作者	書名	具體篇目	具體的病因	因病引致的其他狀況	摘錄	勘誤
89	陸正偉	《永遠的巴金》	〈巴金的最後時日〉	病危前期	・心率只有六十二跳， ・血壓也降至五十／二十七 ・氧飽和度出現綠色線	十八時二十五分，巴老的心率只有六十二跳，血壓也降至五十／二十七，氧飽和度出現了我從未見到過，也最不願見到的那條直直的綠線。	
90	陸正偉	《永遠的巴金》	〈巴金的最後時日〉	去世	・心率已將至五十四跳 ・血壓二十六／四十一	十九時整，巴老的心率已將至五十四跳，血壓二十六／四十一，僅僅過了六分鐘，監測儀上始終在起伏滾動前移的小亮點畫上了一根直線，